늦었지만 늦지 않았어

흔돌 지음

늦었지만 ___
___ 늦지 않았어

흔돌 지음

열림원

노을이 아름다운 것은
구름이 있기 때문이다

— 어진. 비아에게

보도블록에 피어난 민들레처럼 어느 날 제 마음에도 꽃 한 송이가 피어났습니다. 아주 오래전에 노래 요정이 제 마음에 들어와서 씨앗을 하나 떨구고 갔는데 그게 자란 거지요. 그 꽃의 이름은 음악입니다. 저는 그걸 알면서도 마치 제가 꽃을 피운 것처럼 뻔뻔한 인생을 살았습니다. 음악을 공부한 적 없고 음악에 대해서 아는 것도 없는데 어떻게 지금까지 노래 만드는 일을 했는지, 그걸 하늘의 뜻이라고 생각하기에는 솔직히 가슴이 찔렸습니다. 그동안 산을 다니면서 산신령님에게 도움도 많이 받았지요. 그걸 고맙게 생각해야 하는데 오히려 우쭐한 나머지 건방을 떨 때도 있었습니다. 저의 그 쓸데없는 욕망 때문에 어떤 노래는 노랫말이 바뀌어서 누더기 노래가 되었고 그 때문에 뜻이 제대로 전달되지 못했습니다. 그렇게 상처 받은 노래들에게 미안하고 그런 노래를 사랑해준 사람들에게도 미안합니다. 반성하며 앞으로는 함부로 노래를 짓지 않으려고 합니다. 새 노래를 만들기보다 저로 인해 상처 입은 노래들을 다시 다듬질하고 매만지는 것이 그나마 노래에 대한 예의라고 생각합니다. 그러다 보니 노래에서 못다 한 얘기를 책으로 정리하게 되었습니다. 한데 그것이 저의 부족함을 덮으려는 술수 같기도 합니다. 독자들의 너그러운 마음을 기대해봅니다.

차례

• 일러두기

노래 및 영화, 뮤지컬 제목은 홑화살표 (⟨ ⟩), 앨범 및 잡지 제목은 겹화살표(⟪ ⟫),
책 제목은 겹낫표(『 』)로 문장 부호를 통일했다.
본문에서 연도는 음반 발표를 기준으로 하며, 미발표곡은 *로 표시했다.

늦 었 지 만

여울목

아, 내 단풍잎!
어디로 갔을까?

얼마 전까지만 해도 아름답게 물든 산이었는데 어느새 마른 잎들이 흩날리는 계절이 되었다. 제 할 일을 다 마치고 유유히 떨어지는 나뭇잎들을 보니 나 자신이 참 부끄럽다는 생각이 들었다.

'올해 들어 내가 한 일이 무엇인가?'

계곡을 건너려는데 잎사귀 하나가 내 얼굴을 스치며 물에 떨어졌다. 나는 고개를 들어 흩날리는 나뭇잎들을 바라보았다. 어쩌면 저렇게 아름다운 이별을 할 수 있는지 경이롭기까지 했다. 떨어지는 나뭇잎을 잡으면 소원이 이루어진다는데 이 많은 낙엽 가운데 하나를 못 잡으랴, 했지만 그 하나를 잡지 못하고 그만 계곡물에 발을 적시고 말았다.

여러 종류의 나뭇잎들이 물기슭에 옹기종기 모여 있었다. 나뭇가지에 붙어 있을 때는 무슨 나뭇잎인지 쉬이 알 수 있었는데 이렇게 낙엽이 되어 여러 잎과 섞여 있으니까 어떤 나뭇잎인지 얼른 떠오르지 않았다. 나뭇잎들은 대체로 두 편으로 나뉘어 있었다. 체념한 듯 물결에 몸을 맡기고 흘러가는 나뭇잎들과 흘러가기 싫어서 물가를 맴도는 나뭇잎들이 그랬다. 어떤 나뭇잎은 머무를까, 흘러갈까를 한참 동안 고민하다가 밀려오는 물결에 마지못해서 흘러가기도 했다. 문득 내 모습이 생각났다. 나도 저 나뭇잎처럼 마지못해 흘러가고 있는 것은 아닌지. 바람이 조금만 불어도 휘청거리는 내 그림자는 꿈을 잃어버린 지 오래다. 어쩌다가 나는 꿈을 잃어버린 걸까?

'저건 상수리나무 잎이네.'

나는 흘러가는 상수리나무 잎 하나를 집어 들고 그 위에다 어린 날의 꿈 하나를 실어 조심스레 물 위에 띄웠다. 동네 어른들은 나만 보면 장군이 되라고 부추겼지. 장군이 뭔지도 몰랐던 나는 날마다 조금씩 장군이 되어가고 있었다. 그러다가 초등학교에 들어가서 이순신 장군을 알게 되었고 그때의 나는 도저히 장군이 될 자신이 없었다. 나의 상수리나무 잎은 얼마 가지 못해서 물 밑으로 가라앉고 말았다. 꿈이 너무 무거웠던 모양이다.

'저건 함박꽃나무 잎이군.'

나는 물가에 있던 함박꽃나무 잎을 집어 들고 학창 시절의 꿈 하나를 실었다. 고등학교 1학년 때 일이다. 클라리넷을 불고 싶었던 나는 밴드반을 찾아가 클라리넷을 하고 싶다고 말했다. 담당 선생님이 우리 반 담임이어서 쉽게 허락해줄 줄 알았다. 그런데 선생님 하는 말이 그렇게 야속할 수가 없었다.

"공부도 못하는 놈이 뭘 하겠다고?"

마음속에 돋아난 꿈을 어루만져주지는 못할망정 성적이라는 괴물을 내세워 꿈을 말려 죽이는 교육 풍토가 미웠다. 내 말은 시험을 없애자는 얘기가 아니다. 그놈의 괴물 때문에 꿈을 피우지 못하는 아이들이 너무 많다는 얘기를 하는 것이다. 나의 함박꽃나무 잎은 그렇게 흐르지도 못하고 가라앉았다.

'아, 저 귀여운 단풍잎!'

단풍잎 하나가 돌에 붙어서 흘러갈까, 말까 망설이고 있었다. 나는 그 단풍잎을 집어 들고 마음 깊숙이 숨어 있던 꿈 하나를 올려놓고는 조심스레 띄워 보냈다. 아주 작은 시골 마을에서 아이들을 가르치고 싶다는 꿈이었다. 하지만 그 꿈을 이루려면 교사 자격증이 필요했다. 잘 흘러가던 단풍잎은 폭이 좁고 물살이 세게 흐르는 곳에 이르자 갑자기 맴돌기 시작했다.

그때였다. 바람이 휙 불더니 나뭇가지에 매달려 있던 마른 잎들이 우수수 떨어졌다. 여러 종류의 잎들이 물 위에서 잠깐 머뭇거리더니 물살이 빠른 쪽으로 흘러갔다. 나뭇잎들은 앞서가려고 서로 몸을 부딪치며 싸움을 했다. 나뭇잎들도 사람하고 똑같았다. 앞서갈 이유가 하나도 없는데 쓸데없는 경쟁을 하는 것이었다. 한때는 함께 푸르렀던 잎들이 아니었던가? 대부분 잎은 여울목에서 길을 잃었다. 어떤 잎은 물속으로 가라앉고 어떤 잎은 물기슭으로 밀려나고 어떤 잎은 용케 빠른 물살을 타고 빠져나갔다.

사람은 누구나 자기 꿈이 제대로 흘러가길 바란다. 하지만 자기 뜻과 상관없이 엉뚱한 곳에 머물 때도 있다. 물기슭으로 밀려난 잎이 그랬고 물속으로 가라앉은 잎도 그랬다. 아무리 평화롭게 흘러가는 잎이라 할지라도 큰비를 만나면 어쩔 수 없는 것 아닌가? 그래도 꿈은 꼭 움켜잡고 있어야 한다. 꿈을 놓치는 순간 껍데기 인생이 되기 때문이다.

나는 내 단풍잎을 찾아보았다. 하지만 여러 종류의 잎들과 비슷하게 생긴 단풍잎들까지 섞여 있어서 찾기가 어려웠다. 잠깐 한눈파는 사이에 일어난 일이었다.

아, 내 단풍잎! 어디로 갔을까? 잘 흘러가고 있었는데…….

맑은 시냇물 따라

꿈과 흘러가다가

어느 날 거센 물결이

굽이치는 여울목에서

나는 맴돌다 꿈과 헤어져

험하고 먼 길을 흘러서 간다

덧없는 세월 속에서

거친 파도 만나면

눈물겹도록

지난날의 꿈이 그리워

은빛 찬란한 물결 헤치고

나는 외로이 꿈을 찾는다

— 〈여울목〉, 1986

늦 었 지 만

꼴찌를 위하여

꿈을 이룬 사람은 봉우리에 오른 사람이 아니라
봉우리를 바라보며 지나가는 사람이다

나는 지금까지 살면서 단 한 번도 일등을 탐해본 적이 없다. 능력도 없거니와 생각조차 해본 일이 없다. 인생이란 그냥 하고 싶은 거 하고, 가고 싶은 데 가고, 먹고 싶은 거 먹고 그러면 되는 거로 생각했다. 그러나 현실은 달랐다. 공부를 못해서 선생님에게도, 부모님에게도 야단을 맞았다. 어떤 선생님은 남들보다 앞서려면 부지런히 달려야 한다고 말하기도 했다. 그러다 보니 나는 동무들이 없었다. 모두 나보다 앞서 달렸으니 동무들의 손을 잡을 수도 없었다.

군대를 제대하고 갈 길을 찾던 나는 무언가에 떠밀려서 대학의 문을 두드렸다. 대학 갈 실력도 안 되면서 대학의 문을 두드리는 내 모습이 참으로 불쌍했다. 입시 요강을 보니 성적 증명서를 제출해야 한다는 조항이 있었다. 다음 날 나는 모교에 가서 졸업 증명서와 성적 증명서를 뗐다. 버스를 타고 집에 오면서 성적이 궁금해 서류를 꺼내 보았다. 나는 눈을 동그랗게 떴다. 내 석차가 전교생 숫자랑 똑같아서 맞줄임했더니 '1'이 된 것이다. 앞에서 일등 하나 뒤에서 일등 하나 일등은 일등이지. 졸업생 중에서 전교생이 몇 명인지 아는 사람은 나밖에 없을 거라는 사실에 쓴웃음이 절로 나왔다. 당연히 대학은 떨어졌다. 그 뒤로 나는 아무에게도 얘기하지 못하고 혼자서 가슴앓이를 했다. 대학을 가지 못해서가 아니었다. 아무도 내 존재를 인정해주지 않았고 내가 가야 할 길도 보이지 않았다.

그러던 어느 날 문득 지난날이 떠올랐다. 초등학교 3학년 때 전국 스케이트 대회를 나간 적이 있었다. 오백 미터 경주에서 여덟 명이 달렸는데 남들보다 실력이 모자란 내가 일등으로 달리고 있는 것이었다. 나는 흥분했다. 내가 일등으로 달리다니! 그런데 너무 흥분해서 마지막 이십여 미터를 남겨 두고 그만 넘어지고 말았다. 눈물이 핑 돌았다. 뒤에 오던 일곱 명의 선수가 순식간에 내 앞을 지나갔다. 그때였다. 어디선가 선생님의 목소리가 들려왔다.

"어서 일어나, 끝까지 달려야지."

나는 얼떨결에 일어나 마지막 골인 지점을 통과했다. 나를 지켜보던 선생님은 울먹이는 나를 안아주면서 잘했다고 등을 두드려주었다.

"잘했어, 넌 꼴찌를 한 게 아니라 팔 등을 한 거야."

그 말을 듣는 순간 참았던 울음보가 터지고 말았다. 여덟 명 중에서 팔 등이면 그게 꼴찌지 어떻게 팔 등이란 말인가? 나는 불난 집에 부채질하는 선생님이 그렇게 미울 수가 없었다. 그런데 그렇게 미웠던 선생님이 새삼 그리워지는 것이었다. 아무도 나를 인정해주지 않는 차가운 현실 속에서 선생님의 목소리가 또렷하게 들렸다.

"잘했어, 넌 꼴찌를 한 게 아니라 팔 등을 한 거야."

그랬구나! 그때 내가 포기를 했더라면 칠 등 한 아이가 꼴찌가 되고 나는 꼴찌도 못 하는 것이었구나. 꼴찌도 끝까지 달려야 할 수 있는 거네.

불현듯 생각난 그 말에 힘입어 나는 미련 없이 대학의 꿈을 접었다. 사실 따지고 보면 대학은 꿈도 아니었다. 길이라는 게 내가 가고 싶은 방향으로 가야지 남들이 간다고 따라가면 그걸 어찌 꿈이라고 할 수 있겠는가? 부모들도 마찬가지다. 아이에게 어느 길로 가라고 강요하는 건 부모의 꿈이지 아이의 꿈이 아니지 않은가?

나는 꿈을 잃고 헤매는 아이들을 위해서 노래를 만들기로 했다. 그 노래가 '꼴찌를 위하여'다. 그런데 이상한 일이 생겼다. 홍보도 하지 않은 그 노래를 아이들이 부르기 시작한 것이었다. 그러던 어느 날 여기저기서 전화가 걸려왔다.

"아이들이 그 노래를 부르고 나서 공부를 안 하잖아요."

"무슨 노래를 그따위로 만들어요. 애들 인생 망치려고 작정했어요?"

노래를 만들어놓고 야단맞은 건 그때가 처음이었다. 나는 성적 때문에 꿈을 다친 아이들이 혹여 길 아닌 길로 갈까 봐 그 노래를 만든 것인데 부모들이 그렇게까지 화를 낼 줄은 몰랐다. 정말 이 사회는 꼴찌를 인정해주지 않는 걸까? 금메달, 은메달, 동메달 적어도 삼등 안에 들어야 대우를 받을 수 있으니 말이다.

물을 무서워하던 아내가 수영을 배운 지 일 년이 지나서 수영 대회에 나가 동메달을 따서 돌아왔다. 깜짝 놀란 나는 아내에게 어떻게 된 일이냐고 물었다. 아내는 혼영 결승에 세 명이 참여했는데 끝까지 헤엄쳐서 삼등을 했다는 것이었다. 세 명이 경주하면 꼴찌도 삼등이 된다는 것을 알았다.

일등은 무엇이고 꼴찌는 무엇인가? 생각해보니 나도 일등을 한 적이 있었다. 늦은 밤, 집에 가는 버스를 타려고 줄을 섰는데 내 앞에서 버스 문이 닫히고 말았다. 나는 아무 생각 없이 다음 차를 기다렸다. 얼떨결에 뒤를 돌아보니 내 뒤로 많은 사람이 서 있었다. 괜히 흐뭇했다. 나는 가만히 서 있기만 했는데 저절로 일등이 된 것이다. 버스에 오르니 빈자리가 모두 내 자리로 보였다. 나는 아무 데나 골라서 앉을 수 있었다. 일등 한 기분이 이런 것이구나. 하지만 그 기분도 잠시, 일등으로 타나 꼴찌로 타나 어차피 탈 사람이 다 타야 떠나는 것이었다. 그리고 탈 때는 일등, 꼴찌가 있었지만 내릴 때는 일등, 꼴찌가 없었다. 그냥 자기가 내리고 싶은 데서 내리면 되는 것이었다.

마라톤을 보자. 그 누구도 꼴찌를 하려고 달리는 사람은 없을 것이다. 최선을 다해 달렸는데 누구는 꼴찌가 되었고 누구는 일등이 된 것뿐이다. 하지만 인생은 목적지에 일찍 도착하는 것이 아니라 목적지를 향해 꾸준히 걷는 것이다.

일등으로 달리는 사람은 힐끔거리며 뒤를 돌아보지만 꼴찌로 달리는 사람은 뒤를 돌아볼 필요가 없다. 오늘도 나는 내 길을 간다. 천천히 걸어서 간다. 힘들면 나무 그늘에서 쉬어가기도 하고 주막에 들려 막걸리 한잔 마시기도 한다. 오늘은 들에 핀 쑥부쟁이도 보고 파란 하늘에 핀 새털구름도 보았다. 일등이 얼마나 행복한 것인지는 모르겠지만 꼴찌도 이 정도면 행복한 것 아닌가? 꿈을 이룬 사람은 봉우리에 오른 사람이 아니라 봉우리를 바라보며 지나가는 사람이다.

지금도 달리고 있지

하지만 꼴찌인 것을

그래도 내가 가는 이 길은

가야 되겠지

일등을 하는 것보다

꼴찌가 더욱 힘들다

바쁘게 달려가는 친구들아

손잡고 같이 가보자

보고픈 책들을 실컷 보고

밤하늘의 별님도 보고

이 산 저 들판 거닐면서

내 꿈도 지키고 싶다

어설픈 일등보다는

자랑스러운 꼴찌가 좋다

가는 길 포기하지 않는다면

꼴찌도 괜찮은 거야

- 〈꼴찌를 위하여〉, 1989

천천히

— 나의 스승

빨리 걸으면 더 멀어지고
천천히 걸으면 어느새 도착이다

　나는 스승이 없다. 그래서 가끔은 스승이 있었으면 좋겠다
는 생각을 하곤 한다. 힘들고 지칠 때 스승을 만나서 어리광
도 부리고 싶은데 스승이 없으니까 인생에서 갖춰야 할 것을
갖추지 못한 느낌이 든다. 스승과 제자가 만나 정겨운 이야
기를 나누는 모습을 보면 나는 그것이 그렇게 부러웠다. 왜

늦 었 지 만

나에게는 스승이 없을까? 하긴 나 같은 자폐를 어떤 스승이 받아주겠는가. 어쩌면 내 곁에 있었는데 내가 알아보지 못했는지도 모르지.

오래전에 섬진강 종주를 하다가 만난 강물이 있었다. 아주 느린 강물이었는데 나를 보자마자 시비를 거는 것이었다.

"너는 왜 그렇게 느리게 걷니?"

"그럼 너는 왜 그렇게 느리게 흐르니?"

"그럼 누가 먼저 바다에 가나 한번 겨루어볼까?"

심심하던 차에 잘됐다 싶어 나는 그 제안을 받아들이기로 했다. 준비할 것도 없이 강물을 바라보며 걸었다. 그런데 얼마 가지 않아서 느리게 흐르던 강물이 나보다 저만치 앞서가는 것이었다. 나는 겨룸을 포기하고 흘러가는 강물을 한참 동안 바라보았다. 그제야 비로소 강물이 나보다 빨리 흐른다는 사실을 알게 되었다. 더도 말고 덜도 말고 강물의 속도로 살자는 게 나의 신념이었는데 강물이 나보다 더 빨리 흐른다는 사실을 알게 되었으니 나는 강물의 속도보다 느리게 산 것이며 더는 강물의 속도가 나의 신념이 될 수 없었다. 내가 현실의 흐름에서 밀려난 것도 따지고 보면 내 발보다 내 마음이 조급했기 때문이었다. 이렇듯 발 따로 마음 따로 걸었으니 강물의 속도로 살지 못한 것이다. 강물은 느리게 흐르는 것이 아니라 천천히 흐르는 것이었다. 강물이 나보다 빨리 흐를 수 있었던 것은 바로 몸과 마음이 하나 되어 천천히 흘렀기 때문이었다. 나의 스승은 분명 거기에 있었다. 그때 나의 스승을 알아보았더라면 지금쯤 내 인생은 많이 달라졌을 것이다. 나도 몸과 마음이 하나 되어 천천히 걸었어야 했는데…….

어제는 글을 쓰다가 잘 써지지 않아서 산으로 갔다. 산에 가면 생각들이 곧잘 떠오르기 때문이다. 그런데 그것이 꼭 산이기 때문이 아니라 산에 가면 나도 모르게 심호흡을 하며 천천히 걷다 보니까 자연스럽게 생각이 떠오르는 게 아닌가 싶다. 천천히 걸으니까 보이지 않던 꽃들이 보이고 천천히 생각하니까 작은 별처럼 생각이 돋는 것이다. 이렇듯 이미 있는 것을 보지 못하는 건 조급함이 눈을 가리기 때문에 일어나는 현상이 아닐까 싶다.

생각해보자. 왜 우리는 목적지에 일찍 도착하려고만 하는가? 만약 그 생각에서 자유로울 수 있다면 우리는 지금보다 훨씬 더 풍요로운 삶을 누릴 수 있을 것이다. 천천히 먹으면 흔한 음식에서도 새로운 맛이 느껴진다. 천천히 생각하면 잘 풀리지 않던 일도 쉽게 풀릴 때가 있고 심지어는 노여움도 가라앉힐 수 있다. 인생에는 정답이 없다고들 하지만 '천천히' 속에는 우리가 미처 생각하지 못한 정답들이 아주 많이 들어 있다.

'천천히'라는 말은 '빨리빨리'의 반대말이 아니다. 무언가 빨리 이루려면 천천히 해야 하기 때문이다. 봉우리에 빨리 오르려면 천천히 올라야 하고 두꺼운 책을 빨리 읽으려면 천천히 읽어야 한다. 세 번 생각하라는 말은 천천히 생각하라는 뜻이고 돌아가라는 말 역시 천천히 가라는 뜻이다. 생각을 천천히 하면 시곗바늘도 천천히 돌고 생각을 빨리하면 시곗바늘도 빨리 돈다. 빨리 걸으면 더 멀어지고 천천히 걸으면 어느새 도착이다. 실제로 내가 걸어온 길을 뒤돌아보면 지름길이 빠른 길이 아니라 천천히 걸었던 길이 빠른 길이었다.

아이들아, 빨리 어른이 되고 싶니? 그렇다면 하루하루를 천천히 걸어서 볼 수 있는 것들을 실컷 보렴. 어른이 되면 지금 네가 본 것을 보지 못한단다. 어른은 되기 싫어도 되는 것이니 억지로 되려고 애쓰지 마라. 서둘러 어른이 된 나무는 거친 바람에 쉽게 쓰러지지만 천천히 자란 나무는 쉽게 쓰러지지 않는 법이지. '빠름'에 속지 마라. 세상에 기타 3개월 완성이 어디 있으며 영어 회화 3개월 완성이 어디 있느뇨? 요즘엔 사랑마저 빠름에 휘둘리고 있으니 이별이 낯설지 않구나.

사랑은 영원한 것이 아니라 오래도록 간직하는 것이다. 사랑은 쓰는 대로 없어지기 때문에 함부로 불태우다가는 재만 남기게 되지. 사람은 태어날 때 일정한 양의 사랑을 갖고 태어난다. 대충 1년에 한 알씩 쓰면 100년 동안 쓸 수 있을 정도의 양이다. 그걸 1년에 두세 알씩 마구 써 버리면 50년도 못 돼서 고갈되는 것이고 아껴 쓰면 100년도 더 쓸 수 있다. 그러니 다른 건 몰라도 사랑만큼은 천천히 아껴 써야 한다. 무턱대고 사랑을 좇지 마라. 꽃은 서둘러 피지 않는다. 천천히, 천천히 꽃눈을 틔우며 때를 기다리지. 그러니 우리도 천천히 기다리는 법을 배워야 한다. 이른 나이에 화장을 시작하면 빨리 어른이 될 것 같지만 그만큼 빨리 늙는 것이고 이른 나이에 술, 담배를 시작하면 금방 어른이 될 것 같지만 그만큼 금방 병드는 것이다. 막상 어른이 되어 보아라. 학창 시절 고왔던 얼굴이 그리울 것이다.

요즘 들어 나는 부모에게 고마움을 느낀다. 재산은 물려받지 못했지만 '천천히'라는 유전자를 물려받았기 때문이다. 하지만 이마저도 실천하지 않으면 다 소용없는 일, 기다림도 천천함이 있어야 하고 참는 것도 천천함이 있어야 한다. 천천하지 못하고 들뜨면 화로 연결되거나 일을 망치기도 한다.

우리가 천천히 걸으면서 눈여겨봐야 하는 것은 아름다운 꽃들이 아니라 사랑받지 못하는 잡초들이다. 잡초라고 하면 거들떠보지 않는데 자세히 들여다보면 잡초도 예쁘다. 잡초가 아름답게 보일 때 비로소 우리 마음도 너그러워지는 것이다. 나는 술잔에 별빛을 타서 마시는 걸 좋아하는데 어떤 사람은 술잔을 돌리며 빨리 마시라고 한다. 그게 나쁘다는 건 아니지만 술도 천천히 마셔보라 술의 너그러움을 알게 되리라. 느림은 게으름으로 변할 수 있지만 천천함은 변한다 해도 너그러움이다. 이 모든 것이 뒤늦게 만난 스승의 가르침이다.

'천천히!'

이 분이 바로 나의 스승이다.

천천히, 천천히 걸어보세
뛰지 말고 걸어보세
꽃도 보고, 별도 보고
지나가는 바람도 보세

천천히, 천천히 사랑하세
불타는 사랑은 하지 마세
불이 꺼지면 재만 날리고
가슴이 추워진다네

천천히, 천천히 취해보세
별빛 저어서 마셔보세
텅 빈 마음에 별빛 흐르니
오늘도 잘 살았네

천천히, 천천히 눈 맞추세
그대 눈 속에 내가 있네
나도 모르게 눈물 고이네
그대를 사랑하오

늦 었 지 만

천천히, 천천히 들어보세
내 말만 옳다고 하지 말고
꽃들이 뭐라고 말하는지
두 귀를 기울여보세

천천히, 천천히 생각하세
아주 천천히, 천천히, 천천히
그대 마음에 하늘 있으니
하늘 뜻대로 하세

— 〈천천히〉*

앵무산 두더지

남을 사랑함으로써 자신을 빛내려 하지 말고
자신을 사랑함으로써 남을 빛나게 하자

동물들이 싸우는 걸 보면 사람보다 솔직하다는 생각이 듭니다. 우두머리 자리를 놓고 싸울 때도 그렇고 암컷을 놓고 싸울 때도 그렇고 싸움에서 지면 그것을 인정하고 물러날 줄을 아는 그 모습이 아름답기까지 합니다. 사람들은 패배를 인정하기는커녕 온갖 술수를 써서라도 우두머리를 차지하려고 하고 원하는 자리를 차지하려고 하지요. 그것이 얼마나 추한 것인지도 모르는 모양입니다. 그래서 동물의 왕국에서는 사람을 동물로 인정해주지 않는 거지요. 동물의 왕국이 궁금합니다. 동물의 왕국은 어떻게 다스려지는 걸까요? 아마도 제 생각에는 그들 나름대로 규칙이 있는 것 같아요. 생존경쟁에서 살아남은 자가 강자가 될 뿐 왕은 없는 것 같습니다. 모든 동물은 그냥 자유롭게 살다가 죽는 거지요. 다스리는 자도 없고 다스림을 받는 자도 없으니 주어진 대로 살다가 사라지는 거지요. 하지만 사람의 왕국에서는 다스리는 자가 있고 다스림을 받는 자가 있으므로 주어진 대로 살기가 참 어렵지요.

만약 저에게 동물의 왕국을 지키는 동물을 추천하라고 한다면 두더지를 추천하겠습니다. 두더지는 코끼리가 어떻게 생긴지도 모르고 사자가 어떻게 생긴지도 모르지요. 마음만 먹으면 아무하고나 싸울 수 있고 어떤 압력이 가해져도 자기 생각을 굽히지 않습니다. 쓸데없는 지식이나 친절한 속삭임에도 휘둘리지 않으므로 올바르게 왕국을 지킬 수 있는 적임자라고 봅니다. 제가 보건대 사람의 왕국에선 두더지 같은 지도자가 나올 수가 없습니다. 머지않아 인류는 멸망할 터인데 동물들만이라도 살아남아서 지구를 지켜주었으면 좋겠습니다.

❧

　사람의 마음속에는 악마도 살고 있고 천사도 살고 있지요. 악마의 말을 따르면 악마처럼 살게 되지만 천사의 말을 따르면 적어도 악마처럼 살게 되지는 않겠지요. 그러면 어떻게 악마를 멀리할 수 있을까요? 자신을 믿는 겁니다. 자신을 믿지 못하면 천사의 목소리와 악마의 목소리를 구별하기 어려울 테니까요. 자기 자신을 사랑하지 않으면서 남을 사랑한다는 것은 악마의 말을 따른 것일 수도 있고 천사의 말을 따른 것일 수도 있지만 자기 자신을 사랑하고 남을 사랑한다는 것은 오로지 천사의 말만 따른 것입니다. 그러니 남을 사랑함으로써 자신을 빛내려 하지 말고 자신을 사랑함으로써 남을 빛나게 해야 합니다.

❧

　순천에 가면 앵무산(343m)이라고 있는데 그 산기슭에 학교가 하나 있습니다. 교장 별명이 두더지인데 동물의 왕국을 지키는 두더지처럼 학교를 잘 지키고 있지요. 아이들도 두더지 교장을 잘 따르고 두더지도 아이들을 잘 따릅니다. 무릇 학교가 싱싱해야 사회도 나라도 싱싱해지는 거 아니겠습니까. 길을 잃고 헤매는 사람들이여! 우리 모두 가던 길을 멈추고 잠시나마 자신의 마음을 믿어봅시다. 제 마음도 믿지 못하면서 어떻게 소원이 이루어지길 바라겠습니까? 하느님을 믿지 않는 사람이라도 제 마음을 믿는 사람이라면 하느님은 그 사람을 보살펴 주실 겁니다.

꿈

거북이가 토끼에게 경주하자고 했을 때 토끼는 거북이랑 경주할 생각이 없었습니다. 물론 토끼가 거북이에게 느림보라고 놀린 것은 잘못이지만 토끼에게 경주하자고 말한 거북이도 잘못입니다. 저 같으면 "내가 느림보라는 걸 어떻게 알았지?"라고 웃어넘겼을 텐데 거북이는 기분이 많이 상했던 모양입니다. 토끼는 거북이의 제안을 받아들였습니다. 느린 거북이가 승자가 되면 많은 사람에게 희망을 줄 수 있을 거라는 생각에서였지요. 토끼는 잘 알고 있었습니다. 거북이와 경주해서 이겨봤자 욕을 바가지로 먹을 거라는 것을. 세상에 거북이와 경주해서 이기겠다는 토끼가 어디 있겠습니까? 경주를 하려면 토끼끼리 하든가 거북이끼리 해야지 어떻게 빠른 토끼와 느린 거북이가 경주한단 말입니까? 빠름에 중독된 세상! 거북이마저 떠나면 '느림 마을'은 누가 지킵니까?

❧

아이들에게 옳고 그름을 가르칠 때 옳은 것만 가르칠 것이 아니라 그른 것도 가르쳐주었으면 좋겠습니다. 어렸을 때 토끼와 거북이를 배웠는데 선생님은 토끼와 거북이에 대해서 어떻게 생각하느냐고 묻지도 않고 무조건 거북이를 본받으라고 하셨습니다. 토끼가 불쌍하다고 말했더니 선생님은 왜 토끼가 불쌍하냐고 묻지도 않고 야단을 쳤지요. 자폐 증세가 있던 저는 제 생각을 굽히지 않았습니다. 저도 알고 있었습니다. 느려도 꾸준히 노력하면 승리한다는 교훈을. 하지만 토끼가 일부러 져준 것이라고 생각하니까 승리한 거북이보다 토끼가 더 자랑스러웠습니다. 그런데 선생님은 게으른 토끼를 본받지 말라고 했습니다. 그래서 저는 토끼가 너무 불쌍하다고 생각했습니다.

북한에서 세계 청소년 육상 대회가 열렸습니다. 만 미터 종목에는 여러 나라 선수들이 참가했습니다. 유력한 우승 후보는 북한 선수였지요. 북한 주민들도 이 선수에게 많은 응원을 보내고 있었습니다. 한국 선수가 일등으로 달리고 있었고 그 뒤로 중국, 북한, 미국, 러시아, 일본 선수들이 앞서거니 뒤서거니 달렸습니다. 그러다 마지막 한 바퀴가 남았을 때였습니다. 일등으로 달리던 한국 선수가 갑자기 넘어지고 말았습니다. 그사이 북한 선수가 중국 선수를 제치고 일등으로 달리기 시작했습니다. 관중들의 목소리가 높아지고 골인 지점이 눈앞에 보였습니다. 그런데 갑자기 북한 선수가 뒤돌아가는 것이었습니다. 관중들이 조용해졌습니다. 일등을 포기한 북한 선수는 절뚝거리는 한국 선수를 향해 달렸습니다. 그사이 중국 선수가 일등으로 들어갔고 그 뒤로 미국, 러시아, 일본 선수 그리고 다른 나라 선수들까지 다 들어갔습니다. 이윽고, 절뚝거리는 한국 선수와 그를 부축한 북한 선수가 꼴찌로 골인 지점을 통과했습니다. 그때였습니다. 조용하던 관중들이 파도처럼 일어나 우레와 같은 박수를 치는 것이었습니다.

어떤 어려운 일과 마주쳤을 때 제 마음을 믿고 있다면 마음이 시키는 대로 하면 됩니다. 하지만 자기 마음을 믿기까지가 어려운 것이겠지요. 사랑어린학교 교장 두더지는 아이들이 졸업하면 마음속에 두더지 한 마리가 생겨나기를 바랐습니다. 어떤 아이는 두더지 한 마리를 지니고 졸업을 했지만 어떤 아이는 그러지 못했지요. 그래도 언젠가는 그 아이도 두더지 한 마리를 지니게 될 거라고 믿었습니다. 악마들은 주로 눈, 코, 귀, 입에 많이 모여 삽니다. 그래서 바른 생각을 해놓고도 눈에 보이는 것에 따라 행동하고, 귀에 들리는 대로 행동하고 그걸 또 입으로 변명하지요. 두더지를 보십시오, 눈이 퇴화한 두더지가 악마와 싸워서 이길 수 있었던 것은 눈에 뵈는 것이 없었기 때문입니다. 덕분에 두더지는 제 마음을 믿게 되었고 제 마음이 시키는 대로 행동할 수 있었습니다. 믿는다는 건 그만큼 제 마음을 사랑한다는 거니까요.

살다 보면 해서는 안 될 일을 할 때도 있지요. 그럴 때 꼭 나타나는 것이 악마의 유혹입니다. 우리는 그런 유혹에 잘 넘어갑니다. 하지만 대부분 그런 사실을 인정하지 않지요. 우리가 탁한 세상을 사는 것은 인정할 것을 인정하지 않고 자기를 유혹했던 악마에게 천사의 옷을 입혀주었기 때문입니다. 그 덕에 잘살았는지는 모르지만 어느 날 문득 자기 몸 속에도 악마의 피가 흐른다는 것을 알게 되지요. 그렇게 악마가 된 사람들은 서로 모른 척, 제 그림자를 감추며 살아갑니다. 하지만 그림자는 감춰지지 않지요. 우리 사회에 지식을 재물로 여기는 사람들이 있는데 그런 사람들은 자신이 악마인지도 모르는 사람입니다. 지식에 먼지가 쌓이면 그 속에서 악마의 씨가 자란다는 것을 모르고 있으니까요.

내 마음 어딘가에 악마가 있어
내가 가는 길마다 헤살부리네
악마를 사랑하지 않은 죄로
난 그만 길을 잃었네
어느 날 두더지 한 마리가
내 마음 악마 앞에 나타나서
더 이상 괴롭히지 말라고
으름장을 놓았다네
악마 발에 걷어차인 두더지는
온몸이 부서지고 찢어졌다네
아무것도 볼 수 없는 두더지는
제 마음을 믿었다네

피투성이 두더지가 다시 일어나
악마를 향해서 달려들었지
하룻강아지가 겁이 없다고
악마는 화를 냈다네
너, 내가 누군지는 알고 있나?
악마는 큰 소리로 어흥 했지
그랬더니 두더지 하는 말이,

늦 었 지 만

도대체 너는 누구냐?

깜짝 놀란 악마가 뒷걸음치며

겁 없는 두더지를 노려보는데

어디선가 들려오는 햇살 소리

악마는 물러갔다네

두더지는 말없이 떠났다네

제 살던 곳으로 돌아갔다네

내 마음에 사랑 하나 심어놓고

조용히 떠났다네

길 잃고 헤매는 그림자여

이제 다시 일어나 꿈을 지피자

믿음과 사랑의 이름으로

다시 길을 떠나자

두더지는 아무것도 볼 수가 없어

하지만 제 마음은 볼 수가 있지

나도 내 마음을 믿어보자

나를 사랑해보자

— 〈앵무산 두더지〉, 2009

내 꿈이 걷는다

걷지 않는 꿈은
고인 물과 같아서
썩기 마련이다

순천에 가면 사랑어린학교가 있다. 학교 뒤에는 산이 있고 앞에는 들이 있고 멀지 않은 곳에 바다도 있다. 그 학교에서 무엇을 가르치는지는 잘 모르겠지만 한 가지 분명한 것은 걷는 수업을 자주 한다는 것이다. 2013년 겨울, 그 학교 아이들과 함께 '남도삼백리'를 걸었다. 대안학교라고 해서 문제가

늦 었 지 만

있는 아이들이 다닐 거라는 생각은 오산이었다. 나도 아이들이 있다면 이런 학교에 보내고 싶었다. 묵묵히 순례를 마친 아이들을 보면서 나중에 노래를 만들어 선물해줘야겠다고 생각했다.

아이들은 줄지어 걷지 않았고 빨리 걷지도 않았다. 내가 국토 순례를 했을 때는 줄지어 빨리 걸었는데 어떤 차이가 있는지 모르겠으나 아이들의 걷는 모습에서 묘한 분위기가 느껴졌다. 아는 만큼 보인다고 했던가? 꿈이라는 것도 바라보는 만큼 보일 거라는 생각이 들었다. 요즘 하늘엔 별이 보이지 않는다고 말하는 사람들이 있는데 그런 사람들은 평소 하늘을 처다보지 않았을 거라는 생각이 든다.

꿈을 지키는 방법은 두 가지다. 하나는 날마다 별을 바라보는 것이고 다른 하나는 걷는 것이다. 별을 바라본다는 것은 꿈의 안위를 걱정하는 것만으로도 충분히 꿈을 지킬 수 있다. 걷는다는 것은 마음속에 숨어 있는 욕심을 찾아내어 몸 밖으로 밀어내는 것으로 온갖 오염으로부터 꿈을 보호할 수 있다. 게다가 오래 걸으면 잡생각이 사라져 잘 지워지지 않던 마음의 때도 흔적 없이 사라진다. 설령 꿈이 없는 사람이라 할지라도 이 두 가지를 실천하면 새잎이 돋듯 꿈이 돋을 것이다.

꿈을 지녔다고 해서 꿈이 이루어지는 것은 아니다. 걷지 않는 꿈은 고인 물과 같아서 썩기 마련이고 그런 경우 꿈을 잊었다거나 잃어버렸다고 말하는 사람들이 많다. 다 핑계다. 심지어 어떤 사람은 꿈이 없는데도 꿈을 잃어버렸다고 말한다. 솔직히 말해서 나도 그랬다. 꿈도 없으면서 꿈이 있는 척 살아온 세월이 너무 길었다. 지금 내가 쓸쓸한 것은 그 때문이다. 그래서 아이들에게 말해주고 싶다. 억지로 꿈을 갖지 말라고.

꿈은 들꽃처럼 자연스럽게 피어나는 것이어서 그냥 지나치면 볼 수 없지만 오래 걷다 보면 들꽃이 자기를 쳐다봐 달라고 방긋 웃는 모습을 발견하게 된다. 꿈은 오래 걸을수록 좋고 짧게 걸어도 걷지 않은 것보다는 낫다. 내가 걷는 만큼 꿈도 걷는 거니까. 목적지에 도착하면 무언가 이루었다는 성취감이 생기지만 비움을 느끼지 못한 상태에서 이루었다는 성취감에만 빠진다면 그건 헛일이다. 걷는다는 건 어떤 뜻을 이루려는 것보다는 마음을 비우려는 것이 먼저이기 때문이다.

걷자. 걸어서 마음을 비워보자. 걷는 길에 꽃이 피어 있으면 더 좋겠다. 꽃내음 가득한 길을 걸으면 시든 꿈도 다시 살아날 테고 지저분한 마음도 깨끗해질 테니. 걸으면 꿈이 보이고 걷지 않으면 먼지가 보인다. 구르는 돌에 이끼가 끼지 않는 것처럼 꿈이라는 것도 걸어야 탁해지지 않는다.

우리는 가끔 자신도 모르는 실수를 저지른다. 꿈에 욕심을 불어넣는 것이 그것이다. 어릴 때 풍선을 불다가 터트린 적이 한두 번이 아니었다. 풍선을 크게 불려다가 그리된 것이었다. 아이들은 다 그런 거라고 하지만 지금 생각해보니 아이들에게도 나름대로 욕심은 있는 것이었다. 아무튼 꿈에 욕심을 불어넣으면 터지기 쉬우니 걷고 또 걸어서 욕심을 밀어내야 한다.

비행기가 하늘을 제 맘대로 나는 것 같지만 다 정해진 길로 가는 것이다. 그것에 견주면 사람은 언제든지 자기가 가고 싶은 길로 갈 수 있다. 문제는 그 가고 싶은 길이 가서는 안 될 길일 수도 있다는 것이다. 옛날에는 스승의 말씀이 곧 나침판이었지만 요즘 세상에 어느 아이들이 스승의 말씀을 나침판으로 생각하겠는가. 그래서 길이 아닌 길로 가는 아이들이 적지 않다. 그뿐만이 아니다. 이 나라도 스승이 없기는 마찬가지다. 나는 지금 이 나라가 어디로 흘러가고 있는지 모르겠다.

그래도 인생의 나침판은 꿈이 아닐까? 멀고 먼 인생길에서 늘그막까지 꿈과 함께할 수 있다면 그런 사람은 정말 행복한 사람이다. 나를 떠나지 않고 먼 길을 함께 걸어주었으니 얼마나 고마운 벗인가. 그러므로 오늘 내가 걷는 것은 나를 위함이 아니라 꿈을 위함이다. 어제도 그랬고 오늘도 그랬고 앞으로도 나는 꿈을 이루지 않을 것이다. 난 그저 꿈이라는 벗과 함께 구만리 인생길을 천천히 걷고 싶을 뿐이다. 아주 천천히……

늦 었 지 만

바람에 꽃들이 춤추네
내 꿈에 꽃내음 스며드네
참 아름다운 내 나라
내 꿈이 걷는다, 걷는다
둥다리둥당 둥다리둥
둥다리둥다리 둥둥둥

고마운 빗줄기 내려와
내 맘에 먼지를 씻어주네
참 아름다운 내 나라
내 꿈이 걷는다, 걷는다
둥다리둥당 둥다리둥
둥다리둥다리 둥둥둥

비 그친 하늘에 무지개
어둡던 마음에 햇살이
참 아름다운 내 나라
내 꿈이 걷는다, 걷는다
둥다리둥당 둥다리둥
둥다리둥다리 둥둥둥

늦지 않았어

꽃길 따라서 구만리
꿈길 따라서 구만리
참 아름다운 내 나라
내 꿈이 걷는다, 걷는다
둥다리둥당 둥다리둥
둥다리둥다리 둥둥둥

— 〈내 꿈이 걷는다〉, 2014

늦었지만

옷

천사는 악마 옷을 입어도 천사이고
악마는 천사 옷을 입어도 악마이다

동물 가운데 옷을 입는 동물은 사람뿐일 것이다. 아니다, 요즘엔 개들도 옷을 입고 다니지. 그런데 신경 써서 주변을 둘러보면 옷하고 연관되어 있는 것이 의외로 많다는 것을 알 수 있다. 예를 들어 낡은 집에 페인트칠하는 것도 옷을 입히는 것이고 호박에 밀가루, 달걀을 묻혀 지지는 것도, 도금이라는 것도 따지고 보면 옷을 입힌 것이다. 그뿐만 아니라 아스팔트길이나 보도블록도 길에다 옷을 입힌 거라고 할 수 있다. 나도 내 음반에 '노래 옷'이라는 말을 쓴다. 편곡이라는 것이 노래에다 옷을 입히는 거라고 생각되기 때문이다.

～

산을 보자. 산은 철마다 옷을 갈아입는다. 봄에는 새잎 돋고 여름에는 숲을 이루고 가을에는 단풍 잔치를 하고 겨울에는 하얀 눈꽃을 피운다. 그런가 하면 하늘은 하루에도 서너 번씩 옷을 갈아입는다. 새벽에는 잿빛 옷을 입고 낮에는 파란 바탕에 구름무늬가 박힌 옷을 입고 저녁에는 붉은 노을 옷을 입고 밤에는 별 반짝이는 잠옷으로 갈아입는다. 사람도 산과 하늘처럼 옷을 입으면 재미있을 것 같다.

～

마네킹이 입은 옷은 마네킹에게 어울리는 옷인데, 그 옷이 자기에게도 어울린다고 생각하는 사람들이 더러 있다. 옷이란 그 사람을 대변해주기도 하고 지위를 나타내기도 한다.

늦 었 지 만

그래서 옷이 날개라는 말이 생겨났는지도 모른다. 그런데 우리가 생각하는 그런 옷만 옷이 아니다. 발을 감싸고 있는 양말과 신발도 옷이고 손을 감싸고 있는 장갑도 옷이고 어깨에 멘 가방과 목에 두른 스카프도 옷이고 모자도 옷이고 심지어는 수염도, 머리 모양도 옷이다. 그래서 어떤 사람은 예쁘게 보이려고 아예 얼굴을 고치기도 한다. 마음의 옷을 단정히 입으면 이렇게까지 신경을 쓰지 않아도 되는데 사람들은 그 말을 믿으려고 하지 않는다. 아이들이 예쁜 것은 마음결이 예쁘기 때문이다. 요즘엔 얼굴도 목소리도 비슷한 사람이 많다 보니 기억에 남는 사람들이 별로 없는 것 같다.

&

올림픽을 치르면서 우리나라도 우리의 모습을 많이 고쳤다. 그래서 한국을 보러 왔던 사람들이 한국의 참모습을 제대로 보지 못했다. 만약 있는 그대로의 모습을 보여주었더라면 한국을 기억하는 사람들이 많았을 텐데 안타깝게도 좋은 기회를 놓치고 말았다. 올림픽이 열리면 경제도 좋아지고 나라의 위상도 올라간다는 말에 속아 멀쩡한 산을 허물어 허둥지둥 스키장을 만들고 보기 흉한 것은 허물어버리거나 숨겨서 잘사는 나라처럼 꾸몄다. 하지만 경제가 좋아진 것도 아니고 한국이란 나라가 세상에 알려진 것도 아니고 그냥 올림픽위원회만 좋은 일 시켜준 꼴이 되고 말았다. 올림픽이 끝나고 세월이 흐른 뒤에야 우리는 올림픽이라는 괴물에게 이용만 당했다는 것을 알게 되었다.

꿈

2011년 남아프리카공화국 더반에서 2018년 동계 올림픽 개최지를 발표하자 두 나라 국민이 환호성을 질렀다. 한 나라는 한국, 한 나라는 독일이다. 한국은 동계 올림픽 개최지로 평창이 확정되어 환호성을 질렀고 독일은 뮌헨이 탈락해서 환호성을 질렀다. 나는 그때 뮌헨 시민들이 그렇게 부러울 수가 없었다. 평창 유치 위원회는 태극기를 흔들며 만세를 불렀다. 그 모습을 보면서 나는 내가 한 일도 아닌데 무지 창피했다. 독일은 환경이 파괴되지 않음을 다행으로 여기며 축배를 들었고 우리나라는 위상이 높아지고 경제가 좋아질 거라는 기대감에 축배를 들었다. 드디어 평창 동계 올림픽이 열렸다. 올림픽이 어떤 괴물인지 두 눈으로 똑똑히 보라. 단 3일간의 스키 경기를 위해 가리왕산의 숲이 사라지고 10만 그루의 나무가 잘려나갔다. 분노가 치밀었다. 바보 멍청이 같은 내 나라! 뮌헨 시민들은 탈락의 기쁨을 누리고 있는데 우리는 조상들이 물려준 유산을 잃고 좋다고 야단이다. 비싼 옷 입었다고 사람의 지위가 올라가는 것이 아니듯 올림픽을 열었다고 나라의 위상이 올라가는 것도 아니었다. 많은 사람이 올림픽이 끝난 뒤에야 환경이 파괴되었다는 것을 알게 되었다. 언제쯤 우리도 탈락의 기쁨을 누릴 수 있는 나라가 될까? 다시는 이 땅에서 올림픽 같은 거 열리지 않았으면 좋겠다.

~

나라 전체가 아파트라는 옷을 입고 있는 우리나라의 모습을 보라. 지방마다 고유의 옷이 있는데 그 옷을 벗겨버리고 아파트라는 옷을 입혀놨으니 정서가 무너지고 강산이 병들어가는 건 당연한 일이다. 문화적으로 봐도 그렇다. 우리 겨레의 옷은 아리랑인데 그 좋은 옷을 벗고 남의 나라 옷을 입고 있으니 나는 그것이 참 슬프다. 한국은 국제대회 유치 그랜드슬램(하계 올림픽, 동계 올림픽, FIFA 월드컵, 세계 육상 선수권 대회)을 달성한 세계 5번째 나라라고 자랑하고 있다. 앞으로도

이 나라는 온갖 행사를 유치하기 위해서 열을 올릴 것이다. 하지만 아무리 큰 행사를 유치해봤자 이용만 당하고 우리나라를 기억해주는 나라는 별로 없을 것이다. 아리랑이라는 멋진 옷을 내다 버리고 남의 나라 정서를 입고 사는 이런 나라를 어느 나라가 기억해주겠는가.

～

나는 어릴 때부터 머리 모양이나 옷에 관심이 없었다. 그래서 편하기는 했지만 어떤 때는 눈총을 받기도 했다. 1987년 12월 어느 날이었다. 아침부터 아내가 밝은 표정으로 오늘 좋은 일이 있을 것 같다고 했다. 지난밤 꿈속에서 잉어를 잡았다는 것이다. 꿈을 믿는 건 아니지만 좋은 일이 일어난다면 무엇일지 궁금하기는 했다. 저녁 무렵에 음반 제작자에게서 전화가 왔다. 문화 방송에서 '아름다운노래 대상'이라는 걸 하는데 거기서 내가 상을 받는다는 것이었다. 아내에게 그 말을 전했더니 그것 보라면서 아주 기뻐했다. 하지만 나는 상을 받는 것보다 텔레비전에 나가는 게 더 걱정이었다. 사람들 앞에 나서지 못하는 병이 있었기 때문이다.

드디어 처음으로 텔레비전에 나가는 날이었다. 집에서 출

발할 때부터 주눅이 들어 있었던 나는 방송국에 도착하자 더 주눅이 들어버렸다. 공개홀에 들어서니 어떤 가수가 무대에서 노래를 부르며 음향 상태를 점검하고 있었고 제작진들은 피디의 목소리에 따라 바쁘게 움직이고 있었다. 나는 어찌할 줄을 몰라 지나가던 사람을 붙잡고 예행연습 때문에 왔다고 했다. 그러자 그 사람은 대기실에서 기다리라는 말만 하고는 바쁘게 사라졌다. 나는 또 다른 사람을 붙잡고 이번에는 대기실이 어디냐고 물었다. 대기실을 찾아가니 그곳에는 아무도 없었다. 혼자서 썰렁한 방을 지키고 있는데 어떤 사람이 문을 열고 들어와서는 대뜸 한돌 씨 못 봤느냐고 물었다. 나는 얼떨결에 아무 말도 하지 못했다. 얼마 뒤 그 사람이 다시 문을 열고 들어왔다.

"혹시 한돌 씨 오면 무대로 나오라고 하세요."

그는 내 말을 듣지도 않고 바쁜 듯이 문을 닫았다. 나는 어리벙벙한 채로 무대로 나갔다. 두리번거리고 있는 나에게 피디가 다가와서는 한돌 씨냐고 물었다. 그렇다고 하자 피디는 한숨을 쉬며 주저앉았다. 나는 놀라서 당황했다. 피디가 다시 일어서면서 내게 물었다.

"옷을 이렇게 입고 온 겁니까?"

나는 검게 물들인 야전잠바를 입고 있었다. 그런데 그 옷이 피디 눈에는 거슬렸던 모양이다. 실망한 표정으로 나를 쳐다보던 피디가 지휘를 해보라며 지휘봉을 건네주었다. 내가 지휘를 해본 적이 없다고 하자 그냥 지휘봉을 잡고 시늉만 내라며 악단 앞으로 데려갔다. 나는 잔뜩 주눅이 든 채로 고개를 숙이고 지휘봉을 흔들었다. 그러자 내 앞에 있던 바이올린 주자가 우리가 알아서 할 테니 걱정하지 말고 흉내만 내라고 했다. 예행연습이 다 끝나자 피디는 자기 옷을 벗어서 나에게 건넸다. 나는 피디의 와이셔츠와 넥타이, 겉옷까지 얻어 입고 대기실에서 순서를 기다렸다. 생방송이 시작되고 드디어 내 차례가 왔다. 나는 고개를 숙인 채 지휘봉을 흔들었다. 그 시간이 왜 그렇게 긴지 옷도 불편하고 정말 죽을 맛이었다. 조명 탓도 있었지만 긴장한 탓에 땀을 많이 흘렸다.

방송을 끝내고 옷을 돌려주는데 와이셔츠가 땀으로 젖어 있었다. 피디에게 미안하다고 말했더니 오히려 나에게 수고했다며 미소를 보내주었다. 나는 내가 입고 왔던 야전잠바를 다시 걸쳐 입고 방송국을 빠져나왔다. 옷 때문에 정신이 번쩍 든 하루였다. 하지만 그 덕분에 내가 있어야 할 곳이 어디인지 알게 되었다.

'내 옷은 이 동네에 어울리지 않는구나.'

～

우리 동네 미장원에서는 남자 머리를 깎는 데 만오천 원이 든다. 그래서 나는 우리 동네에서 멀리 떨어진 미장원에 가서 오천 원을 주고 머리를 깎는다. 그건 내가 검소한 생활을 하려는 것이 아니라 만 원이나 차이가 나기 때문이다. 만 원이면 막걸리가 아홉 병이다.

～

나는 나들이할 때 주로 바바리에 중절모를 쓴다. 바바리는 안에 무슨 옷을 입든 신경을 쓰지 않아도 돼서 좋고 모자는 머리 모양을 대신해주기 때문에 좋다. 처음에는 생각이 달아날까 봐 모자를 쓰기 시작했는데 나중에는 습관적으로 모자를 쓰게 되었다. 어쩌다 모자를 안 쓰고 나가면 사람들이 오늘은 왜 모자를 안 썼냐고 물어볼 정도다. 1998년 여름, 처음으로 일본 나들이를 할 때였는데 아내는 공연할 때 입을 옷이 없다며 걱정을 했다. 나는 괜찮다고 했지만 관객들 앞에서는 예의를 지켜야 한다는 것이 아내의 생각이었다. 아내는 여름 한복을 꺼내서 내게 내밀었다. 언젠가 국악 공연에서 주최 측이 마련해준 옷이었는데 생활한복은 아니고 모시 한복처럼 가벼운 옷이었다.

한복에 흰 고무신을 신고 중절모를 쓴 나는 나리타 공항에서 김구 선생의 마음으로 의젓하게 걸었다. 하지만 나를 봐주는 사람은 아무도 없었다. 공연하는 날도 그 한복을 그대로 입고 무대에 올랐지만 개밥에 도토리가 된 듯한 기분이었다. 관객들 가운데 한복을 입은 사람은 눈에 띄지 않았고 나 홀로 한복을 입고 폼을 잡는 것 같았다.

공연을 마친 다음 날 공연 기획사 대표와 함께 공원 구경을 갔는데 공원을 거닐던 나에게 축구공이 굴러왔다. 나는 공이 굴러온 방향으로 공을 찼다. 그런데 고무신만 멀리 날아가고 공은 내 뒤로 굴러가고 말았다. 공을 기다리던 아이들이 내 모습을 보고 막 웃었다. 고무신을 찾으러 가면서 나는 내가 솔직하지 못하다는 것을 깨달았다. 한복을 입고 한국을 보여주고 싶은 마음이야 조금은 있었겠지만 결국 폼을 잡으려고 그랬다는 것을 알게 되었다. 고무신을 찾고 보니 고무신 바닥이 시꺼멓게 얼룩져 있었다.

그날 저녁 기획사 대표와 함께 식당에 갔는데 내 고무신을 본 종업원 여자가 반가운 표정을 지으며 내 옆에 앉았다. 그러고는 다짜고짜 자기에게 고무신을 팔라는 것이었다. 식당

을 나갈 때 나는 식탁 밑에 고무신을 벗어놓고 나왔다. 뒤늦
게 고무신을 발견한 종업원은 슬리퍼를 들고 내게 다가와서
는 고맙다고 했다. 그 종업원에게는 고무신이 고향의 옷이었
으리라.

⁌

대학생이 된 동무들이 대학에 떨어진 나에게 여자 동무를
소개해주었다. 함박눈 내리던 어느 겨울날, 청색 모직 코트
를 차려입은 그녀와 함께 명동에 있는 어느 술집에 갔다. 그
녀는 대학교 1학년이었고 나는 재수생이었다. 그녀가 새로
맞춘 코트라며 내게 자랑을 했다. 그때 나는 싸구려 잠바를
입고 있었다. 술을 마시던 그녀가 술에 취했는지 소주잔을
엎질렀다. 내가 웃으면서 말했다. 그 새 코트로 엎질러진 술
을 닦으면 평생 사랑하겠노라고. 그녀는 망설임 없이 코트
소매로 술을 닦았다. 나는 깜짝 놀랐다. 그래도 새로 맞춘 옷
인데 어떻게 저럴 수 있는지? 나는 내가 한 말에 책임을 져
야 했다. 하지만 그게 마지막이었다. 어디서 무얼 하는지, 잘
살고 있는지 오늘따라 그 동무가 보고 싶다.

똑같은 옷도 입는 사람에 따라 다르게 보인다. 옷은 주인을 닮아가기 때문이다. 천사는 악마 옷을 입어도 천사이고 악마는 천사 옷을 입어도 악마이다. 하지만 막상 누가 악마이고 누가 천사인지 그걸 알 수가 없다. 하얀 마음이 좋고 검은 마음이 나쁘다는 말도 이제는 곧이곧대로 받아들일 수 없게 되었다. 그건 사람들이 그렇게 정해놓은 것일뿐, 요즘은 천사 옷을 입고 있는 악마들이 너무 많다. 지금 나는 어떤 옷을 입고 있는가.

❧

북쪽 나라 국화는 함박꽃이고 남쪽 나라 국화는 무궁화이다. 꽃들은 다툼이 없는데 사람들이 문제다. 꽃과 새들은 서로 다른 옷을 입고 다른 노래를 불러도 어우러져 평화로운데 사람들은 옷에 따라 이편저편으로 나누인다. 그 옛날 우리는 무슨 옷을 입어도 아리랑이었지. 이제 다시 그 옷을 입어보세.

하얀 옷에 검은 마음 누가 알리오
검은 옷에 하얀 마음 누가 알리오
천사 옷을 입었다고 천사가 되나
악마는 악마인 것을

외롭지 않은 사람 어디 있겠소
착하지 않은 사람 어디 있겠소
노래 못할 사람들이 어디 있겠소
서로 다른 옷을 입고 있을 뿐이지

빨간 옷을 입은 사람 빨간 얘기를
파란 옷을 입은 사람 파란 얘기를
함박꽃 무궁화 재롱잔치에
누가 누가 더 예쁜가

파란 새가 지저귀며 노래를 하네
빨간 새가 지저귀며 노래를 하네
하얀 새 검은 새도 노래를 하네
서로 다른 옷을 입고 노래 부르네

— 〈옷〉, 1988

늦지 않았어

낯선 슬픔

나는 산으로 가고 있었는데
바다에 도착해서 산을 그리워했다

세상의 물결이 나를 강물 밖으로 밀어냈을 때 내 손을 잡
아준 것은 슬픔이었다. 슬픔은 내가 세상에 물들지 않도록
면역력을 키워주었고 버팀나무가 되어 나를 쓰러지지 않게
했다. 그 덕에 나는 묵묵히 나의 길을 걸을 수 있었다. 이제
는 강물 밖에서 흘러가는 강물을 바라보는 여유도 생겼다.

늦 었 지 만

그런데 가끔 예전에는 보지 못했던 낯선 슬픔이 나타나서 나를 당황하게 만든다. 하긴 내가 슬픔이라고 하는 것을 요즘 아이들에게 보여주면 그게 무슨 슬픔이냐고 할지도 모르지. 옛날 음악을 고리타분하다고 여기는 것처럼 말이다. 더러운 강물 위로 반짝반짝 흐르는 저것이 무엇이냐. 기쁨의 탈을 쓴 슬픔이 아니더냐. 어디서 흘러왔기에 이리도 많이 흘러가느냐. 모르겠다, 모르겠어. 도대체 무엇이 슬픔이고 무엇이 기쁨인지. 슬픔을 기쁨이라고 말하는 지금 이 하늘, 푸르던 옛 시절이 그립기만 하구나. 이러다가 슬픔이 사라지기라도 한다면 아, 그건 정말 슬픈 일이다.

෴

마음이 적적하여 산골에 사는 동무네 집에 놀러갔다. 한밤중에 오줌이 마려워 밖으로 나왔는데 무언가가 내 얼굴을 휘감았다. 처마 밑에 드리워진 거미줄이었다. 거미줄에는 여러 종류의 곤충들이 걸려 있었고 빗방울도 송알송알 맺혀 있었다. 그때 우연히 마주친 내 그림자를 보고 나는 깜짝 놀랐다. 내 그림자가 낯설게 느껴졌기 때문이었다. 마치 다른 사람의 그림자가 내 발에 붙어 있는 것 같았다. 문득 어릴 때 나를 졸졸 따라다니던 그림자가 보고 싶어졌다. 달밤에 함께 걸었던 꼬마 그림자는 나를 지켜주는 든든한 벗이었지. 그 다정했던 그림자는 어쩌다가 나와 헤어지게 되었을까? 아마도 저 빗방울처럼 세상의 거미줄에 걸렸을지도 모르지. 그렇다면 나는 꼬마 그림자가 그렇게 된지도 모르고 먼 길을 혼자서 걸어왔구나. 그 때문이었을까? 뭔가 허전하고 마음 한구석에 찬바람이 새어 들어오는 것 같다. 이 나이 되도록 아직도 마음이 여물지 못했으니 그저 한심할 뿐이다. 예순 고개 넘은 지가 엊그제인데 저만치 일흔 고개가 가물거린다.

∽

　기억을 더듬어보면 덕유산 어디쯤이었을 것이다. 산길을 걷다가 날이 저물어 어느 폐가에서 하루 쉬어가기로 했는데 거미줄이 어쩌나 많은지 집 전체가 거미줄에 걸려든 것처럼 보였다. 다음 날 아침 나는 거미줄을 헤치고 빠져나왔다. 그런데 뭔가 찜찜했다. 나중에 알고 보니 내 그림자를 데리고 나오지 못했다. 그때 나의 행동을 보고 나는 놀라지 않을 수 없었다. 의리도 없이 그림자를 버리고 혼자 빠져나온 것이다. 그림자는 내가 힘들 때마다 나를 지켜주었는데 나는 그

늦 었 지 만

런 그림자를 아무 생각 없이 버린 것이다. 사람은 그림자와 함께 있어야 온전한 것인데 그림자가 없으니 내가 온전할 리가 없다. 별이 보이지 않는다고 말하는 내가 치사하다는 생각이 들었다. 밤하늘을 쳐다보지도 않으면서 그런 말을 했으니까. 나는 산으로 가고 있었는데 바다에 도착해서 산을 그리워했다. 꿈을 잃어버렸다는 것도 거짓말이고 꿈을 잊었다는 것도 거짓말이었다. 나는 처음부터 꿈을 사랑하지 않았던 것이다. 강에서 그물 낚시 하는 사람을 보았다. 그물에 걸린 고기가 퍼덕거리고 있었다. 어린 날의 내 꿈도 세상 그물에 걸려 퍼덕거리다가 죽었을 것이다.

❧

내가 나에게 물었다. 지금 가장 후회되는 것이 무엇이냐? 생각해보니 나는 누구나 넘어야 하는 산을 넘지 못했다. 모든 학문에 기초가 있는 것처럼 인생에도 기초가 있는 것인데 나는 그 기초를 무시하고 산을 넘으려고 했다. 장비도 제대로 갖추지 않고 무조건 오르려고만 했던 나는 얼마 가지도 못하고 주저앉고 말았다. 그때였다. 큰 배낭을 짊어진 어떤 사람이 올라오는 것이 보였다. 나는 그 사람에게 함께 가자고 말했다. 나를 아래위로 훑어보던 그 사람은 고개를 저으며 거절을 했다. 왜 거절하느냐고 물었더니 내게 눈빛이 없다는 것이었다. 세상에 살다 살다 그렇게 말하는 사람은 처음 보았다. 나는 그 사람이 너무 건방지다 생각하여 더는 말을 섞지 않고 산 아래로 향했다. 그것이 내 인생에서 가장 큰 실수였다. 따지고 보면 정말 건방진 놈은 나였다. 산을 내려간다는 것은 인생을 포기한 거나 마찬가진데 이처럼 건방진 놈이 또 어디 있겠는가. 어찌 되었건 나는 그 사람을 따라갔어야 했다. 눈빛이 없다는 것은 간절함이 없다는 뜻인데 나에게 그런 말을 해줄 사람이 이 세상에 과연 몇 명이나 있겠는가. 어쩌면 그 사람이야말로 내 인생에서 가장 친절한 사람이었는지도 모른다. 자존심! 그 하찮은 것 때문에 나는 인생을 망친 것이다. 진정한 자존은 자신을 낮추는 것인데 그때는 그걸 몰랐다. 결국 나는 산에서 내려와 우회 도로를 택했다. 하지만 편안할 거라고 생각했던 우회 도로는 더 험하고 멀게만 느껴졌다. 많은 사람이 그 산을 넘는 까닭은 인생의 기본을 튼튼히 하기 위해서이다. 나는 그 산을 넘지 못해서 인생의 기본이 없는 것이고 그래서 작은 바람에도 쓰러지고 세상을 헤쳐나갈 힘도 없는 것이다. 이제라도 산을 넘고 싶으나 그때로 돌아갈 힘도 없고 돌아갈 수도 없다. 지금 내가 가장 후회하는 것이 바로 그것이다.

❧

중학교 2학년 때 합기도를 배웠는데 나는 기초부터 차근차근 배울 생각은 하지 않고 검은 띠를 따서 아이들에게 폼 잡을 생각만 하고 있었다. 결국 나는 파란 띠에서 타울타울하다가 그만두고 말았다. 그뿐만이 아니었다. 기타 소리에 빠진 나는 용돈을 열심히 모아 기타를 장만하는 데까지는 성공을 했으나 문제는 그다음이었다. 학원이라도 다니면서 기초를 쌓아야 했는데 아이들에게 폼 잡을 생각만 했으니 기타가 나를 싫어할 수밖에. 마침내 기타는 나를 버렸고 풍선 같은 나의 꿈은 터져버리고 말았다. 세상에서 가장 부지런한 사람은 한 걸음씩 꾸준히 걷는 사람이다. 두 걸음 세 걸음으로 빨리 걷는 사람은 용감하고 멋지게 보일 수는 있으나 알고 보면 나처럼 딱하고 보잘것없는 사람이다.

❧

나는 어린 시절에 어린이로 대우받은 적이 별로 없어서 어린이날이 낯설다. 그건 어버이날도 마찬가지다. 평소에는 어머니 아버지에 대한 고마움을 갖고 있지도 않으면서 어버이날이 되면 어머니 아버지 가슴에 꽃을 달아 드린다. 남들이 다 하니까 그냥 형식에 치우쳐 꽃을 달아 드렸을 뿐, 진심으로 사랑하여 꽃을 달아 드린 기억이 없다. 어떤 때는 빨간 카네이션까지 못마땅하게 여겨졌다. 왜 우리 스스로 어버이를 섬기는 문화를 만들지 못하고 미국의 빨간 카네이션을 따라 해야 하는지.

～

학교에 선생님은 많아도 스승은 없고 학생은 많아도 제자가 없다. 어렸을 때 우리 동네에 예수를 좋아하는 할머니가 살고 있었는데 착한 일을 하지 않아도 일요일에 교회에 나가면 하느님이 다 용서해주신다고 말하고 다녔다. 그렇다면 평소에 선생님의 그림자를 짓밟아도 스승의 날에 꽃을 달아드리면 용서가 되는 것인가. 어린이날, 어버이날은 그렇다 쳐도 스승의 날까지 만들어서 스승의 은혜는 하늘 같다고 말하는 것은 왠지 좀 슬프다는 생각이 든다. 오늘날 대학 가라고 가르치는 선생님은 많아도 꿈을 키워주고 이끌어주는 스승은 별로 없는 것 같다.

⁘

　아무 생각 없이 길을 걸어가고 있는데 갑자기 경적이 울렸다. 버스 한 대가 미끄러지듯 나를 향해 달려오는 것이었다. 버스는 가로수를 들이박고 나서야 멈추었다. 이윽고 구급차와 경찰차가 도착했다. 길을 가던 사람들이 무슨 구경거리라도 생긴 것처럼 버스 주위에 모여들기 시작했다. 부상자들이 119차에 실려가고 경찰은 운전기사에게 사고 경위를 물었다. 앞차를 피하려다가 그리되었다는데 버스는 앞부분이 많이 찌그러져 있었다. 경찰이 버스를 이리저리 살펴보며 사진도 찍었다. 구경꾼들이 하나둘씩 흩어지고 일상은 아무 일도 없었다는 듯이 제자리로 돌아갔다. 그제야 쓰러져 있는 가로수가 눈에 들어왔다. 뿌리가 드러난 가로수는 119차에 실려가지도 못하고 길에서 죽었다. 사람들도 소중하고 버스도 소중하지만 쓰러진 가로수를 걱정하는 사람은 아무도 없었다. 길을 건너가서 가로수 뽑힌 자리를 바라보니 사람으로 치자면 이빨 하나가 빠진 것처럼 보였다. 문득 그 나무가 나 대신 죽었다는 생각이 들었다. 그 나무가 아니었다면 내가 버스에

치일 수도 있는 상황이었다. 방울나무! 평소에는 아무 관심도 없다가 비로소 알게 된 그 나무의 이름이다.

∽

동네 아이들이 잠자리채를 들고 잠자리도 잡고 매미도 잡는다. 아마 곤충채집을 하는 모양이다. 나도 어릴 때 저랬지. 잠자리채! 그놈이 참 음흉한 물건이다. 초등학교 2학년 땐가? 선생님이 여름방학 숙제로 곤충채집을 해오라고 시켰다. 학교 앞 문방구에서는 어느새 그 소식을 듣고 잠자리채를 많이 갖다놓았다. 나도 잠자리채를 샀다. 처음에는 잠자리만 잡았는데 나중에는 매미도 잡고 나비도 잡고 파리도 잡았다. 심지어는 개울가에서 노닐고 있는 조그만 송사리도 잡았다. 나는 곤충채집을 잘해서 선생님께 칭찬을 받았다. 그런데 곤충채집을 왜 해야 하는 건지 그때도 몰랐고 지금도 모른다. 어느 날 집 안에 파리가 한 마리 날아들었다. 나는 파리를 잡아서 죽였다. 나에게 아무 짓도 하지 않았는데도 죽였다. 나는 왜 죄 없는 파리를 죽인 걸까? 갑자기 잠자리채가 떠올랐다. 나를 해치지도 않은 생명을 아무 거리낌 없이 죽이는 훈련을 나는 잠자리채를 통해서 배웠다. 그 시절에 '곤충채집'이라는 숙제를 하기 위해서 나는 즐겁게 노닐고 있는 잠자리와 나비와 매미와 메뚜기와 파리와 송사리를 죽였다.

❧

한밤중에 창밖에서 절그럭 소리가 들렸다. 혹시나 해서 창밖을 보니 누가 자전거를 훔치고 있는 것이었다. 창문을 열고 누구냐고 소리쳤더니 도둑은 잽싸게 자전거를 훔쳐 타고 어둠 속으로 사라졌다. 일산 신도시로 이사 와서 17번째 자전거를 잃어버리는 순간이었다. 다음 날 아침 경비실에 들렀다. 어젯밤 장면이 고스란히 폐쇄 회로에 잡혔다. 놀랍게도 우리 동네에 사는 아이였다. 하지만 그건 내 생각이었고 화면이 흐려서 범인의 얼굴을 뚜렷이 알아볼 수 없었다. 관리실에서는 그 흐릿한 장면을 복사해서 게시판에 붙였다. 얘기를 들어보니 훔친 자전거를 팔면 상태에 따라 오천 원, 만 원을 받는다고 한다. 어느 날 우연히 만난 그 아이가 나를 피하는 것을 보았다. 마침 배낭에 책이 한 권 있기에 그 책을 아이에게 주면서 말을 붙였다. 그 아이가 나에게 누구냐고 묻기에 그냥 동네 아저씨라고 대답했다. 아이는 땅에다 책을 내던지고는 도망을 갔다. 자기는 자전거 도둑이 아니라고 항

변하는 것 같았다. 우리 집에는 차가 없어 아내가 자전거를 차처럼 쓴다. 그런 아내를 위해서 다시 자전거를 샀다. 이번에는 중고로 샀다. 좀 촌스럽게 생기긴 했지만 잘 굴러가면 되는 거로 생각했다. 그리고 중고 자전거는 잃어버릴 염려도 없을 것 같았다. 그러던 어느 날 자전거가 또 없어졌다. 자전거 18대를 잃어버리고 나서야 깨달았다. 자전거를 잃어버리지 않으려면 자전거를 사지 말아야 한다는 것을.

❧

벽지가 하도 오래되어 도배를 새로 해야겠다고 마음먹은 지 3년이 지나던 어느 날, 뜻하지 않게 천장에서 물이 뚝뚝 떨어졌다. 얼마 전에 위층에 새로 이사를 왔는데 집수리를 끝내고 여행을 간 사이에 일어난 일이었다. 나는 관리실에 전화를 걸었고 관리실은 집주인에게 전화를 걸어 집수리한 사람을 불러 그 집 문을 열고 들어갔다. 들어가보니 세탁기 호스가 빠져 거실 바닥이 물바다가 되어 있었다. 그 바람에 우리 집 거실 벽지는 엉망이 되었고 그렇게 뜸을 들이던 도배를 하게 되었다. 도배를 새로 하게 되면 벽에 아무것도 걸지 않고 깨끗하게 내버려두기로 했다. 그런데 딱 한 가지, 오래된 비디오 폰이 마음에 걸렸다. 하얗던 색깔이 누렇게 변해서 도배한다 해도 눈에 띌 게 뻔했다. 그래서 도배하는 아저씨에게 그걸 떼어내고 도배를 해달라고 했다. 비디오 폰을 떼어내니 그 벽 속에 무슨 줄이 그리도 많은지 여러 가닥의 줄이 서로서로 엉켜 있었다. 비디오 폰에 달린 줄 말고는 아무 쓸모도 없는 줄들이었다. 비디오 폰을 걷어내고 벽지로 덮으니 눈엣가시가 깨끗이 해결되었다. 하지만 저 벽 속에 지저분한 줄들이 그대로 방치되어 있다는 것을 나는 알고 있었다. 아무리 마음속이 지저분해도 깨끗하고 멋진 옷을 입으면 그게 가려지는 걸까. 다른 사람은 몰라도 나는 알고 있다. 내 마음속에 쓸모도 없는 것들이 서로 엉켜 있다는 것을.

❧

얼마 전에 막내가 장가를 갔다. 뭔가 텅 빈 것 같고 집 안이 쓸쓸했다. 이참에 대청소를 하기로 했다. 방이 세 개였는데 막내가 쓰던 방은 내 작업실로 쓰기로 했고 다른 한 방은 워낙 어수선해서 숨통을 터줘야 할 것 같았다. 그 방에 피아노가 있었다. 일산에 이사 와서 마련한 피아노였으니까 20년이 다 된 피아노였다. 공교롭게도 외국에 사는 둘째 아이가 온다는 소식이 들렸다. 손녀랑 함께 온다고 하니 어차피 방이 필요한 터였다. 방도 좁은데 피아노를 팔자고 아내가 말했다. 아무도 피아노를 치지 않는데 방에 가두어놓는 것도 아니라는 것이었다. 그 말도 맞는 듯하여 나는 아내의 말에 동의하기로 했다. 그런데 마음 한구석에서 팔지 말라는 소리가 들려오더니 옛날 내 모습이 떠올랐다. 초등학교 3학년을 마치고 우리 집은 서울로 이사를 하게 되었다. 숭례문 시장 건너편에 있는 남창동이라는 동네였다. 집 앞에 조그만 골목이 있었는데 그 골목을 따라가다 보면 피아노 소리가 들리는 집이 있었다. 나는 피아노를 배우고 싶어서 날마다 그 집 앞에서 구슬치기를 하면서 놀았다. 하루는 피아노 선생님이 내게 들어오라고 하더니 피아노를 배우고 싶으냐고 물었다. 나는 피아노 앞에 앉아서 하얀 건반 검은 건반을 누르며 흥분했고 피아노 소리는 나를 이상한 세계로 인도했다. 나는 집에 돌아오자마자 아버지에게 피아노를 배우게 해달라고 말했다. 그러자 아버지는 사내놈이 무슨 피아노냐면서 야단을 쳤다. 그게 한이 맺혀서 나는 내 아이들을 모두 다 피아노 학원에 보냈다. 6학년까지는 무조건 배우고 그다음부터는 알아서 하라고 했다. 다행히 아이들 셋은 모두 다 피아노를 쳤다. 일산에 이사 오면서 막내가 피아노를 그만두고 첫째와

둘째 아이는 계속 배웠다. 그때 피아노를 샀다. 세월이 흘러 아이들이 결혼하면서 그 피아노는 방구석을 지키는 외톨이가 되었다. 어느 날 동네를 지나가던 용달차 스피커에서 중고 피아노를 산다는 목소리가 들려왔다. 아저씨를 불러 피아노를 보여줬다. 아저씨가 피아노를 열어보더니 고개를 가로저으며 다 망가졌다고 했다. 처음으로 피아노 속을 들여다보았다. 줄에 달린 나무들이 온전하지 못했다. 적어도 일 년에 한 번 정도는 조율을 해야 했는데 나는 그걸 하지 않았던 것이다. 피아노가 현관문을 빠져나가면서 나를 자꾸 쳐다보았다. 나는 제값도 못 받고 실려가는 피아노를 바라보며 미안하다고 말했다. 피아노를 배우지 못하게 한 아버지가 원망스러운 것이 아니라 피아노를 보살피지 못한 내가 원망스러워 눈물이 글썽거렸다.

꧁

어릴 때 같이 놀던 산자락의 나무들과 들길에 피어 있던 들꽃들 그리고 졸졸졸 시냇물이 그리워서 고향을 찾았건만 모두 사라지고 그 자리에는 우후죽순처럼 아파트가 생겨났다. 이제 나는 고향이 없다. 고향이 지워졌는데 무슨 염치로 고향이 있다 하겠는가. 통일이 되면 아버지 고향에 가야지. 거기가 내 고향이다. 그런데 거기에도 아파트가 들어서면 어떡하나?

❧

초등학교 3학년 미술 시간이었다. 초록색이 없어서 나무를 그리지 못하고 있는데 내 뒤에서 보고 있던 선생님이 말했다.

"초록색이 없구나. 자, 이럴 땐 파란색을 칠하는 거야."

"선생님, 파란 나무도 있어요?"

"잘 봐, 이제 여기에다 노란색을 칠하는 거야."

그랬더니 놀랍게도 초록색이 나타났다. 나는 선생님이 마술을 부린 거라고 생각했다. 그래서 미술 시간이 아니라 마술 시간이라고 했던 기억이 난다. 종교도 정치도 마술을 부려 백성들을 즐겁게 해주었으면 좋겠다.

❧

미안하다. 너와 영원하기를 바랐는데 이렇게 헤어지게 되는구나. 다 내 잘못이다. 말로만 사랑한다고 해놓고는 부려 먹기만 했지. 그 벌로 내가 이렇게 고통을 겪는구나. 너무 아프니까 너를 미워하게 되고 심지어는 너와 헤어지고 싶다는 생각까지 했지. 치과 의사가 말했지. 너무 늦게 왔다고. 그렇게 너와 나는 헤어졌지. 너의 모습을 보니 뿌리가 많이 상해 있더구나. 너도 무척 괴로웠을 거라고 생각하니 똑바로 바라볼 수가 없었다. 나는 고통을 멈추기 위해서 너와 헤어지려고 했는데 너는 고통을 참으면서 나와 함께 살려고 했구나. 인제 와서 너를 사랑했었다고 말하는 내가 참으로 어리석구나. 미안하다, 잘 가라!

해가 쨍쨍 내리쬐던 어느 날, 허수아비는 땀을 뻘뻘 흘리며 언덕을 넘어가고 있었다. 너무 덥고 지쳐서 그늘을 찾고 있는데 마침 저만치 커다란 나무가 눈에 들어왔다. 가까이 가 보니 나무 앞에 '아상나무'라고 써 놓은 팻말이 있었다. 허수아비는 처음 보는 아상나무 아래서 쉬어 가기로 했다. 그러다가 깜박 잠이 들었는데 꿈속에 어떤 노인이 나타나서 말하기를 저 산 위에 노래가 하나 있는데 그걸 갖고 내려오면 마을에 평화가 온다는 것이었다. 그리고 허수아비가 사람이 될 수 있다는 얘기도 덧붙였다. 허수아비는 마을에 평화가 온다면 그게 무엇이 되었든 하고 싶었고 한편으로는 사람이 되고 싶기도 했다. 그래서 노인이 일깨워준 대로 산에 오르기로 했다. 한숨 잘 자고 일어나는데 꿈속에서 보았던 노인과 똑같이 생긴 노인이 나타나 허수아비에게 말을 건넸다.

"이 열매를 먹어보게, 피로가 금방 풀린다네."

"그게 뭐예요?"

"아상나무 열매라네."

세상에 공짜는 없다는 것을 알고 있었던 허수아비는 머무적거리며 돈이 없다고 말했다. 그랬더니 노인은 괜찮다면서 그것을 허수아비에게 내밀었다. 허수아비는 얼떨결에 그 열매를 받아먹었다. 그랬더니 신기하게도 피로가 풀리고 기분이 좋아지는 것이었다. 생전 처음 느껴보는 기분이었다. 허수아비는 상쾌한 기분으로 길을 떠났다. 그렇게 길을 가던 허수아비는 며칠 뒤 봉우리를 눈앞에 두고 주저앉고 말았다. 문득, 아상나무 열매가 생각났다. 하지만 어디서 그 열매를 구해야 하는지 알 수가 없었다. 그때 어떤 여자가 지쳐 있는 허수아비 앞에 나타났다.

"이 열매를 드셔보세요."

바로 아상나무 열매였다. 돈이 없다고 했으나 그 여자는 괜찮다고 했다. 허수아비는 정신없이 그 열매를 받아먹었다. 그랬더니 금방 힘이 나고 기분이 좋아졌다. 허수아비는 다시 힘을 내어 마침내 봉우리에 올랐다. 하지만 봉우리에는 아무 것도 없었다. 처음에는 마을의 평화를 위해서 봉우리를 오르기로 한 건데 아상나무 열매를 먹은 뒤부터는 마을의 평화보다는 사람이 되고 싶다는 쪽으로 마음이 기울었다. 그러다 보니 설사 봉우리에 노래가 있다 하더라도 허수아비의 눈에는 보이지 않는 것이었다. 따지고 보면 봉우리에 있는 노래를 가지고 내려오면 사람이 될 수 있다는 것도 허수아비 혼자만의 생각이었다. 멀리 또 다른 봉우리가 보였다.

'이 봉우리가 아니고 저 봉우리인가?'

허수아비는 사람이 되고 싶다는 망상에서 벗어나지 못한 채 멀리 보이는 봉우리를 향해 걷기 시작했다. 하지만 몸도 풀어지고 마음도 풀어지고 눈도 풀어졌다. 그때 어떤 할머니가 나타나 허수아비에게 아상나무 열매를 먹였다. 다시 정신을 차린 허수아비에게 할머니가 말했다.

"돈을 주면 내가 그 열매를 원하는 대로 구해다주겠네."

허수아비는 닥치는 대로 돈을 모으기 시작했다. 그러던 어느 날, 아상나무 열매를 구할 수 있다는 할머니를 다시 만났다. 그런데 그것이 귀하다 보니 값이 많이 올랐다는 것이었다. 허수아비는 하는 수 없이 달라는 값을 다 주고 그 열매를 구할 수 있었다.

허수아비는 다시 힘을 내어 봉우리로 향했다. 봉우리에 오른다고 사람이 되는 것도 아닌데 허수아비는 여전히 그 망상에서 빠져나오지 못했다. 그런데 갑자기 길이 잘 보이지 않았다. 열매를 너무 많이 먹은 탓이었다. 결국 허수아비는 비틀비틀 걷다가 쓰러지고 말았다. 어떤 노인이 길에 쓰러져 있는 허수아비를 일으켜 앉혔다. 처음에 만났던 그 노인이었다.

"이 열매를 먹어보게, 피로가 금방 풀린다네."

"그게 뭐예요?"

"아상나무 열매라네."

허수아비는 기다렸다는 듯이 그 열매를 받아먹었다. 그랬더니 신기하게도 피로가 풀리고 기분이 좋아지는 것이었다. 허수아비는 다시 일어났다. 그런데 머릿속이 텅 빈 것처럼 아무런 생각이 나지 않았다. 허수아비가 옆에 서 있는 노인에게 물었다.

"할아버지, 여기가 어디예요?"

노인이 만족스럽다는 표정을 지으며 말했다.

"나를 따라오게."

허수아비는 노인을 따라 욕망의 마을로 들어섰다.

⚬

어느 날 세상에 그물이 던져졌다. 할아버지 할머니도 그물
에 걸리고 아저씨 아줌마도 그물에 걸리고 학생들은 물론 어
린아이까지 그물에 걸렸다. 그런데 아무도 퍼덕이지 않는다.
퍼덕거리기는커녕 빠져나올 생각도 하지 않고 있다. 밥 먹을
때에도 전철에서도 모든 사람이 고개를 숙인 채 무언가를 즐
기고 있다.

그물에 걸린 슬픔 하나가

나를 보더니 눈물짓네

글썽이는 그 눈동자에

아주 낯선 내 모습

기쁨이라는 슬픔들이

내 마음속에서 떠다니네

오늘도 나는 슬픈 배 타고

꿈속으로 떠났네

거미줄에 걸려버린 별빛처럼

그물 속에 갇혀버린 내 그림자

꿈이 가물거리네

사랑도 가물거리네

보일 듯이 잡히지 않는

어젯밤 꿈길에 별 하나

퍼덕거리는 내 그림자여

어린 날의 꿈이여

– 〈낯선 슬픔〉, 2009

늦 었 지 만

늦었지만 늦지 않았어

늦었다고 생각하는 사람은
시작하지 않은 사람이고
늦지 않았다고 생각하는 사람은
이미 시작한 사람이다

우리 동네에 유난히 외로운 아이가 살고 있었다. 겉으로
는 부모의 사랑을 많이 받고 자란 아이처럼 보였는데 무엇
이 그 아이를 외롭게 했는지는 알 수가 없었다. 혹시 부모의
지나친 사랑이 아이의 외로움을 덥석 잡아먹어버린 것이 아
닐까? 실제로 어른들은 잘 모른다. 어른보다 아이들이 훨씬

더 많이 외롭다는 것을. 아무리 사랑이 넘쳐흐른다 해도 아이의 외로움을 보지 못한다면 그 사랑이 무슨 의미가 있겠는가? 화초에 물을 자주 주어서 시들게 하는 것과 다르지 않다.

아이의 아버지는 하는 일도 없으면서 툭하면 산으로 돌아다녔다. 아이는 아버지가 뭐 하는 사람인지 알지 못했다. 오죽했으면 아버지의 직업을 묻는 선생님 질문에 나그네라고 답한 적도 있었다. 아이가 5학년을 마칠 때 담임 선생님은 아이의 뺨을 톡톡 치면서 6학년 올라가서는 수업 빠지지 말고 열심히 공부 하라고 했다. 하지만 아이는 여전히 공부에 흥미를 느끼지 못했고 하고 싶은 무언가를 찾아 떠돌기만 했다. 아이의 아버지는 그런 아이에게 야단만 쳤다. 그때 만약, 네가 하고 싶은 것이 뭐냐고 물었더라면 얘기는 달라졌을 것이다.

아이의 아버지는 가까스로 중학교를 마친 아이를 그냥 내버려둘 수 없었다. 그리하여 아이는 집을 떠나 합천에 있는 대안학교에 다니게 되었다. 하지만 아이는 한 달 만에 탈출을 했다. 아니, 탈출이라기보다 도망을 나온 것이었다. 합천에서 순천으로 도망친 아이는 달방살이를 하면서 알바도 하고 동무도 사귀었다. 그러다가 현실이 힘들어졌는지 순천역

늦 었 지 만

부근에 있는 파출소에 가서 집에 가고 싶다고 했던 모양이다. 그곳 파출소로부터 전화를 받은 아버지는, 돈을 부칠 테니 아이가 기차를 탈 수 있게 해달라고 부탁했다. 하지만 경찰의 임무는 거기까지였다. 할 수 없이 아버지는 여수에 사는 지인에게 부탁하여 아이가 기차를 탈 수 있도록 도움을 요청했다. 집에 돌아온 아이는 고개를 들지 못했지만 또다시 방황이 시작되었다. 아버지는 아이를 잘못 키운 것을 자책하면서 실업 고등학교에 보내기로 했다. 하지만 거기서도 방황은 계속되었다.

집 안이 지저분하면 청소를 한다. 하지만 눈에 보이지 않는 곳은 그냥 지나치게 된다. 아이의 아버지는 겉으로 드러나는 것만 보았지, 눈에 보이지 않는 아이의 외로움은 보지 못했다. 먼지는 구석에 숨는다. 하지만 청소를 하는 사람은 구석에 쌓인 먼지에 관심을 두지 않는다. 그 아이의 아버지도 그렇게 아이의 구석을 모르고 있다가 뒤늦게 아이의 외로움을 보고 나서야 후회를 하게 되었다. 눈에 보이는 먼지를 치우는 것은 누구나 다 할 수 있는 일이었다.

아이의 고등학교 졸업식 날 아버지는 눈물을 흘렸다. 학교 분위기가 한마디로 개판인 것이었다. 그런 것도 모르고 아버지는 그동안 학교에 가기 싫다는 아이만 탓했다. 아버지는 이런 환경에서 졸업한 아이가 너무 고마웠다. 우여곡절 끝에 아이는 강원도 고성군에 있는 대학을 다니게 되었다. 문제는 공부를 워낙 안 해서 학교 수업을 따라갈 수가 없다는 것이었다. 그래도 대학생이 되었다고 나름대로 열심히 공부하여 아슬아슬하게 물리치료학과를 졸업했다. 그런데 놀라운 일이 벌어졌다. 아이가 국가고시에 합격한 것이다. 하지만 기쁨도 잠시, 학교에서는 졸업 시험을 통과하지 못했다는 이유를 들어 국가고시 합격을 취소했다. 나라에서는 합격 통지서를 보냈는데 학교에서 취소한 셈이었다. 아이는 학교를 원망하며 괴로워했다. 아버지는 아이에게 괜찮다며 위로해주었다. 괴로워하던 아이는 마음을 다잡고 다시 공부를 했다. 그런데 이번에는 졸업 시험은 통과했는데 국가고시에서 떨어졌다. 눈앞이 캄캄해진 아이는 길을 찾지 못하고 또다시 방황하게 되었다. 아버지는 괴로워하는 아이의 등을 두드리며 괜찮다고 위로했다. 포기할 것만 같았던 아이는 다시 공부해서 국가고시도 붙고 졸업 시험도 통과했다. 참으로 기적 같은 일이 벌어진 것이다. 이게 끝이 아니었다. 이 아이가 취직은 하지 않고 디자인 학교에 지원한 것이다. 그러더니 피곤해도 학교가 즐겁다며 평생 해보지도 않은 공부를 밤늦도록 하는 것이었다. 이제야 제 갈 길을 찾은 아이는 비로소 행복

늦었지만

한 모습을 보였다.

너는 꿈이 뭐니? 라고 묻는 것보다 너는 무얼 하고 싶니? 라고 묻는 것이 옳을 것 같다. 괜히 꿈이라고 하면 이루어야 한다는 부담도 있고 자칫 그 꿈에 얽매일 수도 있기 때문이다. 꿈을 이루고 싶어 하는 사람들은 많다. 하지만 제 길을 찾은 것만으로도 꿈은 이루어진 것이 아닐까? 이 길은 내가 평생 가야 하는 길이라고 말하는 사람들은 꿈을 이루었다는 말을 하지 않는다. 반면에 꿈을 이루었다고 하는 사람들은 또 다른 꿈을 꾸거나 이루어진 꿈에 안주하려고 한다. 봉우리란 우리가 나아갈 방향은 될 수 있지만 굳이 올라설 필요는 없다고 생각한다. 올라서는 순간 봉우리는 보이지 않기 때문이다.

그 아이는 지금 파주에 있는 디자인 학교에 다닌다. 하고 싶은 것을 하게 되었다고 아이는 너무 좋아했다. 물 만난 고기라는 말을 이럴 때 해야 하는 것 같았다. 아이의 아버지는 그렇게 좋아하는 아이를 보고 눈물을 글썽거렸다.

"아들아! 무엇을 하든 늦은 것은 없단다."

늦었다고 생각하는 사람은 시작하지 않은 사람이고 늦지 않았다고 생각하는 사람은 이미 시작한 사람이다. 시작도 해 보지 않고 늦었다고만 하면 결국 아무 일도 하지 못하게 된다. 인생을 살다 보면 크게 세 부류의 사람들을 볼 수 있다. 목적지도 모르고 빨리 가려는 사람, 목적지를 알고 지름길로 가려는 사람 그리고 그냥 천천히 제 길을 가는 사람이다.

방황하는 아이들아 내 말 좀 들어보렴
꿈 없으면 허수아비 꿈 없으면 빈껍데기
나도 그 시절에 공부하기 싫어했지
학교도 가기 싫고 부모님 말도 안 들었지

집 떠난 아이들아 내 말 좀 들어보렴
저 산을 넘으려면 이 강을 건너야지
아무리 힘들어도 꿈은 버리지 마라
엄마는 너의 고향 아버지는 너의 언덕

버림받은 아이들아 내 말 좀 들어보렴
들꽃을 보았느냐 저마다 예쁘단다
아무리 캄캄해도 희망의 끈 놓지 마라
언젠가는 너의 꿈을 만나게 될 테니

늦었다고 생각 마라 늦었다고 생각 마라
늦었지만 늦지 않았어 늦었지만 늦지 않았어
미움아 나오너라 우리 한번 안아보자
미움아 나오너라 우리 서로 용서하자

         – 〈늦었지만 늦지 않았어〉, 2014

먼지 나는 길

억지로 글을 쓰다 보면
글과 글 사이에서도 먼지가 인다

경쟁의 뒤안길에서 순수했던 꿈과 사랑이 눈물을 글썽이
며 헤어진다. 꿈은 저 길로 사랑은 저 길로. 이럴 필요까지
없는데 사람들은 왜 경쟁을 하는가. 진정 이겨야 살아남는
것인가? 그 싸움에서 빠지고 싶다고 했더니 배부른 소리 한
다고 손가락질받았다. 그래도 좋다며 나는 경쟁을 하지 않았

늦 었 지 만

다. 꿈과 사랑을 위하여! 그 결과 나는 사람 축에도 끼지 못
했고 사회 구성원도 될 수 없었다. 내가 배부른 소리 해서 벌
을 받은 것이다.

❧

건널목에 서 있는데 소독차가 지나간다. 희뿌연 연기가 나
를 덮쳤다. 그렇지 않아도 나를 소독하고 싶었는데 세상이
알아서 소독해주는구나. 이 정도면 곰팡내 나는 내 마음도
소독이 되었겠지. 하지만 어이 된 일인지 욕망은 더 무성해
지고 꿈은 시들어 갔다. 도대체 소독차는 무얼 소독한 건지.
세상을 탓하랴, 소독약을 탓하랴? 둘 다 아니다. 따지고 보
면 공부를 게을리한 내 탓이다. 아는 게 없으니 잡초 죽이는
법도 모르고 꽃을 피우는 법도 모른다.

❧

전철 타고 집에 가다가 차창에 비친 내 얼굴을 보았다. 드
문드문 얼룩진 때가 스며 있었다. 집에 가서 더운물로 세수
를 하면 지워지겠지. 하지만 눈앞에 보이는 것만 때가 아니

지. 아마도 마음속은 그보다 더 심한 때가 얼룩져 있을 거야. 먼지는 어떻게 마음속으로 들어갔을까? 내 이름에 먼지가 쌓여 그 먼지를 푸 하고 불어본 적도 있었다. 나는 누구일까? 보도블록 틈새에서 피어난 풀! 수많은 발에 짓밟혀도 세상을 탓하지 않는다. 그저 하늘이 내려주는 사랑을 온몸으로 받을 뿐이다. 나는 저 풀보다 흐름에서 자유롭지 못하다.

∽

길 가는데 어떤 노인이 내 팔을 붙잡고 묻는다.

"젊은 양반, 천국 가는 길을 아시오?"

"여기가 바로 천국인데요."

노인이 나를 쳐다보며 고개를 갸우뚱거린다. 나도 그 노인이 이상하여 쳐다보았다. 천국에서 천국을 찾으니 말이다. 문득 주위를 둘러보니 무슨 교회가 그리도 많은지, 평소에는 보이지 않던 교회가 서로 같은 모양의 십자가를 하고선 사람들을 불러 모은다. 내가 아무리 세상을 모른다 해도 이렇게 많은 교회가 생겨날 줄은 정말 몰랐다. 내 마음속의 하느님은 저 십자가의 하느님과 다른 하느님이겠지? 날이 어둑해지자 몇몇 십자가에 빨간 불이 켜졌다. 마치 천국 가는 길을 알려주는 이정표 같았다. 하지만 저 빨간 이정표 뒤에 악마가 숨어 있는지도 모르지.

❦

뒤늦게 깨달은 천국! 바로 여기가 천국이었어. 하늘나라에는 천사들이 살고 있을 거라고 믿었던 어린 시절. 그런데 지금 이 천국에는 천사들보다 악마들이 더 많이 살고 있네. 사람이 꽃보다 아름답다고 말하는 사람들을 보라. 꽃들이 천사인데 어떻게 사람이 꽃보다 더 아름답다고 말할 수 있지? 정그러고 싶다면 '꽃보다'가 아니라 '꽃처럼'이라고 해야지.

❦

어둑한 공원, 희미한 불빛 아래서 아이들이 담배를 피우고있다. 나도 저만했을 때 그랬지. 하지만 저렇게 거리에서 대놓고 피우지는 않았어. 초등학교 중학교 고등학교 대학교 군대 그리고 직장으로 이어지는 인생, 그중 하나만 빼먹어도이 나라에서는 살아가기가 좀 힘들지. 나의 경우, 대학을 포기한 덕분에 직장으로 이어지지 못했다. ― 말은 똑바로 하

자. 대학을 포기한 것이 아니라 공부를 못한 거지. 음, 그렇군! 아이들아, 내가 나이가 많아서 어른이지 너희들보다 나은 게 하나도 없단다. 나처럼 기초가 부실한 인생을 살지 말고 부디 기초공사를 튼튼히 하여 어떤 바람에도 흔들리지 않는 꿈을 지어라. 만에 하나 꿈이 무너진다 해도 기초가 튼튼하면 다시 지을 수 있을 테니까. 담배 피우는 걸 탓하는 게 아니다. 담배 연기 속으로 조금씩 빠져나가는 꿈이 보이지 않느냐? 하긴 담배를 피우든 말든 그건 너의 인생이지. 아무튼 나중에 네가 가고 싶은 길을 가려면 책을 소중히 대해라. 책 속에 길이 있다는 말은 맞는 말이다.

❧

　직업 중에 가장 고귀한 직업은 선생님이다. 아이들을 잘 가르쳐서 나라의 거름이 되게 하니까. 그런데 요즘은 맨 쓸데없는 것만 가르친다. 성적의 노예가 된 아이들이 불쌍하도다. 꿈 많던 아이들이 길을 찾지 못하고 맴도는 걸 보면 화가 나기도 하고 눈물이 나기도 한다. 우리나라는 어디를 가도 공사 중이고 우리네 마음도 날마다 공사 중이지. 가도 가도 끝이 없는 길, 날마다 먼지 나는 길, 오늘도 내 나라는 공사 중!

보수와 진보가 만나 일으키는 먼지 속에서 애꿎은 백성들은 두 편으로 나뉘고 아이들은 라디오, 텔레비전에서 흘러나오는 먼지 속에서 꿈 껍데기를 좇는다. 꿈은 껍데기가 화려할수록 허하고 소박할수록 실한 건데 그걸 아는지 모르는지. 비는 어디서 내려오나. 먼지 가득한 이 거리에도 좀 뿌려 주지.

성공과 실패 사이에 얼마나 많은 먼지가 일어나는지 그대는 보았는가? 그 먼지 속을 아이들이 걸어가는 것도 보았는가? 억지로 꿈을 좇다 보면 꿈과 꿈 사이에 먼지가 일고 억지로 글을 쓰다 보면 글과 글 사이에서도 먼지가 인다. 사람들이 먼지를 만들고 비와 바람은 그 먼지를 씻어내지. 엇갈린 대화 속에서 뿌옇게 일어나는 먼지를 보라. 그 먼지를 잠재울 수 있는 건 사랑뿐이다. 성공을 강요하지 않으면 실패도 즐거울 텐데 아이들이 무엇을 원하는지도 모르면서 성공하기만을 부추기는 이 사회! 정말이지 가뭄 든 교육에 비가 내렸으면 좋겠다. 사랑이 비처럼 내려준다면 뒤에 오는 아이들은 적어도 먼지 나는 길은 걷지 않을 수 있겠지.

⌒

햇살에 반짝이며 춤을 추는 먼지를 바라보는데 너무 귀엽고 아름답다. 다른 먼지들은 구석에 숨으려고 하는데 햇살 먼지는 춤을 추며 나를 즐겁게 해준다. 햇살에 둥둥 떠 있는 모습은 바라만 보아도 행복하다. 털어서 먼지 안 나는 사람 없다고 먼지를 흠이나 단점처럼 생각하는데 주머니 속에 숨어 있는 먼지만 봤으니 그렇게 말하는 것이다. 열심히 일한 사람은 온몸에 먼지가 묻어도 아름답지 않은가. 꽃은 꽃잎에 먼지가 묻어도 향기를 잃지 않는다.

먼 길을 지나오면서
나 모르게 때가 묻었지
때 묻은 내 모습 바라보며
사람들은 놀려댔지
내 모습 보고 싶어
나를 만나고 싶어
슬픈 그 이름을 불러본다
오늘도 먼지 나는 길

천국이 어디냐고
길을 묻는 사람이 있어
십자가의 종소리는
오늘도 주님을 믿으라 하네
주님은 어디 계신지
어디서 무얼 하는지
하늘엔 하느님이 너무 많다
오늘도 먼지 나는 길

선생님
우리들의 선생님

늦지 않았어

가르침도 배움도 아니었어요
어느 길로 가야 하나요
선생님의 눈물 속에
맴도는 우리의 모습
길마다 공사 중인 내 나라는
오늘도 먼지 나는 길

먼지 나는 이 길 위에
사랑 비 주— 룩 주룩
먹구름 가득한 그 마음에
어린 별 반짝이겠지

— 〈먼지 나는 길〉, 1994

늦었지만

뿌리 깊은 나무

— 나랏말ㅆ미

나라말이 무너지면
다른 나라말을 갖다 쓰게 되는 것이니
나라의 뿌리가 흔들리는 건 당연한 것이다

'뿌리 깊은 나무는 바람에도 흔들리지 않기에, 그 꽃이 아름답고 그 열매 성하도다.'

용비어천가에 나오는 말이다. 나는 우리나라의 뿌리를 '아리랑'과 '한글'이라고 생각한다. 그런데 일 년 내내 한글을 학대하는 신문과 방송을 보면 뿌리 깊은 나무가 흔들릴까 봐 걱정이다. 꽃이 시들하니 열매도 맺기 어렵다. 외래어를 쓰지 말자는 게 아니라 한글을 학대하지 않았으면 좋겠다. 다행히 한글날이 되면 한글을 사랑하자고 방송을 해주니 그것만이라도 얼마나 고마운지 모르겠다.

가끔 서예가의 글씨를 보게 되면 이상하게도 우리 글자보다 중국 글자를 더 잘 쓰는 것을 종종 보게 된다. 물론 중국 글자를 주로 쓰다 보니 그럴 수도 있겠다마는 왠지 우리 글자에는 정성이 들어가 있지 않은 것 같아서 기분이 씁쓸한 적이 있었다. 해마다 사자성어 한마디씩 하는 교수나 정치가들을 보면 씁쓸한 기분을 넘어 역겹다는 생각까지 들 때도 있다. 처음부터 우리말로 하면 될 것을 굳이 어려운 사자성어를 먼저 쓴 다음 그것을 다시 우리말로 설명해주는 친절을 베풀고 있으니 말이다. 설사 그 사자성어를 알아듣는 사람이 있다손 치더라도 가장 중요한 백성들이 알아듣지 못하면 그게 무슨 의미가 있겠나? 결국 자기네들끼리 지식 자랑하는 것밖에 더 되겠는가.

아직도 우리는 우리를 믿지 못하는 것 같다. 일상생활에서 보더라도 한글은 뒷전이다. 술집 간판에 일본어를 쓰는 것도 그렇고 '벗'이나 '동무'라는 예쁜 말을 놔두고 '친구親舊'라는 말을 쓰는 것도 그렇고, 일본말 '우동', '오뎅'을 우리말처럼 쓰는 것도 그렇다. '물빛' 역이라고 하면 참 예쁠 터인데, 왜 굳이 '수색水色'역이라고 해야 하는지, 특히 '아내'라는 푸근한 말을 버리고 '와이프'라고 말하는 사람들을 보면 다시 한번 그 얼굴을 쳐다보게 된다. 게다가 방송과 신문이 앞장서서 우리말의 틀을 무너뜨리고 지나칠 정도로 줄임말을 쓰고 있으니 속상하다 못해 화가 나기도 한다. 내 말은 외래어를 쓰지 말자는 게 아니다. 영어도 하고 중국어도 하고 다 좋은데 왜 우리말을 학대하고 업신여기느냐 그 말이다.

우리 아버지 어머니 무덤가에 한 쉰 살 정도 된 소나무가 있었다. 우리는 해마다 그 소나무 아래서 음식도 먹고 얘기도 나눴다. 그런데 언제부턴가 소나무가 시들시들해졌다. 처음에는 소나무가 병에 걸려서 그리된 거로 생각했지만 다른 소나무는 멀쩡했기에 이상하다고 생각했다. 나는 나중에야 소나무가 죽은 원인을 알게 되었다. 무슨 넝쿨인지는 모르겠지만 그 넝쿨이 소나무를 탱탱 감고 올라가면서 소나무를 죽인 것이었다. 갑자기 미국, 중국, 일본, 러시아 이런 나라들이 넝쿨 같다는 생각이 들었다. 그런 나라들이 우리나라를 칭칭 감고 죽일 수도 있다는 생각을 하니 가슴이 덜컹 내려앉았다. 넝쿨이라는 게 살살 감고 올라가는 거니까 괜찮다고 생각할지 모르겠으나 바로 그것, 살살 감는 그것을 느끼지 못해서 소나무는 넝쿨이 자기를 죽이고 있다는 것을 느끼지 못했다. 이듬해 산소를 찾았을 때는 소나무가 잘려 있었다. 죽은 소나무로 서 있을 때보다 더 허전했다. 이제 우리 아버지 어머니 무덤은 누가 지켜주나?

버스 타고 집에 가는데 버스 출입문 위에 '하차 시 오토바이 주의!'라고 쓰여 있는 것이 보였다. '내릴 때 오토바이 살피세요'라고 썼으면 더 정겨울 것 같았다. 아무것도 아닌 일이지만 그걸 보면서 우리가 넝쿨이 되어 우리말을 칭칭 감고 있다는 생각이 들었다. 내가 예언자는 아니지만 머지않아 한글은 넝쿨에 칭칭 감겨 숨을 제대로 쉬지 못할 것이다. 아무리 총 들고 나라를 지키면 뭐 하나? 우리말이 사라지면 우리 민족도 사라질 텐데.

어떤 방송국에서는 몇 년 동안 프로그램 제목을 아예 영어로 못 박아 놓았다. 덕분에 전 국민이 영어 한마디는 하게 되었다. '믿을 수 없는 이야기'를 영어로 해보라고 하면 초등학생부터 할머니까지 '언빌리버블 스토리'라고 말한다. 아무튼 백성들에게 영어 교육을 확실하게 했으니 나라에서는 이 방송국에 상을 줘야 한다. 그 방송뿐만이 아니다. 외국어로 된 프로그램 제목은 이 방송 저 방송에 창피할 정도로 많다. 참,

'디지털 미디어 시티'라고 역 이름을 지은 사람에게도 상을 줘야 한다. 요즘에는 그 이름이 길다고 'DMC' 역이라고 줄여서 부르기도 한다지?

일본은 우리 민족을 말살시키려고 별짓을 다 했다. 그 가운데 가장 지독스러운 일이 우리말을 없애는 거였다. 우리말을 지키려던 한글학자들을 탄압하고 학교에서는 우리말로 말하는 것조차 자유롭지 못했다. 그런 치욕스러운 역사를 겪은 우리가 지금은 스스로 우리말을 천대하고 있으니 우리나라를 엿보고 있는 미국이나 중국, 일본으로서는 그야말로 손 안 대고 코 푸는 셈이다.

아무것도 아니라고 생각한 것이 뿌리가 깊어져 이제는 그 뿌리를 뽑아내기도 힘들어졌다. 그런데도 나라에서는 아무 반응이 없다. 도대체 나라말도 지키지 못하면서 어떻게 나라를 이끌어가겠다는 것인지. 정권이 바뀌거나 당 대표가 바뀌면 그들은 현충원에 가서 고개를 숙이고 온다. 고개 숙이고 무슨 생각을 하고 오는지 모르겠지만 세종대왕에게도 가서 인사를 하고 와야 하는 것 아닌가? 그들은 한글이 이 나라를 지켜주고 있다는 것을 모르는 것이다. 만약에 대통령이나 국회의원이 되고 싶은 사람이 있다면 현충원만 가지 말고 세종대왕에게도 갔다 오라고 말해주고 싶다. 그리하면 백성들도 달리 볼 것이고 나라의 기운도 되살아날 것이다. 언젠가 술집에서 본 풍경, '건배'도 '위하여'도 아닌 '치어스'라는 말이 새롭게 등장했다. 뿌리 깊은 나무에 병이 들었음을 알았다.

나라말이 무너지면 다른 나라말을 갖다 쓰게 되는 것이니 나라의 뿌리가 흔들리는 건 당연하다. 유치원 초등학교 때부터 세종대왕에게 고마움을 전했다면 좋았을 것을 중고등학교는 물론 대학교조차 그렇게 하지를 않으니 뿌리 깊은 나무에 병이 들어도 모르는 것이다. 내가 알기로 파주에 있는 어떤 학교는 새해가 되면 세종대왕에게 가서 인사를 하고 온다.

어느 나라건 나라를 지탱해주는 축이 있다. 우리나라는 아리랑과 한글이 축인데 어디서부터 잘못되었는지 아리랑도 시들하고 한글도 시들해졌다. 이러다간 두 축이 모두 무너져 우리의 모습을 잃게 되지 않을까 걱정이다. 한글을 사랑하자는 한글날의 형식적인 방송은 그만하고 평소에 한글 학대나 하지 말았으면 좋겠다. 동네 이름도 되살리고 생활 용어도 정리해보고 그렇게 조금씩 우리말을 되살리는 게 그렇게 어려운 일인가? 오히려 방송과 신문들이 앞장서서 한글을 뭉개고 있으니 넝쿨에 휘감겨 죽어가던 소나무가 떠오른다.

군인들이 나라를 통치하던 시절, 민주주의와 인권을 탄압

한다고 똑똑한 대학생들이 데모도 했는데 한글이 학대당하고 짓밟히고 있는 오늘날에는 신문이나 방송은 물론이고 똑똑한 대학생조차도 아무런 반응이 없다. 심지어는 나라마저 아무 말도 하지 않으니 한글이 참으로 불쌍하게 되었다. 우리나라를 강점했던 일본에서는 한국 자동차를 볼 수 없는데 일본에 짓밟혔던 우리나라에서는 왜 그리 일본 자동차가 많이 굴러다니는지 그대는 아는가?

옛날에는 사람이 죽은 뒤에라도 큰 죄가 드러나면 무덤에서 관을 꺼내 다시 참형에 처했다. 그런데 세종대왕은 무슨 큰 죄를 지었기에 광화문 광장에 끌려 나온 것일까? 방송국과 신문사들이 앞장서고 그에 맞장구치는 백성들이 마치 세종대왕에게 항의라도 하듯 한글을 내다버리고 짓밟고 있다. 그 모습을 두 눈으로 똑똑히 보라고. 커다랗게 동상까지 만들어놓았으니 우리가 이렇게 잔인한 민족이었던가? 한글을 만들었다는 죄로 세종대왕은 날마다 한글이 학대당하는 광경을 바라봐야 하는 형벌에 처해진 것이다. 그나마 이순신 장군이 세종대왕을 보호해주고 있으니 그것이 다행이라면 다행이다. 두고 보라! 지금은 우리가 잘난 것 같지만 머지않아 우리는 다른 나라들로부터 손가락질을 받게 될 것이다. 제 나라의 뿌리를 갉아먹는 민족을 어느 나라가 알아주겠는가?

쾡한 눈망울에

눈물이 그렁그렁

넝쿨이 너의 몸을

칭칭 감았구나

푸르던 잎사귀

하나둘 떨어지고

빛나던 너의 모습

넝쿨에 휘감기누나

다시 일어나 꽃피우자

뿌리 깊은 나무야

– 〈뿌리 깊은 나무〉, 2014

이 노래의 처음 제목은 〈슬픈 한글날〉이었다.

늦 었 지 만

작은 창
— 그리운 창녀 누나에게

**그녀의 서글픈 냄새가 뒤따라와
기어이 내 눈에서 눈물을 흘리게 했다**

이런 말을 하면 사람들이 이상하게 생각할지 모르겠지만, 나는 창녀를 좋아한다. 창녀는 박꽃처럼 청순하고 겨울 햇볕처럼 따뜻하기 때문이다. 누가 창녀를 더럽다고 했는지 모르겠지만 그렇게 말한 사람은 아마도 창녀보다 깨끗한 사람은 아닐 것이다. 돈 받고 몸을 팔았을 뿐인데 그게 그렇게 더러운 것인가? 돈 주고 몸을 산 사람들은? 깨끗한 사람들이여, 그대들은 본 적이 있는가? 캄캄한 시궁창에서 한 줄기 햇살을 그리워하는 가냘픈 꽃들을. 태어날 때부터 창녀인 사람이 어디 있겠는가, 창녀들을 욕하지 마라. 무거운 불행에 눌려서 창녀가 된 사람들이다. 정말 더러운 사람들이 누군지 온 백성들 앞에서 뚜껑 한번 열어볼까? 윗물부터 아랫물까지 더러운 사람들은 얼마든지 많다. 남녀 가릴 것 없이 창녀보다 깨끗한 사람 있으면 어디 한번 나와 보시지요.

내가 처음으로 창녀를 만난 것은 고등학교 1학년 때였다. 그때 우리 집은 서울역과 숭례문 사이에 있는 양동이었는데 나는 그 동네가 사창가라는 것을 몰랐다. 사업에 실패한 아버지는 그 동네 어느 무허가 건물에서 식당을 했고 임시로 지은 2층에는 살림방과 내 방이 있었다. 하루는 예쁘장하게 생긴 여자가 우리 식당으로 밥을 먹으러 왔다. 잠시 뒤 무섭게 생긴 남자가 들어오더니 밥을 먹고 있는 그녀의 팔을 잡아끌고 나가는 것이었다. 먹을 땐 개도 건들지 않는다던데…….

며칠 뒤, 일요일 오후였다. 음식 배달을 갔는데 놀랍게도 그녀가 거기에 있었다. 우리 집 건너편에 5층 짜리 빨간 벽돌집이 있었는데 그 건물 3층에 그녀가 살고 있는 것이었다. 우중층한 복도 양옆으로 작은 방들이 다닥다닥 붙어 있었고 오른쪽 가운데쯤 되어 보이는 곳이 그녀의 방이었다. 방이 아주 작았다. 조그만 화장대와 슬프게 깔린 이부자리와 구석에 서 있는 낡은 비닐 옷장이 방에 있는 전부였다. 그곳에는 작은 창이 하나 있었는데 거기서 내려다보면 내 방이 다 보였다. 무슨 사연으로 창녀가 되었는지 모르겠지만 세상이 공평하지 못하다는 생각이 들었다. 그날 그녀의 모습은 세상을 방관한 사람처럼 보였다. 눈 가장자리는 벌겋게 멍이 들어 있었고 머리카락은 뒤엉킨 삶처럼 헝클어져 있었다. 건물 밖으로 나오는데 그녀의 방에서 풍기던 서글픈 냄새가 뒤따라와 기어이 내 눈에서 눈물을 흘리게 했다. 그 뒤로 가끔 배달을 갈 때면 그녀를 걱정하곤 했는데 그때마다 그녀는 슬퍼 보였고 어떤 때는 술에 취해 있기도 했다.

내 방의 작은 창에서 그녀의 작은 창까지 직선거리로 따지면 이삼십 미터쯤 되었다. 나는 날마다 그녀의 창을 바라보았다. 그녀는 어떤 날은 창을 열어젖히고 담배를 피웠고 어떤 날은 멍하니 달을 쳐다보기도 했다. 그러다가 나와 눈이 마주치면 손을 흔들어주기도 했다. 그 순간만큼은 그녀는 자유로운 나비였다. 하지만 늦은 밤 그녀의 작은 창 너머로 검은 그림자가 아른거릴 때면 나는 두 주먹을 불끈 쥐었다. 저 작은 우리에 갇혀서 찢어진 꿈을 꿰매고 있을 그녀를 생각하면 가슴이 쓰리고 저렸다. 그녀는 나보다 나이가 세 살 위였다. 가끔 나는 그녀가 내 누나였으면 좋겠다는 생각을 하곤 했다. 그래서 그녀가 보이지 않을 때면 괜히 보고 싶기도 하고 걱정이 들기도 했다.

어느 날 학교 갔다 오는데 동네가 어수선했다. 빨간 벽돌집에서 사람이 죽었다는 것이다. 문득 그녀가 떠올랐다. 설마 하면서 집으로 들어가는데 식당에서 일하는 아주머니가 나에게 편지를 전해주는 것이었다. 나는 그녀가 보낸 편지라는 것을 직감적으로 알 수 있었다. 책상 앞에 앉아서 얼른 편지 봉투를 뜯었다. 봉투 안에는 편지와 돈이 조금 들어 있었다. 편지에는 공부 열심히 하고 멋진 남자가 되라는 말과 얼마 안 되는 돈이지만 필요한 거 있으면 보태어 쓰라고 적혀 있었다. 그 슬픈 돈에서 해맑은 박꽃이 피어올랐다.

그날 밤엔 유난히도 달이 밝았다. 그녀의 작은 방에도 그녀의 마음속에도 달빛이 환하게 드리웠으리라. 이제 그녀는 달빛을 타고 고향에 가서 가족들도 만나고 멋진 남자도 만나고 행복한 인생을 살게 되리라. 나는 불 꺼진 그녀의 작은 창을 바라보며 꿀꺽꿀꺽 눈물을 삼켰다.

내 방 작은 창에 아침 찾아오면

따사로운 햇빛 들어온다

내 마음 한구석에 어두운 그림자가

햇빛 속에 사라지는구나

큰 창으로 햇빛 받는 사람 많지만

나는 작은 창으로 햇빛 받는다

손바닥만 한 햇빛 아하, 내가 웃고 있네

간밤에 꿈은 아니겠지

내 방 작은 창에 밤이 찾아오면

별빛들의 노래 들려온다

내 마음 한구석에 어두운 그림자가

달빛 속에 사라지려나

큰 창으로 달빛 받는 사람 많지만

나는 작은 창으로 달빛 받는다

손바닥만 한 달빛 아하, 내가 웃고 있네

눈물이 가득 고인 채로

- 〈작은 창〉, 1990

늦지 않았어

못생긴 얼굴

못생긴 것은 잘생긴 것이 드러나지 않은 것이고
잘생긴 것은 못생긴 것이 드러나지 않은 것이다

예전에 자기 얼굴이 못생겨서 미안하다고 말한 코미디언
이 있었다. 얼마나 못생겼으면 미안하다고 말하는가 싶었다.
실제로 그 사람의 얼굴을 보고 잘생겼다고 말하는 사람은 없
었다. 하지만 사람들은 그를 좋아했고 방송국 코미디 프로도
탄력을 받았다. 나중에 이 코미디언은 코미디의 황제로 군림

했다. 못생겨서 성공한 것이 아니라 못생긴 건 아무것도 아니라는 것을 보여줘서 성공한 것이었다. 아무리 잘생긴 사람도 못생긴 구석이 있고 아무리 못생긴 사람도 잘생긴 구석이 있다.

꙰

어느 날 아내가 볼품이 없는 사과를 사 왔다. 벌레가 먹었는지 상품성이 없어 보였다. 왜 이런 사과를 사 왔느냐고 하니까 값도 싸고 맛있으니까 사 왔다는 대답이 돌아왔다. 하긴 맛있으면 됐지 모양이 무슨 의미가 있나 싶었다. 그런데 정말 그 사과가 맛있는 것이었다. 다음 날 아침에는 그 사과가 주스로 둔갑했다. 못생긴 것은 잘생긴 것이 드러나지 않은 것이고 잘생긴 것은 못생긴 것이 드러나지 않은 것이다.

꙰

어렸을 때 엄마가 뜨개질해서 만들어준 모자가 있었다. 요즘 겨울은 춥지 않지만 그 시절 겨울은 참 추웠다. 나는 그 모자를 엄마 앞에선 썼다가 엄마가 보이지 않으면 벗었다.

모자를 쓰면 여자처럼 보였기 때문이다. 파란 실과 회색 실로 엮은 모자! 아, 그 모자는 어디로 갔을까? 그때는 그 모자가 그렇게 보기 싫었는데 오늘따라 그 모자가 보고 싶다. 도대체 무엇이 못생긴 것이고 무엇이 잘생긴 것인가. 사람은 잘생기고 못생긴 걸 따지지만 추억은 잘생겼든 못생겼든 모두 다 아름답다.

∽

서울시는 도시의 미관을 해친다는 이유로 경기도 광주군에 대단위 땅을 조성하여 철거민 이주 계획을 세웠다. 그때 우리 집은 숭례문 근처 양동에 있었는데 무허가 건물이어서 철거 대상이 되었다. 뾰족한 수가 없었던 아버지는 결국 이름도 낯선 광주대단지(지금의 성남)라는 곳으로 이사를 갔다. 우리 식구들은 하루아침에 과거로 돌아가고 말았다. 전기도 들어오지 않았고 상수도 시설은커녕 기본적으로 있어야 할 길조차 갖춰지지 않은 데다가 비가 내리기라도 하면 온통 진흙탕이 되어 장화를 신지 않고는 돌아다닐 수가 없었다. 아직도 흰 무명 저고리를 입고 다니는 여자들이 심심찮게 눈에 띄었고 큰 광주리를 어깨에 짊어진 넝마주이가 긴 집게를 딱딱거

리며 길을 휘젓고 다니는 것도 볼 수 있었다. 그런데도 이곳
을 황금의 땅이라고 드나드는 사람들이 있었으니 이른바 큰
손들이었다. 그들이 나타나면서 땅값은 하루가 멀다하고 뛰
었고 깡패들까지 나타나 여기저기서 싸움판이 벌어지곤 했
다. 어차피 고향도 없는 터였다. 이제 이곳이 고향이 되려나?

꺈

깡패들이 식당에 나타나면 식당 주인은 그날 장사를 망치
고는 했다. 음식에 머리카락이나 파리를 집어넣어서 생떼를
부리고 돈까지 뜯어내기 때문이었다. 그뿐만이 아니었다. 한
번은 우리 아버지 약방에 들어와 약을 공짜로 처먹고 그냥
가기에 대들었다가 날아오는 주먹에 내 입술이 터진 적도 있
었다. 아버지의 약방은 상가를 빌려 차린 그런 약방이 아니
었다. 월세로 얻은 집에 조그만 마루가 있어서 그 위에 사과
궤짝 두 개를 이어놓고 거기에다 약을 몇개 올려 놓은 채 그
야말로 약 장사를 했다. 사과 궤짝에 올려놓았던 약들이 깡
패들에 의해 흐트러진 것을 보면서 아버지는 덤덤한 표정을
지었고 나는 치미는 분노를 어쩌지 못하고 한숨만 푹푹 쉬었
다. 좋게 말해서 깡패지 사실 그들은 무법자나 다름이 없었

다. 그걸 보면서 나는 내가 참 못생겼다고 생각했다. 무법자를 무찌르지 못했으니 말이다.

～

직장이 서울에 있는 사람들은 콩나물 버스를 타고 다녔고 나도 그 버스를 타고 두어 시간 걸리는 학교에 다녔다. 그때 나는 고등학교 3학년이었는데 학교 다니기가 힘들어서 가끔 이 동무 저 동무 집에서 눈치 보며 신세를 지기도 했다. 어떤 날은 책을 덮고 옷 장사를 한 적도 있었다. 명동에 있는 어떤 호텔 2층에 보세 옷을 파는 데가 있었는데 거기서 옷을 떼다가 동무들에게 팔아서 용돈을 마련하기도 했다. 그러다가 동무 누나에게 불려가 야단을 맞은 적도 있었다. 자기 동생에게 옷을 비싸게 팔았다는 게 그 이유였다. 나는 동무의 누나를 좋아했는데 야단맞은 뒤로는 내 마음이 바람 빠진 풍선이 되고 말았다.

～

1971년 8월 10일. 경기도 광주에서 폭동이 일어났다는 소식이 들려왔다. 순간 우리 집이 걱정되었다. 그때 나는 서울에서 떠돌이 생활을 하고 있었다. 솔직히 나는 세상 돌아가는 것을 잘 알지 못했다. 심지어는 우리 집이 잘 있는지도 알지 못했다. 아무것도 모르는 상태에서 집에 돌아와보니 모두 다 낯선 얘기들뿐이었다. 이주했던 철거민들은 이십 평을 평당 이천 원에 분양받고 3년 안에 상환하도록 했으나 갑자기 네다섯 배의 높은 가격을 일시금으로 상환하라고 해서 혼란에 빠지게 되었다는 얘기. 땅 한 평을 몇백 원에 사드린 나라가 위성도시를 만들어 놓고 몇천 원에 분양해서 엄청난 이득을 남겼다는 얘기. 나라에 돈이 없어서 그랬다고 하지만 나는 그 얘기가 무슨 말인지 이해하지 못했다.

∽

이듬해 나는 대학에 떨어졌다. 대학에 떨어지고 나니까 그야말로 허허벌판에 내팽개쳐진 기분이었다. 갈 곳도 없고 만나서 얘기할 동무도 없었다. 집에 있는 것이 미안하여 날마다 이 동네 저 동네를 싸돌아다녔다. 하루는 노동자 회관에서 이십 원짜리 국수를 먹는데 너무 짜서 국수를 다 먹지 못했다. 옆에 있던 할아버지가 안 먹을 거면 자기를 달라고 해서 남긴 국수를 드리고 나오는데 갑자기 수많은 화살이 나에게 날아오는 것 같았다. 나오면서 회관 입구에 세워진 큰 거울을 지나치는데 얼핏 그 거울 속에 화살 맞은 내 모습이 보이는 것 같았다. 다시 뒷걸음하여 거울을 보는데 그제야 내 얼굴이 참 못생겼다는 생각이 들었다. 뼛속까지 가난했더라면 국수를 남기지 않고 다 먹었을 텐데 나는 그저 허영에 찬 가난뱅이인 것이었다.

◈

할 일 없는 나는 거의 날마다 남한산성에 올라가 시간을 보내다 내려오곤 했다. 그러던 어느 날, 대학에 들어간 동무들이 찾아왔다. 특별히 대접할 것도 없어서 남한산성을 구경시켜주었다. 남한산성이 우리 집도 아닌데 마치 우리 집에 딸린 정원인 양 동무들 앞에서 주인 행세를 했다. 산에서 내려와 우리는 동네에 있는 중국집으로 갔다. 군만두도 먹고 짜장면도 먹고 술도 한 잔씩 하고, 나중에 계산을 하는데 내가 생각한 것보다 사십 원이나 적게 나왔다. 나는 태연히 중국집을 나왔다. 나는 사십 원을 벌었고 중국집 주인은 사십 원을 손해봤다. 다시 들어가서 계산이 잘못되었다고 말할까 했으나 내 발은 중국집으로 가지 않고 가던 길을 빨리 걸으려고만 했다. 동무들을 보내고 집에 가는데 내가 참 한심했다. 사십 원을 번 게 아니라 사천 원어치 만큼 괴로웠다. 못생긴 내 얼굴! 마음이 가난하면 이렇게 못생긴 얼굴이 될 수 있다는 것이 슬펐다.

∽

잘생긴 얼굴이 못생긴 얼굴로 변한 사람들을 보면 공통점이 있다. 그건 바로 첫 마음을 잃어버렸다는 것이다. 자기가 한 말에 책임을 지지 않거나 시치미를 떼는 사람들이 그렇다. 아무리 잘생겼다고 해도 사람을 우습게 보는 순간 못생긴 얼굴이 되는 것이다. 문제는 못생긴 얼굴로 변한 자신을 여전히 잘생겼다고 착각한다는 것이다. 백성들을 우습게 여기는 저 얼굴들을 보라!

∽

세상에서 가장 못난 사람은 나처럼 아무 일도 하지 않는 사람이다. 동네를 휘젓고 다니는 깡패들조차도 나보다 나은 사람들이라는 것을 깨달았다. 비록 동네 사람들에게 행패를 부리는 나쁜 사람들이지만 하루하루 자기에게 주어진 일을 열심히 하고 있지 않던가. 거기에 견주면 나는 정말 아무 일도 하지 않는 밥버러지에 불과한 것이다. 넝마주이라도 해서 사회의 한 구성원이 되어야 하는데 나는 그런 노력조차 하지 않고 신세타령만 하는 그야말로 아무짝에도 쓸모없는 쓰레기였다. 그런데도 반성은 아니하고 세상 탓만 하고 있었으니 세상에 나보다 못난 사람이 또 있을까?

늦 었 지 만

열 사람 중에서 아홉 사람이
내 모습을 보더니 손가락질해
그놈의 손가락질 받기 싫지만
위선은 싫다 거짓은 싫어
못생긴 내 얼굴 맨 처음부터
못생긴 걸 어떡해

우리는 작은 집에 일곱이 산다
너네는 큰 집에서 네 명이 살지
그것도 모자라서 집을 또 하나
너네는 집 많아서 좋겠다
하얀 눈 내리는 겨울이 오면
우리 집도 하얀 집

며칠이면 우리 집이 헐리어진다
쌓아 놓은 행복도 무너지겠지
오늘도 그 사람이 겁주고 갔다
가엾은 우리 엄마 한숨만 쉬네
나쁜 사람들 나쁜 사람들
엄마 울지 마세요

아버지를 따라서 일판 나갔지
처음 잡은 삽자루가 손이 아파서
땀 흘리는 아버지를 바라보니까
나도 몰래 내 눈에서 눈물이 난다
뜨거운 태양아 잘난 척 마라
자랑스러운 아버지

못생긴 내 얼굴
못생긴 내 얼굴
우우

— 〈못생긴 얼굴〉, 1989

늦 었 지 만

효자동 해장국집

변하는 것이 새로움이 아니라
변하지 않는 것이 새로움이다

나는 사람들하고 만날 일이 있으면 일부러 산을 넘는다. 미아리에서 약속이 있으면 삼각산을 넘고, 광화문에서 약속이 있으면 인왕산을 넘는다. 한 시간이면 갈 수 있는 거리를 서너 시간 걸려 산을 넘는 까닭은, 나를 신선하게 보이려는 것이 아니라 상대방을 신선하게 보려는 것이다. 마음속에 있는 노폐물을 씻어내고 사람들을 만나면 사람들이 아름답게 보인다.

오늘도 나는 배낭을 메고 집을 나섰다. 불광역에서 내려 버스로 갈아탄 다음 상명대학교 앞에서 내려 홍지문을 지나 인왕산으로 접어든다. 하얀 눈 밟으며 한 걸음, 한 걸음 걷다 보면 마음속 노폐물이 빠져나가는 걸 느끼게 된다. 거기에다가 상쾌한 겨울바람이 얼굴을 어루만지고 지나가면 세상이 싱그럽게 보이기도 한다. 오늘은 어느 쪽으로 내려갈까, 잠시 고민도 해보지만 어느 쪽으로 내려가든 갈 곳이 정해져 있으므로 나는 내 발이 가는 대로 간다.

산에서 내려온 내 발은 조그만 해장국집으로 향한다. 내가 그 집에 가는 까닭은 해장국이 맛있기도 하지만 변함없이 산다는 게 무엇인지, 그걸 잊지 않으려고 가는 것이다. 오래된 벽시계에서는 가난했던 청춘을 보고 오래된 식탁에서는 그리운 사람들을 떠올리고 등 굽은 주인 할아버지에게서는 가족을 본다. 해장국 맛은 깊은 사랑의 맛이다. 주방에는 할아버지처럼 늙은 들통이 하나 있는데 거기에다 그날 팔 분량만 끓이니 세월이 흘러도 국물 맛이 똑같을 수밖에. 아무것도 아닌 것 같지만 바로 이런 것이 오래된 새로움 아닐까? 아무튼 나는 산을 넘어왔으니 같은 해장국이라도 더 맛있게 먹을

늦 었 지 만

수 있다.

　그 집엔 술을 팔지 않는다. 차림표도 없다. 오로지 해장국만 판다. 등 굽은 할아버지가 혼자서 꾸려나가는 그 집은 작지만 절대 초라하지 않다. 초라하다는 것이 무엇인가? 무게 없이 시류 따라 자주 변하는 것이다. 이 집은 오래된 물건들이 그대로 있고 일부러 꾸며놓은 데도 없다. 굳이 꾸며놓은 것을 찾는다면 삼십여 년 동안 벽에 붙어 있는 괘종시계와 숫자만 크게 보이는 달력 그리고 관록이 붙은 거울이 전부다.

　근처에 '대통령이 드시고 간 해장국집'이라고 써 붙인 식당이 있는데 그 집은 민망해서 들어가고 싶은 생각이 없다. 입맛까지 백성 위에 군림하는 것도 아니고 시류에 편승하려는 주인의 장사 철학이 마음에 들지 않아서이다. 자고로 첫 마음을 버리고 시대 흐름을 따라가는 사람들은 결코 새로울 수가 없다. 그에 견주면 할아버지네 식당은 늘 그대로다. 그래서일까, 자꾸만 그곳이 그립고 갈 때마다 새로움을 느낀다. 간판은 상호도 없이 그냥 '뼈다귀 해장국집'이라고만 쓰여 있다. 그리고 간판 바로 밑에 동그란 등이 하나 있는데 켜져 있으면 영업을 하는 거고 꺼져 있으면 영업이 끝났다는 것을 뜻한다. 보통 그 등은 오후 두세 시쯤 되면 꺼진다. 할아버지는 그 흔한 텔레비전이나 신문도 보지 않고 오후 일곱 시쯤 잠자리에 들어 새벽 두 시에 그날 팔 해장국을 준비한다.

내가 이 집을 알게 된 것은 2005년 겨울 어느 날이었다. 날개(파티 대학 안상수 교장의 아호)와 새해맞이 한다고 인왕산 산행을 하고 점심때쯤 내려와 통인시장 건너편에 있는 허름한 해장국집에 들렀는데 그 집 분위기가 어찌나 포근한지 단번에 나를 감동하게 했다. 얼핏 봐도 한 서른 살은 족히 된 때 묻은 식탁이 두 개 있었고 벽에 걸려 있는 오래된 괘종시계와 허리 구부정한 주인 할아버지가 묘한 분위기를 연출하고 있었다. 식당 안에는 중절모를 쓴 한 신사분이 혼자서 해장국을 먹고 있었는데 날개랑 인사를 하는 걸 보니 서로 아는 사이 같았다. 나도 덩달아 인사를 했는데 그 멋쟁이 신사는 건축가 정기용 교수였다. 그 뒤로 우리 세 사람은 자주 만나게 되었다. 그러던 어느 날 정교수가 나에게 숙제를 내주었다. 변함없는 이 해장국집을 위해 노래를 만들어보라는 것이었다. 그랬더니 옆에 있던 날개가, 그거 좋은 생각이라면서 숙제를 마치면 발표회도 하자는 것이었다. 하지만 나는 노래를 빨리 만드는 재주가 없었다.

숙제를 시작한 지 이 년이 지난 어느 겨울, 드디어 노래가 완성되었다. 날개가 포스터를 만들었는데 포스터에 아인슈타인 얼굴이 그려져 있었다. '아인'이 하나이고 '슈타인'이 돌

늦 었 지 만

이라나? 나는 하루아침에 아인슈타인이 되어 상수역 부근에 있는 조그만 공연장에서 노래 발표를 하게 되었다. 그날 정교수가 공연 전에 한마디 했다.

"때려 부수는 것을 경축하는 도시 서울에서 '효자동 해장국집'처럼 변치 않고 자리를 지키는 것의 멋을 찬양하자!"

정교수가 해장국집 할아버지를 소개하자 사람들이 큰 박수를 쳤다. 그날 할아버지는 오래간만에 입어봤다는 양복 차림이었다. 관객을 향해 인사하는 할아버지를 보면서 아무리 양복을 입었어도 할아버지는 변함이 없다는 것을 깨달았다.

사람들은 변하는 것을 새로움이라고 하지만 오히려 변하지 않는 것이 새로움이 아닐까 싶다. 낡은 것을 무너뜨리고 새로운 것을 지어내는 것이 새로움이라면 그 새로움 역시 낡은 것이 되지 않겠는가? 오늘의 새로움이라는 것도 내일의 새로움에는 낡은 것이 될 테니까. 변하지 않은 측면에서는 변한 것이 고리타분한 것이고, 변한 측면에서는 변하지 않은 것이 고리타분한 것이다. 퓨전 음식에 길든 요즘 아이들이 할아버지가 만든 해장국을 먹으면 뭐라고 할지 궁금하다. 아마 새로운 맛이라고 말하는 아이들도 있을 것이다. 만약에 입에 맞지 않는다면 그건 그 맛을 이어주지 못한 어른들의 책임이다. 따지고 보면 어른들이 변한 것이지, 아이들이 변한 것은 아니지 않은가.

방송도 옛날과 비교하면 너무 많이 변했다. 새로워졌다는 요즘 방송을 보면 정말 고리타분하기가 짝이 없다. 왜 그렇게 먹는 프로가 많이 나오는지? 어느 날 불쑥 '셰프'라는 말이 나타나더니 경쟁이라도 하듯 더 요란해졌다. 아침부터 밤까지 먹는 방송을 해대니 출연하는 사람까지 보기 싫을 정도다. 맛있다는 표정을 지으면서 수다를 떨고 있는 출연자들을 보면 자동으로 채널이 돌아간다. 예뻐 보이려고 성형하는 사람이 많지만 그 얼굴도 식상하니까 예뻐 보이지 않는 거고 시청률을 올리려고 너도나도 먹는 방송을 하니까 보는 사람이 짜증이 나는 것이다. 그렇지 않아도 정말 해야 할 방송이 많은데 왜 그렇게 먹는 방송에 매달리는지 모르겠다. 그런 걸 보면 우리나라는 아직도 가난한 나라다. 코미디 프로를 한번 보라. 옛날과 비교해 얼마나 많이 초라해졌는가? 어느 날 불쑥 '개그맨'이라는 말이 나타나서 '코미디언'이라는 말을 밀어내고는 억지로 시청자들을 웃기고 있다. 옛날 코미디 프로가 그리워지는 까닭이다.

어느 날이었다. 그날도 즐거운 산행을 마치고 해장국집에 갔는데 놀라운 일이 벌어졌다. 해장국집이 없어진 것이었다. 가슴이 철렁 내려앉았다. 갑자기 목이 메고 마음 한구석에서 불덩이 같은 것이 치밀어 올랐다. 둥지 잃은 새처럼 나의 보금자리는 그렇게 사라지고 말았다. 이제 어디 가서 그런 보금자리를 찾을 것인가?

세월이 흘렀다. 효자동 해장국집에 무인 은행이 들어섰고 정기용 교수는 하늘로 갔다. 문득 정기용 교수의 목소리가 들린다.

"이 집은 상호가 없으니 우리끼리라도 효자동 해장국집으로 부르세."

이제 효자동 해장국집은 사라지고 없다. 사람들은 자기가 변한 것은 모르고 세상이 변했다고 말하지. 푸른 하늘이 흐린 하늘 됐다고 하늘이 변한 것은 아니지 않은가? 얼굴에 주름이 생겼다고 늙은 부모를 변했다고 할 것인가? 막상 변한 것은 시대 흐름을 따라가는 우리네 마음이다.

험한 세상 찬바람에 마음 시려 와도
그 집에 가면 풀린다네, 따뜻하게
변함없이 산다는 게 쉬운 일은 아니지
술 취한 바람 속에 꽃잎 날리네

오래된 벽시계는 멈추지도 않고
오늘도 변함없이 종을 친다네
별이 지고 해가 뜨고 노을 사라져도
하늘은 변한 것이 아니라네

너의 섬 철새들아 효자동에 가보렴
오래된 새로움을 보게 되리라
여기저기 눈치 보며 떠다니지 말고
비틀어진 너의 꿈을 생각해보렴

폐차장에 내팽개쳐진 슬픈 자동차들
남몰래 내다버린 사랑이 아닌지
언덕길 내려가는 황혼의 두 그림자
변치 않는 사랑으로 살고지고

– 〈효자동 해장국집〉, 2009

늦었지만

햇살 소리

그리운 햇살이여 어디로 갔나
그리운 내 벗이여 어디로 갔나

지금까지 살아온 날들을 뒤돌아보면 햇살 소리를 듣고 자란 어린 날의 고 몇 년이 나머지 날들을 합친 수십 년보다 훨씬 아름다웠다고 생각한다. 햇살은 아침마다 아주 작은 목소리로 나에게 노래를 불러주었고 그 덕분에 나는 오랫동안 평화로운 마음으로 살 수 있었다. 이것은 요정 이야기가 아니다. 나는 지금 이 세상에 태어나서 처음으로 알게 된 동무, 햇살에 관해 이야기하려는 것이다.

내가 햇살을 만난 건 여섯 살이 채 안 된 때였다.

하얀 들판이 떠오른다. 아버지는 내 손을 꼭 잡고 아무 말도 없이 하얀 들판을 걸어갔다. 차가운 들바람에 뺨도 시리고 발도 시렸지만 나는 졸졸대며 아버지를 따라 걸었다. 저만치 초가집들이 띄엄띄엄 보였다. 하얀 들판을 걸어온 아버지는 어느 초가집 마당에 들어서자 발을 쿵쿵 구르며 신발에 달라붙은 눈을 털어냈다. 그러자 방문이 열리면서 할머니가 나왔다. 아버지는 할머니와 몇 마디를 나누고는 나를 남겨두고 떠났다. 내가 둔해서인지는 모르겠지만 나는 날 두고 가는 아버지의 뒷모습을 바라보면서도 울지 않았다. 이상하게도 나는 그 집과 할머니가 조금도 낯설지 않았고 오히려 아버지 고향에라도 온 것처럼 마음이 편안했다.

아버지가 나를 데려간 곳은 소양강 다리 건너에 있는 샘밭이라는 동네였다. 그런데 내가 왜 집을 떠나 그곳에 가야 했는지는 지금도 기억이 나지 않는다. 첫 밤을 자고 난 아침, 누군가가 내 눈두덩을 살살 간질였다. 눈을 살짝 떠보니 아무도 없었다. 다시 눈을 감으니 또 간질였다. 그렇게 몇 번 되풀이하고 나서야 범인을 알게 되었다. 아무도 없는 방에 햇살이 들어왔으니 누가 뭐래도 범인은 햇살이었다. 햇살과의 첫 만남은 그렇게 이루어졌다.

부엌에서 밥을 짓다가 들어온 할머니가 잠에서 깨어난 나를 보고는 아침 해가 떴네, 라고 말했다. 나는 문창호지에서 무슨 소리가 난다고 말하려고 했지만 말이 얼른 나오지 않았다. 그 뒤로 나는 아침이 되면 방문을 바라보게 되었고 그럴 때마다 할머니는 방문을 가리키며 아침 해가 떴다는 말을 해주었다. 열흘쯤 지나 나는 문창호지를 가리키며 할머니에게 말했다.

"할머니 저기에서 소리가 나."

그러자 할머니는 거친 손으로 내 이마를 쓰다듬으면서 말했다.

"어이구, 우리 강아지가 햇살 소리를 들었구먼."

햇살은 그렇게 문창호지를 뚫고 들어와서는, 내 얼굴을 어루만지고 눈두덩을 살살 간질이다가 귓구멍까지 파고들어와 노래를 불러주었다. 햇살이 어떻게 문창호지를 뚫고 들어왔는지 나는 그것이 너무 궁금했다.

"할머니 쟤는 어떻게 이 방에 들어왔어?"

"으응, 우리 강아지랑 동무하자고 들어온 거지."

방 안에 햇살이 그윽하고 화로에 걸쳐진 삼발이 위에서 된장찌개가 보글보글 끓으면 내 마음에서도 행복이 보글보글 넘쳐흐르는 것 같았다. 나는 된장찌개 끓는 소리가 하도 맛있게 들려서 귀를 가까이 기울여 보기도 하고 냄새를 맡고 침을 꼴깍 삼키기도 했다. 할머니도 웃고, 나도 웃고, 된장찌개도 웃고, 햇살도 웃고 그야말로 눈길 닿는 곳마다 따뜻한 평화가 흐르고 있었다.

"세수하고 밥 먹자."

하고 할머니가 말하면 나는 밖으로 나와 파란 하늘을 마신 다음 차가운 바람으로 얼굴을 씻었다. 그 모습을 본 할머니는 "요놈!" 하면서 내 손을 잡고 아궁이 옆으로 데려가 더운물로 얼굴을 씻겨주었다. 할머니하고 정이 들면서부터 할머니네 집하고도 정이 들기 시작했다. 마당에는 눈을 뒤집어쓴 장독들이 있었고 멍멍이도 야옹이도 있었다. 방에는 할아버지 사진이 걸려 있었고 그 옆에 가족들과 함께 찍은 사진도 걸려 있었다. 할머니도 우리 아버지처럼 전쟁 통에 가족들과 헤어진 것이 틀림없었다.

아침밥을 먹고 나면 따뜻한 흙담에 기대앉아서 햇볕을 쬐었다. 그러면 멍멍이도 오고 야옹이도 왔다. 어떤 날에는 얼굴에 버짐 꽃이 많이 핀 여자아이도 놀러 왔다. 그 아이는 이웃집에 살았는데 가끔 초콜릿을 가져와서는 자기 언니가 미군 부대에 다닌다고 자랑을 하곤 했다. 그리고 또 어떤 날에는 얼음판에 나가 팽이를 치거나 아궁이 앞에서 할머니가 구워주는 고구마를 먹기도 했다.

그렇게 일 년이 지나고 일곱 살이 되던 어느 날, 나의 평화에 금이 가기 시작했다. 나를 데려가기 위해서 아버지가 온 것이다. 나는 가기 싫다고 떼를 썼지만 오히려 할머니는 학교에 다녀야 한다면서 나를 달랬다. 멍멍이, 야옹이, 버짐 꽃 핀 아이, 모두 다 내가 떠나는 것을 아쉬워했다. 할머니도 아쉬운지 자꾸만 내 머리를 어루만졌다.

할머니와 내 동무들 그리고 정든 초가집과 나는 그렇게 헤어졌다. 사랑은 맞울림이 있어야 사랑이다. 그래야만 오래도록 따뜻하다. 햇살, 할머니, 된장찌개, 화로, 그리고 나중에 안 것이지만 싸리나무 울타리도 있었고 사립문 옆에서 집을 지키던 찔레나무도 있었다. 마당에 있던 꽃들은 채송화, 맨드라미, 백일홍, 해바라기, 달리아, 붓꽃……. 나는 그들에게서 맞울림을 느꼈고 그 덕에 오래도록 평화로운 마음을 지닐 수 있었다. 세월이 한참 흐른 뒤에 나는 알았다. 그때 할머니가 나에게 아주 고귀한 선물을 주었다는 것을.

초등학교 4학년이 되자 나는 서울로 유학을 떠났다. 낯선 환경에 적응하게 되면서 어린 날의 샘밭 시절은 조금씩 지워졌다. 나는 아버지의 뜻대로 열심히 공부하여 법관의 길로 향했지만 대학에 떨어지고, 또 떨어지고, 또 떨어져서 군대를 가게 되었다. 법관의 길은 멀어졌고 군대를 마친 후에는 나도 모르게 음악의 길을 걷고 있었다. 내가 다른 길로 가자 아버지는 나에 대한 기대를 접었다. 하지만 나는 행복했다. 나의 벗, 햇살이 내 마음속에서 나를 지켜주었기 때문이다. 아무리 세상이 험하고 싸늘해도 햇살은 늘 내 마음을 따뜻하게 해주었고 내가 힘들 때면 다정하게 햇살 소리를 들려주었다.

그런데 언제부턴가 햇살 소리가 들리지 않았다. 나는 직감적으로 나의 햇살이 병들었다는 것을 알게 되었다. 도대체 무엇이 나의 햇살을 병들게 한 걸까? 눈앞이 캄캄했다. 지금까지 햇살을 의지하고 살았는데 이젠 누가 나를 지켜주나? 문득 어린 날의 옛살라비가 떠올랐다. 그곳에 가면 나의 햇살이 되살아날지도 모른다. 나는 햇살과 처음 만났던 샘밭으로 갔다. 고향을 떠난 지 삼십 년만이었다. 그러나 그곳은 너무 많이 변해 있었다. 반겨줄 사람도 없거니와 어릴 때 풍경도 흔적 없이 사라져버렸다. 갑자기 세상이 적막하다는 생각이 들었다. 이제 나의 삶은 견인차에 끌려가는 자동차 꼴이 되고 말 것이다. 문득 내가 참 나쁜 놈이라는 걸 깨닫게 되었다. 햇살 소리만 생각했지, 막상 나에게 햇살 소리를 알게 해준 할머니는 잊고 살았던 것이다. 사람들은 자기에게 좋은 일이 일어나면 그것만 생각하지, 누가 그 좋은 일을 만들었는지는 궁금해하지 않는다.

햇살이라고 다 같은 햇살이 아니었다. 도시의 햇살은 그렇다 치고 고향의 햇살에서도 햇살 소리는 들리지 않았다. 문창호지를 사각사각 뚫고 들어오는 햇살을 찾아야 하는데 그런 햇살을 어디 가서 찾는단 말인가? 궁리 끝에 나는 산에서 그 햇살을 찾기로 했다. 산에 가면 그 옛날의 햇살이 남아 있지 않을까 해서였다.

창녕 사는 아우와 함께 낙남정맥 종주를 하던 때였다. 아홉 번째 구간을 마치고 고운동에서 하룻밤을 묵기로 했는데 어둠을 만나는 바람에 계획이 어긋나고 말았다.

"나루야, 고운동은 하제 아침에 가기로 하자."

그때 저만치 희미한 불빛이 보였다. 지치고, 춥고, 배가 고파서 망설임 없이 불빛이 보이는 곳으로 향했다. 노란 불빛으로 물든 방문이 동화책에 나오는 그림처럼 포근하게 느껴졌다. 발소리에 누렁이가 짖어대고 그와 동시에 방문이 열렸다.

"뉘시오?"

"길이 어두워서요. 하룻밤만 재워주세요."

"요즘 강도들이 많다는데……."

할머니는 우리가 강도가 아니라는 것을 금세 알아차리고
는 어서 들어오라고 했다. 방에 들어서자 추위는 달아났지만
방 안은 그리 훈훈하지 않았다. 할머니는 낯선 사람이 나타
났는데도 무서워하지 않았다. 다만 우리가 술병을 발견할까
봐 그게 걱정이었던 모양이다. 큰 술병을 살며시 궤짝 옆으
로 감추고 있는 할머니의 표정이 아이처럼 귀여웠다. 꽤 오
래된 흑백텔레비전에서 요즘 노래가 흘러나오고 있었지만
화면은 먹통이었다.

"할머니 잘 나오지도 않는 텔레비전을 뭣 때문에 켜놓으세
요?"

"저 소리라도 들어야지, 안 켜놓으면 너무 심심해."

할머니는 플라스틱 그릇에 남아 있던 소주를 천천히 마셨
다. 나는 할머니가 술을 감춘 것을 모르는 체하면서 일부러
술 좀 달라고 해보았다. 그랬더니 할머니는 말이 끝나기도
전에 몸을 움직여 술을 감춰 두었던 궤짝 옆을 가렸다. 나는
웃으면서 할머니에게 마술을 보여주겠다고 하고서는 마루에
내려놓았던 배낭에서 큰 술병을 갖고 들어왔다. 그것을 본
할머니는 눈을 크게 뜨면서 아이처럼 좋아했다. 술이 그렇게

좋으냐고 물었더니 고개를 끄떡이며 내가 들고 있던 술을 얼른 가져다가 궤짝 뒤에 세워 놓고는 조금 전에 감춰 놓았던 술을 다시 꺼내서 우리에게 한 잔씩 따라 주었다. 그리고 하는 말이, 술을 마시면 우리 애들이 보이지, 그러는 것이었다. 희미한 불빛에 비친 할머니의 얼굴에 외로움이 다닥다닥 붙어 있었다.

아침이 되자 부엌에서 밥 짓는 소리가 났다. 먼 길 떠나는 아들에게 맛있는 밥을 먹여 보내려는 어머니의 마음이었다. 어쩌면 할머니는 우리를 아들로 여겼는지도 모른다. 따뜻한 이불 속에 누워 있던 나는 또 다른 소리를 들었다.

'사각사각'

나는 깜짝 놀라서 이불을 걷어차고 벌떡 일어났다. 아, 이 소리는? 그토록 찾아 헤맸던 어린 날의 햇살 소리였다. 병들었던 내 마음의 햇살이 꿈틀거리기 시작했다. 사랑하는 사람과 강제로 헤어졌다가 우여곡절 끝에 다시 만나는 그런 기분이었다. 그런데 내 마음을 춤추게 하는 것이 또 하나 있었다. 바로 부엌에서 흘러나오는 된장찌개 냄새였다. 나는 방문을 활짝 열고 보글보글 끓고 있는 맛있는 소리에 빠져 먼 옛날로 날아갔다. 어쩌면 이렇게 옛날 된장찌개 냄새와 똑같을 수가 있을까. 나는 밖으로 나와 파란 하늘을 마시며 찬바람으로 얼굴을 씻었다. 내 모습을 본 할머니는 손가락으로 부엌을 가리키며 더운물이 있다고 알려주었다.

"아니 좀 더 주무시지 뭐 하러 이렇게 일찍 일어나셨어요?"

"글쎄, 산신령이 내가 외롭다고 자네들을 보내줬구먼."

정말 이상한 일이었다. 어린 시절 나에게 햇살 소리를 듣게 해준 할머니도 부엌문 옆 눕혀진 항아리 속에서 나를 쳐다보던 누렁이도 옛날과 전혀 다름이 없었다. 누렁이 역시 어린 날의 내 모습을 기억하는 듯 항아리 속에서 달려 나와 반갑게 꼬리를 흔들었다. 나는 무슨 큰 횡재라도 한 것처럼 할머니와 누렁이를 번갈아 보면서 어린 날의 풍경을 맛보고 있었다.

할머니가 차려준 아침밥을 먹고 길을 나서는데 발이 떨어지지 않았다. 자주 찾아오겠다고 말하니 할머니도 꼭 그렇게 하라며 내 두 손을 꼭 잡고 놓아줄 생각을 하지 않았다. 하룻밤 사이에 이렇게 정이 들다니 할머니가 마술을 부려 나를 어린 날의 그 시절로 데려다 놓은 것 같았다. 굴뚝 옆에 서 있는 오동나무도 나를 바라보며 꼭 다시 오라고 커다란 잎사귀들을 흔들었다. 고운동으로 향하면서 나루가 말했다.

"행님, 종주 마치면 중고라도 구해서 할머니네 텔레비전 바꿔드립시다. 잘 나오는 거로."

하루아침에 병든 나의 햇살이 원기를 되찾은 것 같았다. 그 뒤로 내 마음은 다시 평화가 움텄고 햇살 소리도 조금씩 들리기 시작했다. 이제 나는 세상이 두렵지 않았다. 앞으로는 이 햇살이 병들지 않도록 잘 돌봐야겠다고 생각했다.

하지만 얼마 되지 않아서 햇살은 또다시 병이 들고 말았다. 도대체 무엇 때문일까? 혹시 누군가가 나의 햇살을 오염시킨 것 아닐까? 아무리 생각해봐도 누가 그랬는지 알 수가 없었다. 나는 내 마음이 찌들어서 그런 거로 생각했다. 어릴 때는 마음에 때가 없어서 햇살이 병들 이유가 없었지만 이제는 내 마음이 햇살을 담을 수 없을 정도로 지저분해졌다. 그런데 그런 것도 아니었다. 나는 새로운 사실을 알게 되었다. 햇살을 다치게 한 범인은 내 마음속을 헤집고 다니는 미움이었던 것이다. 생각해보니 나는 몇 년 전부터 나를 배신한 동무를 미워하고 있었다. 면역력이 약한 나의 햇살은 그 미움이라는 세균에 오염되어 병이 들었던 것이다.

그렇게 일 년이 지나고 이 년이 지나고 삼 년이 지났다. 햇살 없이 이 세상을 산다는 것은 정말 아무 의미가 없는 일이었다. 문득 지리산 할머니가 떠올랐다. 하지만 자주 뵙지 못한 것이 마음에 걸렸다. 그래도 병든 나의 햇살을 살리려면 거기로 가야 했다.

마른 잎이 우수수 떨어지던 어느 가을날, 나는 무작정 진주로 향했다. 진주에서 버스를 갈아타고 묵계 쪽으로 가다가 어느 마을에서 내렸다. 버스가 떠나는데 찻길에 누워 있던 나뭇잎들이 벌떡 일어나 흩날리다가 다시 길바닥으로 내려와 이리저리 뒹굴었다. 정류장 옆에 조그만 구멍가게가 보이기에 가게 노인에게 길을 물어 설레는 마음으로 산길로 접어들었다. 이제 곧 만나게 될 할머니 모습을 떠올리며 나는 빙긋이 웃었다. 요즘도 날마다 술을 마시는지 궁금했다. 그런데 마을 어귀에서부터 올라가려니까 삼 년 전 능선에서 내려왔을 때와는 다르게 무척 낯설었다. 하지만 산마을은 어딜 가나 비슷비슷했다. 아마 산 냄새 때문인지도 모르겠다. 그러고 보니 할머니에게서도 산 냄새가 묻어났던 것 같다. 발걸음이 저절로 빨라졌다.

고개 중턱쯤 오르다 보니 두 갈래 길이 나타났다. 나는 노인이 가르쳐준 대로 왼쪽으로 향했다. 비가 내렸었는지 길 상태가 좋지 않았다. 바퀴 자국들이 울퉁불퉁한 채로 굳어 있었고 여기저기 웅덩이가 파여 있었다. 그래도 굴뚝에서 연기가 피어오르는 집을 보니 마음이 평화로워지는 것 같았다. 할머니네 집 굴뚝에서도 연기가 피어오르고 있겠지. 할머니와 헤어지면서 앞으로 자주 찾아올 거라고 했는데 어느새 삼

년이 흘렀다. 그 세월에 할머니는 나를 잊었을지도 모른다. 혹시 돌아가시지는 않았는지, 아니면 치매에 걸리기라도 해서 나를 알아보시지 못하는 건 아닌지 별생각이 다 들었다.

그렇게 무성했던 나뭇잎도 거의 다 떨어지고 능선은 숱 없는 노인의 머리처럼 휑하게 보였다. 날씨도 그렇고 어딘지 쓸쓸하다는 생각이 들었지만 하제 아침에 만날 싱그러운 햇살을 생각하면서 쓸쓸함을 지웠다.

어느 정도 올라왔다고 생각할 무렵, 왼편으로 집 두 채가 보였다. 아랫집은 훤히 보였는데 윗집은 대나무 숲에 가려 잘 보이지 않았다. 얼핏 지붕이 보이기는 했으나 망가진 거로 봐서는 아무도 살고 있지 않은 것 같았다. 참으로 아까운 집이라고 생각하면서 나는 조금 더 올라갔다. 저만치 능선이 보이자 비로소 옛 기억이 가물거렸다. 내 기억이 맞는다면 할머니네 집은 능선 아래 첫 집이었다. 나는 걸음을 멈추고 왔던 길을 돌아보았다. 그리고 조금 전 보았던 집들을 다시 한번 살펴보면서 기억을 더듬었다. 기억 속에서는 집이 서너 채가 보이는데 지금은 두 채만 보였다.

'혹시 길을 잘못 든 게 아닐까? 아니야, 산등성이가 낯설지 않은 걸 봐서는 이 부근이 틀림없어.'

그때 오동나무가 눈에 들어왔다. 맞다. 할머니 집 굴뚝 옆에 오동나무가 있었지. 나는 다시 내려와 오동나무가 보이는 집으로 향했다. 지붕이 망가진 집, 바로 그 집이었다. 가슴이 철렁 내려앉았다. 녹슨 양철 지붕이 태풍에 떨어져 나간 듯, 처마 끝에 달랑달랑 매달려 있었고 부엌 옆으로 항아리가 옛날 그 모습처럼 눕혀 있었다.

'저 항아리는 개집이었는데…….'

햇살이 드나들던 방문 창호지는 여기저기 찢기고 구석구석 거미줄로 가득했다. 가슴이 찌르르 저렸다. 사람이 살지 않는 집은 금세 망가진다는데 할머니는 어디로 가셨을까? 할머니의 소식을 알고 싶어 아랫집으로 내려갔다. 마당에서 할아버지가 장작을 패고 있었다. 인사를 드리고 나서, 요 윗집에 사시던 할머니를 아시느냐고 물으니 올봄에 돌아가셨다고 한다. 어쩌다 돌아가셨냐고 물으니 할아버지가 하는 말이 가슴을 쳤다.

"그렇게 매일 술을 마시니 안 돌아가실 수 있나? 아들하고 딸이 있었는데 그것도 내가 알려줬지."

더는 아무 말도 묻고 싶지 않았다. 할머니의 아들과 딸을 만난 일은 없지만 괜히 미워지는 건 어쩔 수가 없었다. 문득 할머니 방에 걸려 있던 빛바랜 할아버지 사진과 가족사진이 떠올랐다.

허전한 마음으로 돌아서는데 자꾸만 할머니의 모습이 보였다. 갑자기 내가 세상 밖으로 쫓겨나 적막한 벌판에 혼자 내동댕이쳐진 것 같았다. 아까 올라오다가 보았던 울퉁불퉁 굳어 버린 바퀴 자국과 여기저기 파인 웅덩이가 갑자기 할머니 마음처럼 보였다. 나의 삼 년과 할머니의 삼 년은 전혀 다른 것이었다. 내가 할머니를 잊고 사는 동안 할머니는 날마다 그리움을 태우다가 태운 만큼 서서히 죽어갔던 것이다. 눈물이 핑 돌았다. 그때 오동잎 하나가 날아와 내 앞에서 스르륵 스르륵 소리를 내며 뒹굴었다. 가만히 보니 할머니 집에서 날아온 오동잎이었다.

　"자주 오겠다고 큰소리치더니 왜 이제야 온 거니?"

　나는 아무 말도 하지 못했다.

　"보나 마나 너의 병든 햇살을 고치려고 찾아온 거겠지."

　"아니야. 난 정말 할머니가 보고 싶었다구."

　"그럼 그동안 무얼 했기에 한 번도 찾아오지 않은 거야?"

　"미안해, 그건 내 잘못이야. 내가 게을러서 그런 거야."

　"그래, 게을렀다고 치자. 할머니 생각은 한 번이라도 해 봤어?"

　"미안해."

　"할머니를 보러 온 게 아니고 병든 햇살 고치러 온 거잖아."

오동잎이 화를 내며 날아갔다.

오동잎이 날아가는 쪽을 바라보는데 할머니네 집 굴뚝에서 연기가 피어오르는 것 같았다. 아무도 없는 집을 홀로 지키고 있는 오동나무가 쓸쓸하게 보였다. 성큼성큼 다가오는 겨울바람이 남아 있는 가을을 털어내려고 쌩쌩 소리를 질렀다. 오동나무 가지 끝에 매달린 어떤 가을은 떨어지기 싫은지 몹시도 팔랑댔다. 저 잎이 떨어지면 나의 햇살도 숨을 거둘 것이다. 이제 나는 햇살 없이 이 험한 세상을 혼자서 살아가야 한다. 할머니 주려고 갖고 온 배낭 속의 큰 술 두 병이 갑자기 무거워졌다.

'할머니 죄송해요, 정말 보고 싶었어요!'

아무도 듣지 않게 속으로 말했는데 눈물이 주르륵 흘러내렸다. 발에 밟힌 마른 잎들이 바삭바삭 소리를 내며 부서졌다. 바짝 말라버린 내 마음도 금세 부서질 것 같았다.

문창호지 사각사각 햇살 소리에
눈 비비고 일어나 파란 하늘 마셨지
따뜻한 흙담에 기대앉아서
갓 피어난 꿈 망울을 해님에게 보여줬지
햇살 소리 듣고 싶어 꿈 망울도 보고 싶어
이 산 저 들판 바람 따라 얼마나 헤맸던가
날 저무는 들길에 추운 그림자
따뜻한 흙담이 그리워지네

흙담 위에 그려놓은 햇살 그림들
지워지지 않았다면 다시 한번 보고 싶어
녹슬은 양철 지붕 산골 할머니
그리움을 태우다가 산이 되어 버렸네
햇살 소리 듣고 싶어 꿈 망울도 보고 싶어
이 산 저 들판 바람 따라 얼마나 헤맸던가
그리운 햇살이여 어디로 갔나
그리운 내 벗이여 어디로 갔나

– 〈햇살 소리〉*

늦지 않았어

들녘

외로움에 울고 있는 사람들이여
여기 내 집에 와서 쉬었다 가요

군대 가기 전부터 그랬지만 군대를 제대한 뒤에도 나는 현
실에 적응하지 못했다. 세상 물정을 잘 모르는 데다가 이렇
다 할 재주도 없어서 취직은 꿈도 꾸지 못했다. 그러다 보니
집에 붙어 있는 것이 가시방석에 앉아 있는 것처럼 괴로웠
다. 나는 집을 떠나기로 했다. 특별히 갈 데가 있는 것도 아

늦 었 지 만

니었다. 나는 필요한 짐을 싸서 아무런 대책도 없이 집을 나섰다. 사내 나이 스물다섯에 집에만 박혀 있다면 그것처럼 큰 죄가 어디 있겠는가?

하루가 지나고 또 하루가 지나고 나는 그렇게 날마다 거리를 배회하다가 어둠이 내려오면 이 동무, 저 동무를 찾아가 신세를 졌다. 하지만 그것도 한두 번이지 마냥 그럴 수는 없었다. 그러던 어느 날 대학 다니는 동무 하나가 자기네 과 축제에 와서 노래를 부르라기에 그렇게 하고 돈을 좀 받았다. 그때 나는 알려지지도 않은 나 홀로 가수였는데 내 사정을 알고 있던 동무가 일부러 그런 자리를 마련해준 것이었다. 그 당시 삼십만 원이면 백수에게는 아주 큰 돈이었다. 난 그 돈으로 당장 자취방을 구해보기로 했다.

다음 날 아침, 나는 인천 가는 지하철을 탔다. 변두리에 방을 얻을 생각만 했지 딱히 갈 곳을 정해 놓은 것은 아니었다. 차창 밖으로 지나가는 풍경을 보는데 문득 내가 투명 인간 같다는 생각이 들었다. 나는 사람들을 볼 수 있지만 사람들 눈에는 내가 보이지 않는다는 것, 그런 생각을 하다 보니 세상을 살아갈 자신이 없어졌다. 그럴 만도 하지, 내가 이 나라를 위해서 한 일이 뭐가 있겠어? 괜히 나대지 말고 노래나 만들자. 하지만 그것도 내 맘대로 되는 것이 아니었다. 스스로 노래를 만들 재간이 없었던 나는 여기저기 돌아다니면서 노래를 찾아야 했다. 따지고 보면 내가 노래를 만드는 것이 아니라 노래가 나를 만나주는 셈이었다.

한참을 타고 가다가 나는 마치 누군가의 조종을 받는 것처럼 나도 모르게 어떤 역(아마 지금의 부천역이 아닐까 싶다)에서 내렸다. 역 부근에 조그만 버스 종점이 있었는데 나는 거기서 막 떠나려는 버스를 탔다. 어디로 가는 버스인지도 모르면서 말이다. 얼마쯤 가다가 버스는 찻길에서 벗어나 산길로 접어들었다. 갑자기 을씨년스러운 풍경이 나타났다. 텅 빈 들판이 보이고 길 상태도 좋지 않았다. 잘 달리던 버스가 몹시도 기우뚱거렸다. 그 바람에 잠잠하던 외로움이 일어나 럭비공처럼 내 마음을 툭툭 쳤다.

어떤 마을에 이르자 나는 또 누군가의 조종을 받는 것처럼 차에서 내렸다. 건너편에 조그만 구멍가게가 보였고 그 옆으로 찢어진 선거 포스터가 찬바람에 나풀대고 있었다. 날씨는 쌀쌀했고 길가에는 잔설이 듬성듬성 보였다. 그때 누렁이 한 마리가 나타나서 꼬리를 흔들었다. 나도 모르게 누렁이를 따라갔다. 구멍가게 옆으로 조그만 길이 나 있었는데 누렁이는 그 길로 나를 인도했다.

얼마 가지 않아서 간첩 신고 간판이 세워져 있는 것이 보였다. '어둠 속에 떨지 말고 자수하여 광명 찾자'라는 글귀가 흐릿하게 쓰여 있었다. 아직도 간첩들이 활동하는지 궁금했다. 거기서 조금 더 올라가자 아무도 살지 않는 초가집 한 채가 나타났다. 누렁이는 거기까지 날 데려다주고는 더는 움직이지 않았다. 참 이상한 개였다. 집이 많이 부서져 있었다. 창호지도 찢어지고 문도 내려앉고 구들장도 깨지고 그야말로 전설의 고향에 나오는 집처럼 무섭게 느껴졌다. 그래도 나는 그 집이 마음에 들었다. 텅 빈 마당에 나뭇가지들이 여기저기 널브러져 있었다. 나는 날씨도 춥고 하여 나뭇가지들을 모아 불을 피웠다. 그때 어떤 아저씨가 나타나 누구냐고 물었다. 나는 다짜고짜 아저씨에게 이 집에서 살고 싶다고 말했다. 그랬더니 내년 봄에 외양간 하려고 남겨둔 거라 안 된다고 했다. 그럼 그때까지만이라도 살면 안 되겠느냐고 했더니 나를 아래위로 훑어보는 것이었다.

"정 그렇다면 월세 오천 원을 내고 사시오. 선금이오."

나는 무슨 시험에 합격한 것처럼 좋아했다. 그랬더니 주인은 고개를 갸우뚱거리며 나를 다시 한번 훑어보더니 피식 웃었다. 금방이라도 허물어질 것 같은 집을 얻어 놓고 좋아하는 내 모습이 바보 같았던 모양이다. 나는 방을 살펴보며 필요한 것이 무엇인지 생각나는 대로 수첩에 적었다. 텐트, 난로, 연탄, 트랜지스터, 기타, 창호지, 먹거리…….

다음 날 나는 필요한 것을 장만해서 방을 꾸미기 시작했다. 도저히 방이라고 할 수 없는 그곳에다 나는 생각했던 대로 텐트를 치고 흙벽에다 칼을 꽂아놓고 트랜지스터를 걸었다. 그러고 나서 난로를 설치하고 연탄불을 피우니 곧바로 낙원이 되었다.

아침이 되자 햇살이 놀러 와서 내 얼굴을 간질였다. 어릴 때 만났던 햇살이 아직도 내 가슴에 살아 있다고 생각하니 세상 부러울 것이 없었다. 햇살은 어떻게 문창호지를 뚫고 들어왔을까? 어릴 때부터 궁금했는데 여전히 그것이 궁금했다. 나는 과학자라도 된 것처럼 고개를 갸우뚱거리며 문창호지를 뚫고 들어온 햇살에 행복을 느꼈다. 난로 위에선 김치찌개가 보글보글 끓었고 아침을 맛있게 먹은 나는 차를 마시고 나서 기타를 쳤다. 그러면 새들이 노래하고 지나가던 바람도 잠시 쉬었다 갔다. 낮에는 마을을 한 바퀴 돌고 밤이 되면 촛불을 켜 놓고 또 기타를 쳤다. 어떤 날은 소주를 마시며 천국에 놀러 갔다 오기도 했다.

그렇게 한 달이 지난 어느 날, 서울에 갔다가 오후 늦게 돌아왔는데 문고리에 걸려 있어야 할 자물쇠가 바닥에 떨어져 있었다. 내가 없는 사이에 누군가가 왔다간 것이다. 나는 얼른 문을 열고 들어가 기타가 잘 있는지부터 확인했다. 다행히 기타는 제자리에 있었다. 하지만 텐트가 열려 있었고 배낭에 있던 물건들이 바닥에 흐트러져 있었다. 이런 산골에 그것도 다 쓰러져 가는 집에 도둑이 들었다는 것이 나로서는 통 믿기지 않았다.

갑자기 내가 벌을 받고 있다는 생각이 들었다. 게으른 망상에서 벗어나려는 노력은 하지 않고 그냥 그 망상 속에 안주하려고 했던 것은 아닌지. 이런 산골에 혼자 살면서 노래를 만든다고 하면 누군가는 알아주겠지, 솔직히 그런 걸 기대하지 않았던가? 이렇게 사심이 들어차 있으니 노래가 찾아오지 않는 거지. 불현듯 두려움이 밀려왔다. 고요한 어둠이 두려운 것이 아니라 마음속에 가득 찬 사심이 두려웠다. 나는 흔들리는 촛불을 바라보며 조용히 기타를 쳤다. 그 음흉한 사심을 쫓아내려고 열심히 기타를 쳤다.

다음 날 아침, 어찌 된 일인지 햇살이 놀러 오지 않았다. 눈이 내리려나? 문밖이 우중충하여 문을 열었는데 아니 이런, 경찰들이 문 앞에서 총을 겨누고 있는 것이 아닌가? 얼핏 예비군 옷을 입은 사람들도 보였다. 나는 무슨 일이냐고 물어보았다. 그랬더니 경찰 하나가 다짜고짜 나를 끄집어냈다. 마을 사람들이 나를 쳐다보며 수군거렸다. 나는 포승줄에 묶여 경찰서로 끌려갔다. 담당 경찰은 월척을 낚았다는 표정으로 이 동네는 왜 왔으며, 집은 어디며, 하는 일은 뭐냐, 애인은 있느냐는 둥 별것을 다 물어보았다. 나는 묻는 대로 대답했으나 그는 내 말을 하나도 믿지 않았다. 내 방에서 가지고 온 수첩을 뒤적이던 그는 부하를 불러 여기 적힌 사람들을 다 조사하라고 지시했다. 그러고는 내 눈을 바라보며 나지막한 목소리로 말했다.

"어둠 속에서 떨지 말고 자수해서 광명을 찾으라고."

그제야 나는 내가 간첩으로 잡혀 왔다는 것을 알게 되었다. 어제 내 방을 뒤진 것도 도둑이 아니라 경찰이었다. 도대체 누가 나를 간첩으로 신고한 것일까? 마을 전체 가구 수를 합쳐 봐야 일곱 가구밖에 안 되는데 그렇다면 마을 주민들은 처음부터 나를 수상하게 여겼다는 것 아닌가? 참으로 반공 정신이 투철한 마을이었다. 이럴 줄 알았더라면 이사 온 날 떡이라도 돌릴걸, 하지만 나는 마을 주민들을 원망하지 않았다. 생각해보라, 방에 텐트가 쳐져 있지 흙벽에는 군대용 칼이 꽂혀 있고 거기에 트랜지스터가 걸려 있지, 이런 걸 보고 신고하지 않을 사람이 어디 있겠는가? 나는 그렇게 간첩이 되어 유치장에 갇히고 말았다.

다음 날, 경찰의 부름을 받고 나타난 아버지 덕분에 나는 경찰서에서 풀려날 수 있었다. 괜히 마을 주민들에게 미안했다. 내가 간첩이었다면 포상금도 타고 경찰들도 진급할 수 있었을 텐데……. 세상이 내 뜻대로 돌아가는 것이 아님을 깨달았다. 난로와 남은 연탄은 필요한 사람 쓰라고 남겨두었고 텐트와 트랜지스터라디오, 그리고 기타를 가지고 평화로운 초가집을 떠났다. 정든 낙원을 떠나면서 나는 내 보금자리였던 초가집을 자꾸만 쳐다보았다. 이 겨울이 가기 전에 노래가 찾아올 텐데……, 나는 노래를 만나지 못하고 떠나는 것이 아쉬웠다. 앞에 가는 아버지를 바라보는데 마치 외양간에서 탈출한 소를 되찾아 집으로 가는 소 주인처럼 보였다.

다시 한번 뒤를 돌아다보았다. 이 집 저 집 굴뚝에서 연기가 피어올랐다. 정말 평화로운 풍경이었다. 금세라도 노래가 찾아올 것만 같았다. 그때였다. 나를 초가집으로 인도했던 누렁이가 언덕에 나타나서 나를 바라보고 있었다.

노을 진 저 들녘을 바라보며

산길을 따라 접어 들어가

둑길 저편에 작은 초가집

저기가 바로 내 집이요

외로움에 울고 있는 사람들이여

여기 내 집에 와서 쉬었다 가요

황혼에 물든 들녘이 참 아름다워요

아침 일찍 일어나 창을 열면

햇살이 내 얼굴을 만져주네요

처마 밑에 새들이 지저귀는 곳

여기가 바로 내 집이요

사랑을 잃어버린 사람들이여

여기 내 집에 와서 쉬었다 가요

포근한 아침 햇살이 참 아름다워요

- 〈들녘〉, 1979

늦 었 지 만

개똥벌레

눈물을 참으면 눈물이 굳어져
진주처럼 영롱한 구슬이 될 거로 생각했다

나는 동무가 없다. 이 나이 되도록 동무가 없다는 것은 뭔가 문제가 있는 거겠지. 물론 처음부터 동무가 없었던 것은 아니다. 나도 내 마음을 다 주었던 동무들이 몇 명은 있었다. 하지만 그 동무들에게 배신을 당하고 보니 나도 모르게 사람들을 멀리하는 버릇이 생겼다. 이제는 누가 만나자고 하면 머뭇거리게 되고 두려움이 앞서기도 한다. 이따금 우정 어린 동무가 있었으면 좋겠다는 생각을 해보지만 또 배신을 당할까 봐 이내 생각을 접곤 한다.

추억의 문 앞에서 기도했다. 혹시 내가 잊고 있었던 동무가 있다면 다시 만나게 해 달라고. 하지만 아무리 기억을 쥐어짜도 떠오르는 동무가 없었다. 나는 조심스레 추억의 문을 열었다. 아름다울 거로 생각했던 추억의 거리는 어두컴컴하고 을씨년스러웠다. 어떻게 살았기에 내 추억은 이다지도 가난할까. 내가 걷는 속도로 추억이 지나가는 것이 아니라 내가 서 있는 상태에서 빈 추억만 의미 없이 지나가는 것 같았다. 아, 이렇게 추억거리가 없어서야⋯⋯. 그래도 나를 반겨주는 옛 동무가 한 명쯤은 나타나겠지 하면서 나는 포기하지 않고 추억의 거리를 헤매고 또 헤맸다. 이따금 이름을 알 수 없는 동무가 보이기도 했고 이름은 알겠는데 내가 생각했던 모습이 아니기도 했다. 결국 나를 반겨주는 동무는 끝내 나타나지 않았다.

어린 시절을 봄내春川에서 보냈다. 유치원은 다니지 못했고 초등학교 3학년까지 몇몇 동무들이 있었으나 내가 서울로 전학을 가는 바람에 우정은 싹을 틔우기도 전에 시들었다.

서울 아이들은 옷매무새부터 달랐고 노는 것도 달랐다. 시골 티를 벗지 못한 나는 저절로 외톨이가 되었고 그런 나에게 손을 내미는 동무는 하나도 없었다. 게다가 6학년 때 또 전학을 가는 바람에 초등학교 동무는 아예 없는 거나 마찬가지였다. 일찌감치 외톨이를 경험한 나는 속다짐했다. 중학교에 가면 동무를 많이 사귈 거라고. 하지만 공부를 게을리하여 2학년에 오르지 못하고 낙제를 하면서 동기들은 멀어져 갔고 다시 1학년 수업을 받아야 했던 나는 신입생 사이에서 섬이 되고 말았다. 가까스로 고등학교에 진학하긴 했지만 공부를 따라갈 수가 없어서 스스로 세월의 흐름에서 벗어나고 말았다. 그 때문이었을까, 졸업한 뒤에는 아무 데도 갈 수 없는 신세가 되었고 군대에서조차도 사람들과 어울리지 못했다. 내 몸에서 더러운 냄새가 나는 것도 아니고 전염병에 걸린 것도 아닌데 모든 사람으로부터 격리되었다는 생각을 떨쳐 버릴 수가 없었다. 게다가 배치된 부대에서는 2년이 지나도록 졸병이 한 명도 들어오지 않았다.

돌이켜보면 스스로 왕따가 된 시점이 낙제하고 1학년을 다시 다녔을 때가 아닌가 싶다. 그때 만난 것이 외로움이었고 외로움은 내 가슴에 뿌리를 내리며 무섭게 번져 나갔다. 자꾸만 몸이 움츠러들고 땅만 보고 걷는 버릇이 생겼다. 고개를 들고 다닐 수가 없었던 나는 세상을 제대로 보지 못했고 고등학교를 졸업할 무렵에는 개똥벌레가 되어 있었다. '개똥'이라는 말이 보잘것없고 천하고 엉터리라는 말이어서 아무짝에도 쓸모없는 밥버러지 같은 나에게 잘 어울린다고 생각했다.

알을 깨고 세상 밖으로 나오는 새들과 달리 나는 거꾸로 껍질을 만들어 그 속으로 들어갔다. 하지만 나를 감싸고 있던 껍질은 세상의 거친 바람을 견뎌내지 못하고 무참히 부서졌다. 바람은 차갑고 어두운 하늘에는 희미한 별 몇 개가 깜박거리고 있었다. 아니다. 어쩌면 내 눈이 맑지 못해서 밝은 별들이 그렇게 보였는지도 모르지. 사람은 눈에서 맑은 빛이 흘러야 하는데 그 시절의 내 눈은 외로움으로 가득 덮여 있었다. 그러니 세상의 모든 사물이 온전하게 보일 리가 없었다.

눈에 낀 외로움 탓에 나의 하늘은 언제나 흐리게 보였다. 어떤 날은 희미한 별을 바라보며 미안하다고 말한 적도 있었다. 혼자만의 세계에서 살다 보니 사람을 만나도 즐겁지 않고 눈도 마주치지 못했다. 따뜻한 손길이 그리웠다. 하지만 어느 누가 나 같은 밥버러지의 손을 잡아주겠는가. 그 무렵 나는 혼자 떠돌아다니다가 간첩으로 잡히기도 했다. 결국 아버지 손에 이끌려 아버지가 운영하는 조그만 약방에서 종업원으로 일하게 되었다.

아버지가 볼 때 나는 아주 불안하고 못 믿을 자식이었다. 피난 내려와 봄내春川에서 약방을 운영하던 아버지는 서울로 이사 온 뒤 큰 사기를 당하여 무허가 식당까지 하게 되었지만 그마저도 실패하여 경기도 광주(지금의 성남)로 자리를 옮겨 갖은 고생 끝에 겨우 조그만 가게를 마련해 다시 약방을 꾸려 나가고 있었다.

약방 맞은편에 시장이 있었고 골목에는 음식점, 술집 특히 자그마한 영세 공장들이 많았다. 야근하려고 잠 안 오는 약을 사러 오는 공장 아이들과의 만남이 잦아지면서 자연스레 그들과 친하게 되었다. 나는 날마다 약방에서 잠을 잤다. 약방 한구석에는 일인용 침대만 한 크기의 작은 방이 있었는데 거기에는 나의 유일한 동무, 기타가 있었다. 밤마다 울려 퍼지는 기타 소리! 나는 그 시간이 가장 행복했다.

'개똥벌레'라는 노래를 만들게 된 동기도 따지고 보면 공장 아이들 때문이었다. 어느 날 우연히 골목을 바라보는데 어느 공장의 형광등 불빛이 일정한 간격으로 껌벅거리는 것이 눈에 들어왔다. 문득 어렸을 때 보았던 개똥벌레가 떠올랐다. 그때 나는 정신이 번쩍 들었다. 자신을 개똥벌레라 여기며 살아온 것이 사치스럽고 부끄럽다는 생각이 들어서였다. 그들은 껌벅거리는 형광등 아래서 열심히 일하는 개똥벌레였고 나는 외로움 타령만 하는 귀족 개똥벌레였다.

그 무렵 좋아하던 여자아이가 시집을 갔다. 변호사집 딸이었는데 오르지 못할 나무 쳐다보지 말라는 말을 어기고 나는 날마다 그 나무를 쳐다보았다. 아무리 우겨 봐도 어쩔 수 없는 일이었지만 그냥 쳐다보는 것만으로도 나는 행복했다. 그런데 막상 그 아이가 시집을 가버리니까 나 자신이 참 한심하고 보잘것없는 놈이라는 생각이 들어 밤마다 눈물을 흘렸다. 그 눈물이 아까워 나는 차라리 내 가슴에 영롱한 구슬이 생겨나기를 바랐다. 눈물을 참으면 눈물이 굳어져 진주처럼 영롱한 구슬이 될 거로 생각했다.

문득, 세상 사람들이 못난 나에게 손가락질을 한다고 해도 원망하지 말자는 생각이 들었다. 나는 내 눈물을 모아서 영롱한 구슬을 만들기로 했다. 만약 내 가슴에 영롱한 사랑이 생겨난다면 나에게 손가락질한 사람일지라도 따뜻하게 안아 줄 수 있으리라 생각했다. 그때부터 나는 속으로 울었다. 다행히 눈물은 뺨으로 흐르지 않고 가슴으로 흘렀다. 밤마다 가슴이 쓰렸다. 얼마나 더 쓰려야 내 눈물이 사랑이 될까? 그때 알았다. 외로움을 피하는 가장 좋은 방법은 처절하게 외로워지는 거라고. 외로움이 외로움으로 느껴지지 않는 순간 사랑이 움틀 거라고 믿었다. 진주처럼 영롱한 사랑! 옥도 갈아야 광채가 나듯 사랑도 실천하고 실천하고 또 실천해야 영롱해진다. 하지만 내 눈물이 사랑이 되려면 아직도 먼 길을 가야 할 것 같았다.

지금까지 사는 동안 내 손을 잡아준 사람은 두 명뿐이다. 1999년 여름, 국토 순례에서 어떤 여학생이 힘들어하는 내 모습을 보고 손을 잡아주었는데 그때 그 손길이 얼마나 따뜻했는지 지금도 잊지 못한다. 또 한 번은 2018년 겨울, 집에 가려고 전철을 탔는데 어떤 청년이 자리에서 일어나 내 손을 잡고 앉으라는 것이었다. 괜찮다고 했으나 결국 나는 그 청년이 내준 자리에 앉게 되었다. 고맙다는 말 대신 청년에게 눈인사를 보냈지만 솔직히 나는 가시방석에 앉은 느낌이었다. 예나 지금이나 내 모습은 변함이 없을 거로 생각했는데 갑자기 노인 대접을 받고 보니 기분이 참 묘했다. 그때 내 나이가 예순여섯, 나이는 그렇다 치고 나도 모르는 사이에 노인으로 분류되었다는 사실에 서글프기도 하고 외롭기도 하고 또다시 외톨이가 된 기분이었다. 아무리 우겨 봐도 세월은 어쩔 수 없는 거지만 어떻게 흰 머리카락의 노인이 되도록 동무 하나 없단 말인가. 누군가 나에게 말했다. 지금이라도 사람들을 사귀어 보라고. 하지만 지금까지 혼자였는데 인제 와서 사람을 사귄다는 것도 쑥스럽고 아직 나는 사람들이 무섭다. 정말 언제쯤 내 가슴에 영롱한 구슬이 생겨날까? 오늘 밤도 나는 쓰라린 가슴 안고 잠이 든다.

늦 었 지 만

아무리 우겨 봐도 어쩔 수 없네
저기 개똥 무덤이 내 집인걸
가슴을 내밀어도 친구가 없네
노래하던 새들도 멀리 날아가네
가지 마라, 가지 마라, 가지 말아라
나를 위해 한 번만 노래를 해주렴
아아, 외로운 밤 쓰라린 가슴 안고
오늘 밤도 그렇게 울다 잠이 든다

마음을 다 주어도 친구가 없네
사랑하고 싶지만 마음뿐인걸
나는 개똥벌레 어쩔 수 없네
손을 잡고 싶지만 모두 떠나가네
가지 마라, 가지 마라, 가지 말아라
나를 위해 한 번만 손을 잡아주렴
아아, 외로운 밤 쓰라린 가슴 안고
오늘 밤도 그렇게 울다 잠이 든다

— 〈개똥벌레〉, 1987

새벽 열차

헤어져야 할 사람이라면
사랑하면서 잊어야지

군대 가는 날 아침, 어머니는 내가 두부를 좋아한다는 걸 알고는 두부를 넣은 된장찌개와 계란말이, 두부부침을 밥상에 올려놓았다. 하나도 남기지 않고 다 먹었다. 빈 몸으로 문을 나서는데 어머니가 내 손을 꼭 잡으며 말했다.

"늘보가 잘 해낼지 걱정이다."

조그만 손에서 어머니의 눈물이 전해졌다. 나는 걱정하지 말라고 말했다. 아버지 역시 내가 못 미더웠던지 걱정스러운 듯했다.

"너 정말 잘 찾아갈 수 있겠니?"

"그럼요. 잘 다녀올게요."

나에 대한 어머니와 아버지의 걱정은 조금 달랐다. 어머니는 내가 군대 생활을 잘 해낼 수 있을지를 걱정했고 아버지는 내가 훈련소를 잘 찾아갈 수 있을지를 걱정했다. 어머니의 손을 놓고 저만치 가고 있는데 아버지가 다시 불렀다. 아버지는 내가 제대로 찾아가지 못할까 봐 걱정됐는지 결국 나를 데리고 길을 나섰다. 모두 다 내가 어리숙한 탓이었다. 어머니는 내가 보이지 않을 때까지 문 앞에 서서 나를 바라보고 있었다. 군대에 자식을 보내는 어머니의 심정이 이러한데 전쟁터에 자식을 보내는 부모 마음은 오죽하랴.

어제까지도 몰랐던 세월을 그날 아침이 되고서야 가을인 줄 알았다. 아버지가 앞장서고 내가 뒤따라가는데 마치 어디론가 끌려가는 것 같았다. 차라리 멀리 귀양이라도 갔으면 좋겠다는 생각이 들었다. 하긴 군대 간다는 것도 따지고 보면 귀양을 가는 거지.

그동안 나는 고인 물처럼 살았다. 어디로 흘러가지 못하고 간혀 있다는 것은 참 슬픈 일이었다. 하지만 군대 가는 것을 물꼬라고 생각하니 나로서는 숨통이 트이는 일이었다. 훈련소까지 가는 동안 아버지는 한마디도 하지 않았다. 자상하지 않은 것이 아니라 아버지는 언제나 그렇게 무뚝뚝했다.

1974년 10월 25일, 처음으로 치악산을 보았다. 동네 이름은 모르겠고 냇물 건너로 군부대 위병소가 보였다. 바로 저기가 훈련소로구나 했다. 아이들이 삼삼오오 짝을 지어 훈련소로 이어지는 다리를 건너고 있었다. 추운 날씨 탓도 있었지만 을씨년스러운 풍경은 나를 점점 오므라들게 했다. 어제나 오늘이나 똑같은 하루인데 마치 다른 세상에 온 것처럼 바람결마저 낯설게 느껴졌다. 서너 명의 아낙네들이 물가에 앉아서 빨래하는 모습이 보였다.

"아버지 저 아낙네들은 춥겠어요."

"네 걱정이나 해라."

다리 앞에 이르자 아버지는 배고플 때 뭘 좀 사 먹으라면서 돈을 주었다. 얼마였는지는 모르겠으나 하마터면 눈물이 날 뻔했다. 무뚝뚝하기만 했던 아버지에게서 처음으로 정 같은 것이 느껴졌다. 이제 아버지와 헤어져야 할 시간, 마음이 스산해지기 시작했다. 나는 무표정한 아버지를 바라보면서 일부러 웃음을 띠며 말했다.

"걱정하지 마세요, 아버지."

"잘 마치고 오너라."

다리를 건너가는데 괜히 눈물이 났다. 나는 아버지에게 눈물을 보이고 싶지 않아서 뒤돌아보지 않았다. 혼자서 다리를 건너는 사람은 나밖에 없었다. 아이들 대부분은 끼리끼리 이야기를 나누며 걸었다.

"이 다리 이름이 돌아오지 않는 다리라며?"

"글쎄, 왜 돌아오지 않는다는 거야?"

"그거야 뭐, 한번 건너가면 다시는 되돌아올 수 없다는 뜻이겠지."

"그렇게 훈련이 심한가?"

"오죽하면 이 훈련소 이름이 똥팔 사단이겠어?"

어디서 정보를 듣고 왔는지 아이들은 이 훈련소를 그렇게 부르고 있었다. 나는 바지 주머니에 손을 찔러넣은 채, 아무 생각 없이 다리를 건너가고 있었다. 문득 지난날의 아버지가 떠올라서 뒤돌아보았는데 아버지는 그때까지 나를 바라보고 있었다. 아버지는 내가 다른 데로 갈까 봐 걱정하는 것 같았다. 솔직히 말해서 아버지가 데려다주지 않았으면 나는 이 훈련소를 찾지 못했을 것이다.

그런데 어디서 이렇게 많은 사람이 온 걸까? 정말 조국을 지키기 위해서 온 걸까? 하긴 이곳을 거치지 않으면 아무리 자기가 가고 싶은 길이 있다 할지라도 자유롭지 못하지. 만약에 여자들도 이 길을 갈 수 있다면 굳이 남녀평등을 내세우지 않더라도 인생의 전환점으로써 참 좋을 거라는 생각이 들었다.

다리를 거의 다 건넜을 무렵, 쌀쌀한 바람이 얼굴을 스쳤다. 갑자기 온몸에 찬 기운이 돌았다. 내 몸이 커다란 진공청소기 속으로 빨려 들어가는 것 같았다. 나는 빨려 들어가지 않으려고 걸음을 멈췄다. 그때였다. 내가 건너오기를 기다렸던 외로움이 나를 보자마자 확 잡아당겼다. 나는 외로움 앞에서 조금씩 무너지고 있었다. 외로움이 내게 말했다.

"이제 네가 기댈 곳은 나밖에 없을 거야."

나만 무너지는 것이 아니었다. 내가 살아온 그동안의 세월도 낯선 외로움 앞에서 무릎을 꿇었다. 불현듯 두 팔을 벌리고 서 있는 허수아비가 떠올랐다. 세상이 어떻게 돌아가고 있는지도 모르는 아주 멍청한 허수아비! 그 허수아비가 바로 나였으니 아버지 어머니가 나를 걱정하는 건 당연한 일이었다. 오죽하면 나를 훈련소까지 데려다주었겠는가.

'아, 내가 이제 다른 세상으로 들어가는구나.'

다리를 건너자 훈련소 정문이 보였다. 빨간 모자를 쓴 조교가 위병소 옆 작은 건물로 안내했다. 그런데 사람들이 둘로 갈렸다. 못 들은 체 언덕길로 올라가는 사람들과 조교가 안내하는 건물로 들어가는 사람들로. 나는 머뭇거리다가 조교가 안내하는 쪽으로 향했다. 건물에 들어서니 입구에 서 있던 조교가 어서들 오라며 컵을 하나씩 나누어주었다. 얼떨결에 컵을 건네받은 나는 후끈한 난로에 손을 내밀며 차가운 몸을 녹였다. 그러자 먼저 들어와 있던 사람들에게 우유를 따르고 있던 조교가 나를 반갑게 맞이하면서 우유를 따라주었다. 우유는 큰 주전자에 가루우유를 넣고 뜨거운 물을 부어서 만든 것인데 훨훨 타오르는 난로 앞에서 한 모금씩 마시다 보니 추웠던 몸이 금세 풀리는 것 같았다.

"야, 이 훈련소 되게 좋다."

우유를 따라주던 조교가 나를 힐끗 보더니 어이없다는 듯이 웃었다. 밖을 내다보니 아직도 많은 사람이 다리를 건너오고 있었다. 그러고 보니 먼저 마신 사람들은 얼른 마시고 나가줘야 하는 분위기였다.

"잘 마시고 갑니다."

나는 공손히 인사를 하고 문밖으로 나갔다. 바로 그때 건물 안에서 큰소리가 들렸다.

"야, 저 새끼 찍어."

나는 걸으면서 생각했다.

'사진을 찍으려나?'

궁금하여 뒤돌아봤더니 사진을 찍는 것이 아니라 입구에
서 있던 조교가 나를 향해서 손가락질하며 욕을 해대고 있는
것이었다. 나는 당황했다. 조금 전까지만 해도 어서 오라며
환영해주던 조교가 아니었던가? 그때 언덕길 위에서 다른
조교들이 호루라기를 불며 빨리 올라오라고 지휘봉을 내젓
고 있었다. 머뭇거리던 나는 욕을 퍼붓던 조교를 뒤로하고
언덕으로 향했다. 언덕 위에 올라가 보니 거기에는 또 다른
세상이 펼쳐지고 있었다. 조교들이 올라오는 사람들을 아무
까닭 없이 걷어차고 있었던 것이다. 조금 전 우유 마실 때와
는 완전히 딴판이었다.

"동작들 봐라. 빨리빨리 못 움직여?"

먼저 올라온 사람들과 뒤에 올라온 사람들이 뒤엉켰다. 마
치 통발 속에 갇힌 물고기들처럼 되어버렸다. 빨간 모자를
쓴 조교들은 이리저리 날뛰면서 계속 올라오는 물고기들을
통발 속으로 몰아넣고 있었다.

'도대체 저 빨간 모자들은 왜 저렇게 날뛰고 있는 거지?'

솔직히 나는 그 모습이 재밌었다. 마치 이리저리 날뛰는
메뚜기 같았다. 그 모습이 우스워서 혼자 웃고 있는데 어디

선가 옆차기가 날아왔다. 나는 옆구리를 얻어맞고 맥없이 나가떨어졌다. 급소를 맞았는지 숨쉬기가 힘들었다.

"이 새끼가 미쳤나, 여기가 어디라고 웃고 있어."

옆구리가 심하게 아팠다. 내가 생각했던 군대는 이런 것이 아니었는데, 무언가 속은 느낌이 들었다. 그러나 이 통발 속에서 빠져나갈 수 없으니 어찌할 것인가? 어머니 아버지의 모습이 저절로 떠올랐다. 아버지 어머니는 내가 이렇게 얻어터지고 있다는 것을 꿈에도 모를 것이다. 나라의 부름을 받고 조국을 지키러 왔는데 왜 이렇게 두들겨 패는가?

다르게 보면 훈병들은 양이고 조교들은 양몰이 개였다. 쓰러져 있는 내 모습이 심상치 않아 보였는지 양몰이 개들이 몰려와서는 나를 들어 양들이 모여 있는 무리 속으로 밀어 처넣었다. 이마에 땀방울이 맺히고 숨이 막혀왔다. 많은 양이 양몰이 개들의 움직임에 따라 이리저리 움직였다.

대충 네 줄로 있던 양들은 순서대로 머리를 깎이기 시작했다. 바리캉을 든 조교들이 아주 빠른 손놀림으로 머리를 밀었다. 얼마 안 돼서 양들은 모두 까까중이 되었다. 잔 머리카락들이 옷 틈으로 들어가 어깨, 등, 가슴을 콕콕 찔렀다. 머리카락을 털어낼 시간도 없이 양들은 이어지는 조교의 구령에 따라 다시 줄서기에 바빴다.

"지금부터 십 분 안에 짬뽕을 먹고 다시 이 자리에 모인다."

조교의 말이 떨어지자 양들은 무섭게 식당을 향해 우르르 달려갔다. 어디서 짬뽕을 주는지는 알 수가 없었지만 짬뽕이 되게 맛있을 것 같았다. 나는 무조건 양들이 달려가는 쪽으로 따라갔다.

'야, 이 훈련소 되게 좋다. 짬뽕도 주고…….'

어느 막사 앞에 이르자 양들은 자동으로 줄을 섰다. 동작 빠른 양들은 벌써 밥을 먹고 있었다. 그런데 그 어디에도 짬뽕을 먹는 양들은 없었다. 내 차례가 되어 식기를 내밀면서 물어보았다.

"짬뽕은 어디서 주나요?"

"뭐야 이 새끼는?"

나는 밥도 얻어먹지 못하고 조교에게 끌려 나와 영문도 모른 채 얻어맞았다.

"엎드려뻗쳐 이 새꺄, 뭐, 짬뽕을 달라고?"

나중에 알았다. 그게 '짬뽕'이 아니라 '짬밥'이었다는 것을. 점심도 못 찾아 먹은 나는 다시 양들이 모여 있던 곳으로 갔다. 또다시 양몰이 개들이 날뛰기 시작했다. 어째 아까보다 조교들이 더 많아진 것 같았다. 위병소 옆 건물에서 우유를 주던 조교 일당도 보였다. 그 가운데 나와 눈이 마주친 조교

늦 었 지 만

가 달려와 옆차기를 날렸다.

"야, 우리가 우습냐?"

또 한 조교가 내 궁둥이를 걷어차면서 말했다.

"야 이 새끼야, 우유를 처먹었으면 우윳값을 내야 할 것 아
니야?"

어쩐지……, 다정함에 속아 군대가 좋다고 생각한 나의 잘
못이었다. 그래도 그렇지 조국을 지키러 온 사람에게 그런
식으로 돈을 갈취하다니, 그리고 우윳값 안 냈다고 이렇게
사람을 패서야 되겠나? 모두 다 내가 멍청한 탓이었다.

내무반 배정이 끝나고 양들은 각자의 내무반으로 향했다.
내무반에 들어서는데 또 다른 세상이 펼쳐졌다. 기다렸다는
듯이 날아오는 옆차기에 훈병들은 또다시 뒤엉켰다. 몇몇 훈
병들이 옆차기에 얻어맞고 침상 밖으로 나가떨어졌다. 이어
서 문을 활짝 열고 나타난 내무반장, 침상 위로 올라가더니
쩔쩔매는 훈병들을 향해 소리를 질러댔다.

"앞으로 취침, 뒤로 취침, 앞, 뒤, 앞, 뒤……, 어? 이 새끼
동작 봐라."

내무반장의 목소리는 날카롭기가 그지없었다. 나는 그 와
중에 어떤 놈이 그렇게 동작이 느린지 궁금하여 고개를 기웃
거렸다. 그때였다. 내무반장이 내 궁둥이를 걷어차며 말했다.

"이 새끼 동작 봐라, 이거."

알고 보니 그 동작 느린 놈이 바로 나였다. 온몸에 땀이 맺혔다. 앞으로 취침, 뒤로 취침이 왜 그렇게 빨리 안 되는지. 한바탕 소란이 끝나자 훈병들은 침상 위에 얌전히 정렬되어 있었다.

"모두 옷을 벗는다, 실시!"

훈병들은 팬티만 남기고 다 벗었다.

"팬티도 벗는다."

내무반장의 기관총 같은 소리에 훈병들은 어물어물 팬티를 벗었다.

"동작 봐라."

나는 팬티를 벗다가 조교의 발길에 걷어차여 또다시 뒤로 나가떨어졌다. 그놈의 옆차기는 왜 나에게만 날아오는지, 알몸 상태로 얻어맞기는 태어나서 처음이었다.

"모두 훈련복으로 갈아입는다. 실시!"

내가 입은 옷은 나에게 조금 작았다. 물론 큰 옷을 입은 사람도 있었지만 아무도 거기에 대해서 말을 꺼낼 수 없었다.

"이제부터 너희들은 훈병이다. 벗은 옷은 잘 싸서 허리띠로 묶는다."

옷을 묶었다가 나는 아버지가 준 돈이 생각이 나서 다시 옷을 풀었다. 하필이면 그때 내무반장의 목소리가 들려왔다.

"돈을 갖고 들어온 사람들은 지금 자진해서 내놓는다. 만약에 검사해서 돈이 나오면 즉각 퇴소 조치한다."

그때 나는 옷에서 돈을 꺼내고 있는 중이었다. 그러다 보니 내무반장 말이 떨어지기가 무섭게 돈을 갖다 바치는 꼴이 되고 말았다. 옆에 있던 조교는 돈을 내놓은 사람들의 이름을 수첩에 받아 적었다. 훈련복은 위대했다. 조금 전까지 서로 다르게 보였던 사람들을 모두 똑같이 만들어버린 것이다. 훈병들은 관물 정돈을 마치고 내복에 이 주머니를 달았다. 이가 생기는 걸 막기 위해 양쪽 겨드랑이와 사타구니에 매다는 것이었다. 드디어 점호 시간이 되었다. 하루도 안 되어 길든 훈병들은 조용했다. 대위 계급장을 단 잘생긴 군인이 내 앞에 섰다.

"넌 총을 닦은 거야 안 닦은 거야?"

점호가 끝나자마자 나는 내무반장에게 발바닥 열 대를 맞았다. 중대장에게 주의를 받았다는 게 그 이유였다. 오늘 하루, 얼마나 맞았는지 모르겠다. 태어나서 처음으로 온종일 맞아보았다. 그렇게 하루를 마치고 잠자는 시간이 돌아왔다. 한참 꿀잠을 자고 있는데 내무반이 소란스러웠다.

"모두 기상! 지금 상태로 작은 연병장에 모인다."

꿀잠을 자던 훈병들은 허둥대며 일어나 작은 연병장으로 나갔다. 누가 보초를 섰는데 졸았다는 것이다. 오늘 보초를 선 사람이 누구인지는 모르겠지만 아무도 그를 미워하지 않았다. 내가 보초였어도 졸았을 거로 생각했다. 훈병들은 팬티만 남기고 옷을 벗었다. 컴컴한 연병장을 달리기 시작했다. 처음엔 추워서 서 있기조차 힘들었는데 어느새 땀이 맺히고 있었다. 마음속에 붙어 있는 모든 잡념을 떨쳐내기 위함인가? 내일은 또 어떤 훈련이 기다릴까? 한밤의 달리기를 끝내고 다시 침상에 누웠다. 빨리 잠들고 싶었지만 등이 따가워서 불편했다. 낮에 머리를 깎였을 때 숨어든 머리카락들이 아직도 내 몸에 붙어서 빠져나가지 못하고 있었다.

동이 트는 새벽 꿈에 고향을 본 후
외투 입고 투구 쓰면 맘이 새로워
거뜬히 총을 메고 나서는 아침
눈 들어 눈을 들어 앞을 보면서
물도 맑고 산도 고운 이 강산 위에
서광을 비추고자 행군이라네.

훈련소에서 처음으로 배운 '행군의 아침'이라는 군가다. 솔

늦 었 지 만

직히 나는 군가가 어려웠다. 세상에 이런 노래가 존재할 줄은 정말 몰랐다. 너무 낯선 노랫말이라 잘 외워지지도 않았고 입도 잘 벌어지지 않았다. 조교는 노랫말을 외우지 못하고 얼버무리는 나를 용케도 알아보았다. 그래서 나는 군가를 배울 때마다 얻어맞았다. 어느 날은 제식훈련을 하면서 군가를 배웠는데 그날도 나는 얼버무리다가 조교에게 불려 나갔다. 나는 연병장에서 주먹을 쥐고 엎드려뻗쳐를 해야 했다. 굵은 모래알이 살을 파고들었다. 그때 조교들끼리 수군대는 소리가 들렸다.

"저 새끼 우윳값 안 낸 놈이야, 뺑뺑이 좀 돌려."

휴식을 알리는 호루라기 소리가 들렸지만 나는 쉬지도 못하고 조교로부터 특별 가르침을 받았다. 조교가 불평 섞인 목소리로 말했다.

"내가 너 땜에 쉬지도 못하잖아."

조교의 발길질에 나는 정강이를 맞고 털썩 주저앉고 말았다.

"이 새끼가 어디서 주저앉아, 빨리 일어난다."

조교는 일어나는 나를 향하여 내 배를 밀어 찼다. 나는 다시 뒤로 나가떨어졌다. 담배를 피우며 쉬고 있던 훈병들이 동정 어린 눈초리로 내 모습을 지켜보고 있었다.

"지금부터 날 따라 한다."

조교는 큰기침을 두어 번 한 뒤 선창을 했다.

"겨레의 늠름한 아들로 태어나"

"겨레의 늠름한 아들로 태어나"

"목소리 봐라, 이거."

조교는 또다시 내 정강이를 걷어찼다. 그놈의 조교가 그렇게 미울 수가 없었다. 부글부글 끓어오르는 마음을 누르며 나는 호루라기 소리가 들려오기만을 기다렸다.

"쓸데없이 얻어터지지 말고 잘해 인마. 자, 다음 구절을 따라 한다."

"조국을 지키는 보람찬 길에서"

"조국을 지키는 보람찬 길에서"

"목소리가 그것밖에 안 되나? 머리 박아."

차라리 머리 박는 편이 낫다고 나는 생각했다. 그런데 그놈의 조교가 내 마음을 꿰뚫어 보았는지 내 가슴을 걷어차면서 말했다.

"뭐라고, 머리 박는 편이 낫다고?"

정말 환장할 노릇이었다. 이놈의 조교는 무슨 재주로 내가 생각하는 것까지 알고 있는지 모르겠다. 그때 마침 호루라기 소리가 들려왔다. 휴식 시간이 끝나고 다시 제식훈련이 시작되었다. 정강이와 가슴이 아팠다. 쩔뚝거리며 대열 속에 들어간 나는 한숨을 길게 내쉬었다. 나는 조국을 지키는 늠름한 아들도 아니고, 동이 트는 새벽 꿈에 고향을 본 일도 없다. 그런데 왜 자꾸만 나를 때리는가. 나도 모르게 아버지 어머니가 떠올랐다.

'아버지 어머니, 나는 조국의 부름을 받고 왔는데 이놈들이 나를 막 때립니다.'

그러던 어느 날, 이상한 일이 일어났다. 아침 점호 시간에 군가를 부르는데 갑자기 눈물이 고이는 것이었다. 서러워서 그런 것이 아니었다.

"동이 트는 새벽 꿈에 고향을 본 후……"

턱이 얼어 입도 제대로 벌어지지 않는 추위 속에서 군가를 부르는데 멀리 동트는 하늘에 가족들 얼굴이 떠오르는 것이었다. 군대 가서 우는 일은 없을 거라고 했는데 엉뚱하게도 군가가 나를 울리고 만 것이다. 훈련이라는 게 이렇게 무서운 것이구나! 날마다 되풀이하는 제식훈련처럼 날마다 되풀이해서 불렀던 군가가 어느 날 내 마음속을 비집고 들어와서는 내가 군인임을 일깨워 주었다. 야생마가 길드는 것처럼, 잔 주먹을 계속 얻어맞고 쓰러지는 권투 선수처럼 나는 그렇게 조금씩 무너졌고 조금씩 군인이 되어 갔다.

훈련을 받다 보면 끼니때가 기다려진다. 어떻게 된 것이 온종일 배가 고프다. 밥도 주는 대로 먹다 보니 늘 부족했다. 그것도 다 훈련이라고 생각했다. 밥을 먹고 나면 식기와 숟가락을 깨끗이 씻고 검사를 받는데 나는 매번 얻어맞았다. 그것 참 이상한 일이었다. 나는 분명히 깨끗이 씻었는데 조교들은 나에게 양심 불량이라며 정강이를 걷어찼다. 조교들이 왜 나만 갖고 그러는지 이해할 수가 없었다. 내가 조교들 눈에 잘 띄는 건지, 아니면 내가 정말 식기를 잘못 닦은 건지 아무리 생각해봐도 알 수가 없었다. 훈련이 시작된 지 며칠밖에 지나지 않았는데 내 몸은 피멍으로 가득했다.

배가 고픈 훈병들은 자유 시간이 되면 우르르 피엑스로 달려갔다. 하지만 나는 피엑스 갈 돈이 없어 다른 두 훈병과 함께 내무반을 지켜야 했다. 한번은 피엑스가 어떻게 생겼는지 궁금해서 가보았는데 먹고 싶은 것들이 정말 많았다. 군대 오기 전에는 군것질 같은 거 좋아하지도 않았는데 거기에서는 모두 다 먹어보고 싶었다. 어떤 아이가 돼지고기 통조림과 빵을 먹고 있는데 그 냄새가 어찌나 내 코를 자극하는지 침이 돌고 돌았다. 나와 눈이 마주친 그 아이는 무표정한 얼굴로 보란 듯이 맛있게 먹었다. 또 어떤 아이는 빵을 여러 개 사서 개처럼 고개를 흔들며 덥석덥석 먹었다. 거기서 아무것도 먹지 않고 멀뚱히 서 있는 사람은 나밖에 없었다. 그 속에 있으려니 배가 더 고프고 심지어는 서러움까지 밀려왔다. 내가 뭘 얻어먹으려고 온 건 아니지만 막상 나에게 같이 먹자고 하는 아이들도 없었다. 괜히 피엑스 구경을 왔나 싶었다.

그나저나 알 수 없는 노릇이었다. 훈련소 첫날, 분명히 내무반장이 돈을 거두어 갔는데 저 훈병들은 어디서 돈이 생긴 것일까? 나중에 알고 보니 군대 오기 전에 이런 정보들을 다 알고 온 것이었다. 훈련복 속에 감춰둔 아이도 있었고 허리에 붙인 파스 속에 숨겨놓은 아이도 있었다. 내무반장은 그 사실을 알면서도 모른 척한 것이다. 그렇지 않다면 피엑스 문을 왜 열겠나? 괜히 나처럼 돈을 다 내준 사람만 바보가 된 거지.

훈련소에 들어온 지 보름쯤 되었을 때, 내무반장이 돈을 나누어주었다. 첫날 거두어 간 돈을 돌려주는 것이었다. 내무반장은 마치 자기 돈을 나누어주는 것처럼 으스댔고 나는 내 돈을 돌려받는 것인데도 두 손으로 공손히 받아야 했다. 아무튼 까맣게 잊어버린 돈을 돌려받으니까 하늘에서 공돈이 떨어진 것 같았다. 그날, 자유 시간이 되자 나는 얼른 피엑스로 달려갔다. 그러고는 나에게 서러움을 안겨줬던 돼지고기 통조림을 보란 듯이 사 먹었다.

'세상에 이렇게 맛있는 것이 다 있네.'

나는 황홀한 맛에 정신을 못 차리고 한꺼번에 다 먹어치웠다. 누군가가 나를 쳐다보았다. 며칠 전 피엑스 구경을 왔을 때 나하고 눈이 마주친 그 아이였다. 그날도 그 아이는 돼지고기 통조림을 빵과 함께 우아하게 먹었다. 돼지고기 통조림을 한꺼번에 먹어치운 나를 비웃기라도 하듯. 사실 그 아이에 견주면 나는 굶주린 개처럼 허겁지겁 먹는 꼴이었다. 그러고 보니 먹는 데 정신이 팔려 말 한마디 건네지 못하는 내 모습이 참 가엾다는 생각이 들었다.

내무반으로 돌아가는데 갑자기 배가 아팠다. 내 배가 돼지고기를 거부하는 것이 틀림없었다. 내가 너무 빨리 먹었나? 아니면 갑자기 기름진 걸 먹어서 그런가? 갑작스러운 변화에 나는 화장실로 달려갔다. 바지를 내리자마자 물똥을 싸고 말았다. 돼지고기 통조림도 먹어본 사람이나 먹는 거지 나 같은 사람이 먹어서는 아니 되는 것 같았다. 총을 닦는 시간에도 계속 배가 아파 나는 내무반장에게 얘기하고 화장실을 다녀왔다. 화장실을 다녀온 지 십 분도 안 되어서 나는 또 내무반장에게 화장실을 가고 싶다고 말했다.

"너 총 닦기 싫어? 왜 자꾸만 화장실을 간다는 거야?"

"네, 설사입니다."

"너 뭐 먹었어?"

"네, 돼지고기 통조림 먹었습니다."

"훈련받는 놈이 그런 걸 왜 먹어? 너, 혼자 몰래 먹었지?"

"……."

"야 인마, 훈련병끼리 같이 나누어 먹어야지 너만 고기 먹겠다는 거야, 뭐야?"

할 말이 없었다. 정말 혼자 몰래 먹어서 설사를 하는 것 같았다. 그래도 이상했다. 다른 아이들도 돼지고기 통조림을 먹었는데 왜 나만 설사를 해야 하는 건지, 도대체 몇 번이나 화장실에 갔다 왔는지 모를 지경이었다. 옆에 있던 훈병이 나를 안타깝게 쳐다보더니 내 손을 잡았다. 직업이 농부라는 그 훈병은 나보다 나이가 많았다. 농부는 내 손목을 잡고 애다루듯이 팔을 쓸어내렸다. 얼마 뒤 농부는 바늘로 내 엄지손톱 밑을 쿡 찔렀다. 검은 피가 솟아올랐다. 그렇게 같은 방법으로 반대편 엄지도 찔렀다. 시간이 좀 지나자 아프던 배가 조금씩 가라앉기 시작했다. 정말 신기했다. 나들문 위로 '하면 된다'라는 직사각형 액자가 걸려 있었다. 어찌 생각하면 훈련소라는 곳이 고장 난 사람들을 고쳐주는 곳 같기도 했다. 내가 고장 난 사람이라면 나는 어디를 고쳐야 할지 생각해보았다. 얼마 뒤 점호 시간이 되었다.

"너는 총을 닦았다는 게 왜 이 모양이야?"

나는 또다시 발바닥 열 대를 맞았다. 아마도 나는 훈련이 끝나는 날까지 발바닥을 맞게 될 것이다. 그놈의 총 때문이다. 내 총은 아무리 닦아도 광이 나지 않는 괴상한 총이었다. 왜 그 많은 총 가운데 하필이면 그런 총이 나에게 걸렸을까? 새벽 두 시쯤, 갑자기 내무반장이 소리를 지르더니 잠자는 훈병들을 깨웠다. 늦게 일어나는 훈병들은 사정없이 얻어맞았다. 그 가운데는 나도 끼어 있었다.

"모두 앞 연병장에 집합!"

불침번이 졸았다는 것이었다. 작은 연병장에 훈병들은 팬티만 입고 부들부들 떨며 서 있었다. 그렇게 세워 놓기만 하니까 더 춥고 괴로웠다. 그때 조교 하나가 반합 뚜껑에 찬물을 떠가지고 와서는 훈병들 가슴에 물을 톡톡 튀겼다. 그게 또 얼마나 고통스러운지 마치 바늘로 콕콕 찌르는 것 같았다. "뒤로 취침, 앞으로 취침" 우리는 한밤중에 그런 일을 하고 있었다. 훈병들은 연병장을 돌았다. 달리다가 우연히 하늘에 떠 있는 달을 보았다. 헤어진 여자 친구가 달 속에서 미소를 보내고 있었다.

'영희야, 내가 지금 팬티만 입고 연병장을 돌고 있다. 내 조국을 지키기 위해서 말이다. 그러니까 걱정하지 말고 학교

잘 다녀. 그리고 나는 너를 잊을 테니까 행복하게 잘 살아.'

사격하는 날이었다. 날마다 닦아도 빛이 나지 않는 나의 M1 소총이 나를 명사수로 만들어주기를 바랐다. 하지만 그게 뜻대로 되지 않았다. 정신을 집중하여 방아쇠를 당겼는데 총알이 나가지 않은 것이었다. 도대체 뭐가 잘못된 것인지 알 수가 없었다. 조교가 와서 내 총을 살펴보더니 곧바로 엎드려뻗쳐를 시켰다. 총 상태가 잘못되었다는 것이었다. 조교가 총을 만지고 나서 다시 총을 쐈다. 세 발씩 세 번 쐈는데 내 과녁에 들어간 총알은 네 발뿐이었다. 조교가 나에게 또 엎드려뻗쳐를 시켰다.

"야 새끼야, 너 바보야? 왜 남의 과녁에다 총을 쏴?"

난 억울했다. 난 정말 남의 과녁에다 총을 쏘지 않았다. 그런데 조교는 내가 그랬다는 것이다. 아무리 내가 멍청하다고 해도 남의 과녁에 총을 쏠 정도는 아니었다. 정말 환장할 노릇이었다. 그래도 나는 나의 M1 소총을 자랑스럽게 생각했다. 아홉 발 가운데 네 발을 맞추지 않았는가. 정말 괴상한 총이었다.

나는 눈이 좋은 편이다. 거리에서 간판도 잘 찾는다. 그러나 나는 내 그림자는 알아보지 못한다. 나는 내가 둔하다는 것을 알고 있으면서도 고쳐 볼 생각을 하지 않았다. 꼬집어도 느낌이 없는 것처럼 현실적인 감각이 정말 둔했다. 게다가 눈앞에 보이는 것도 한참 들여다보고 생각한 뒤에야 반응했다. 심지어는 삼 년 전에 겪은 일을 삼 년 뒤에 깨닫고 뒤늦게 아쉬워하는 때도 있었다.

아버지는 말을 잘 안 하는 편이었지만 술에 취하면 가끔 날 보고 어디서 저런 이상한 놈이 나왔을까 말하곤 했다. 나는 그 말이 나를 칭찬해주는 말인 줄 알고 좋아했는데 나중에 알고 보니 그 말은 내가 답답한 놈이라는 뜻이었다. 아버지는 또 내가 꿈속에서 사는 놈이라고도 했다. 하지만 나는 꿈속이 어떻게 생겼는지도 알지 못했다. 나는 그저 아버지가 생각하는 현실을 알지 못했을 뿐이었다.

사격을 마치고 각 소대는 군가를 부르며 내무반으로 향했다. 나지막한 언덕 위에서 십 분 간 휴식이 있었다. 가까운 거리에 탄약고가 있었는데 그 앞에서 까투리 한 마리가 평화롭게 노닐고 있었다. 먹이를 찾는 건지, 아니면 짝꿍을 기다리기라도 하는 건지 까투리는 우리가 지켜보고 있다는 것도 모른 채 즐거운 시간을 보내고 있었다. 나는 까투리가 짝꿍을 기다리고 있는 거로 생각했다. 그런데 갑자기 중위가 까투리에게 카빈총을 겨누었다. 우리는 중위의 명령에 따라 조용히 숨을 죽이고 지켜볼 수밖에 없었다. 이윽고 총소리가 났다. 총소리는 생각보다 크게 들렸다. 까투리가 보이지 않았다. 눈치를 채고 날아간 것일까? 나는 속으로 잘됐다고 생각했다. 그런데 그 생각이 끝나기도 전에 깃털이 낙엽처럼 흩어져 내렸다. 까투리는 날아간 것도 아니고 죽은 것도 아니었다. 그냥 부서진 것이었다. 중위는 까투리를 잡으려고 했겠지만 결과적으로는 처형을 한 꼴이 되었다. 까투리가 무슨 죄를 지었기에 처형을 하는 건지 중위에게 묻고 싶었다.

중위는 뭐가 창피했는지 다짜고짜 훈병들에게 오리걸음을 시켰다. 우리는 꽥꽥 하면서 언덕을 내려갔다. 아마 눈앞에서 벌어진 장면을 생각하지 못하게 하려고 일부러 오리걸음을 시키는 것 같았다. 아니나 다를까 이번에는 큰 소리로 군가를 부르게 했다. 훈병들은 조교들에게 언어맞지 않으려고 큰 소리로 군가를 불렀다. 총 한 방에 부서진 까투리를 생각하며 큰 소리로 군가를 부르는데 눈물이 절로 나왔다.

겨레의 늠름한 아들로 태어나
조국을 지키는 보람찬 길에서
우리는 젊음을 함께 사르며
깨끗이 피고 질 무궁화 꽃이다

조국을 지키자면서 짝꿍을 기다리고 있는 까투리는 왜 죽이나? 까투리도 우리 백성 아닌가? 나는 까투리의 처지에서 군가를 불렀다.

겨레의 늠름한 꿩으로 태어나
조국을 지키는 보람찬 길에서
내 꿈은 산산이 부서졌네.
조국을 위하여 내 꿈을 바쳤네.

사기를 북돋우기 위해 부르는 군가! 군가를 부르다 보면 노래에 대한 기준이 무너질 때가 있다. 아무리 부르기 싫어도 결국은 부르게 되는, 그러다가 점점 더 크게 부르게 되는, 나중에는 눈물을 글썽이며 목 터져라 부르게 되는 군가! 군가는 정말 무서운 노래다. 까투리야, 잘 가거라!

어둠이 내렸다. 훈병들은 수건 한 장씩을 들고 어디론가 움직였다. 어느 우중충한 시멘트 건물 앞에 이르자 조교들이 훈병들을 세웠다.

"지금부터 삼 분 안으로 목욕을 하고 나온다."

그들은 정말 삼 분 동안만 목욕을 시켰다. 삼 분 뒤, 잘 나오던 물이 갑자기 멈추었고 그와 동시에 목욕탕 안으로 들어온 조교들이 이리저리 날뛰며 훈병들을 몰아냈다. 어떤 훈병은 비누가 묻어 있는 상태로 내몰렸고 또 어떤 훈병은 물속에서 나오다가 넘어지기도 했다.

나는 비누 때문에 살았다. 내 앞에서 비누칠하던 아이에게 비누 좀 넘기라고 했는데 그 아이는 나에게 넘기지 않고 자기 친구에게 넘겼다. 나는 다시 비누를 넘겨받은 친구 뒤에서서 비누를 구걸했으나 비누는 또다시 그 친구의 친구에게로 넘어갔다.

'아 참, 그렇지 나는 동무가 없지.'

그때 호루라기 소리가 들렸다. 나는 물만 묻히다가 나왔다. 오히려 잘된 일이었다. 하마터면 비누를 묻히고 어기적댈 뻔했다. 참으로 다행이었다.

오늘도 지겨운 제식훈련이다. 그런데 내무반장이 훈병들을 앉혀놓고는 이상한 말을 했다.

"제식훈련 받기 싫은 사람 손 들어봐라."

손 드는 사람이 하나도 없었다.

"특과야, 특과. 오늘은 훈련 안 받아도 된단 말이야."

그때 조교가 다가와서 내 어깨를 툭툭 건드리면서 다정하게 말했다.

"어차피 넌 제식훈련 해봤자 기합만 받잖아. 그러니까 지금 손 들어."

나는 얼떨결에 손을 들었다. 특과가 뭔지는 몰라도 제식훈련보다는 나을 것 같았다.

"그래, 너 나와. 또 지원할 사람 없나? 두 명만 더 받겠다."

그때 농부와 또 다른 아이가 손을 들었다. 그러고 보니 세 명 모두 돈이 없어서 피엑스에 못 가고 내무반을 지켰던 동무들이었다.

"자, 그럼 세 명은 조교를 따라간다."

어디로 가는 건지는 몰라도 제식훈련을 받지 않게 된 것만으로도 나는 기분이 좋았다. 모처럼 편안한 마음으로 조교를 따라갔는데 어디선가 똥 냄새가 났다. 도착해서 보니 변소였다. 조교가 웃으면서 말했다.

"자, 오전 중으로 변소 청소를 끝낸다."

속았다는 생각이 들었지만 어쩔 수 없었다. 앞으로 특과라는 말은 믿지 않기로 했다. 아무리 지겨워도 제식훈련 받는 게 더 나은 일이었다. 나는 이런 건지도 모르고 손을 들었으니 이것도 다 내가 멍청한 탓이었다. 다른 아이들은 특과라는 게 변소 청소라는 것을 이미 알고 있었다. 어쩐지 내가 손

늦 었 지 만

을 들 때 킥킥대는 웃음소리가 들렸다. 변소 청소를 끝내고 쉬고 있는데 인솔 조교가 나를 불렀다.

"수고했어. 여기 앉아 봐."

웬일로 조교가 나에게 담배를 권했다.

"너 원래 멍청한 놈이냐?"

"……."

"너 총 때문에 매일 발바닥 맞지?"

"네."

"그 이상한 총 말이야, 각 내무반마다 한 자루씩 있어."

"……."

"그게 왜 너에게 간 줄 알아?"

"모릅니다."

"너 피엑스에서 돼지고기 통조림 먹고 설사했지?"

"네."

"그거 유통기간 지난 거야."

"……."

"너 얼버무리면서 군가 부르다가 걸렸지?

"네."

"너 식기 검사할 때마다 깨끗이 안 닦았다고 혼났지?"

"네."

"그 식기는 아무리 닦아도 표가 안 나는 식기야."

"네, 잘 모르겠습니다."

"잘 들어, 이 모든 게 우윳값 때문이야."

"……."

"너, 우유 먹고 돈 내는 거 알았어, 몰랐어?"

"그때는 몰랐습니다."

"그럼 나중엔 알았단 말이지?"

"네."

"그때가 언제야?"

"네, 조교들이 얘기하는 걸 들었습니다."

"이거 정말 멍청한 놈이네. 인마, 그래도 그렇지 어떻게 우윳값을 안 내 가지고 이 고생이냐? 넌 친구도 없니?"

"……."

"훈련 끝날 때까지 조교들이 널 괴롭힐 거야. 이건 네가 하도 불쌍해서 말해주는 거니까 잘 버텨라."

"네, 고맙습니다."

그날 밤 야간 훈련이 있었다. 훈병들은 얼굴에 검은 칠을 하고 참호 속에 들어가 경계 훈련을 했다. 하지만 야간 훈련 핑계로 훈병들을 쉬게 하는 건지도 몰랐다. 훈병들이 잠을 자도 모른 척했고 끼리끼리 수군대도 모른 척했다. 나는 참호에 누워서 밤하늘의 별을 보았다. 정말 오랜만에 보는 별이었다.

'내 사랑은 떠났지만 내 가슴에 남은 사랑은 나의 것, 해가 동쪽으로 진다고 해도 내 인생은 변하지 않으리.'

불현듯 지난날의 내 모습이 보였다. 어두운 굴속을 걷고 있는 내가 보였다. 나는 빛을 찾아 하염없이 걸었다. 이따금 기차가 지나갔지만 달리는 기차에 올라탈 수는 없었다. 지금 내가 이렇게라도 별을 볼 수 있다는 것은 막 어둠 속에서 빠져나왔다는 것을 말해주는 것이었다.

막사로 이동하다가 거의 쓰러져 가는 오두막집을 발견했다. 부엌문이 열려 있었는데 희미한 호롱불 아래로 소쿠리에 담아 놓은 감자가 보였다. 그것을 본 몇몇 훈병들이 후다닥 부엌으로 달려갔다. 조교가 내 어깨를 툭 치면서 얼른 먹고 오라고 했다. 얼떨결에 움막집으로 향했지만 내 발은 부엌 앞에서 멈췄다. 감자를 먹는 훈병들이 독수리처럼 보였기 때문이었다. 그날 밤 피곤한 몸으로 잠을 자는데 내무반장이 큰 소리로 말했다.

"감자 훔쳐 먹은 놈들 다 나와."

내무반이 조용했다.

"안 나와? 그럼 모두 기상, 작은 연병장에 모인다."

훈병들은 부들부들 떨면서 기합을 받았다. 감자 훔쳐 먹은 네 명이 앞으로 나갔다. 그런데 내무반장 말은 한 명이 아직 안 나왔다는 것이다. 그렇다면 이것도 계획된 훈련이었나? 내무반장이 나를 쳐다보는 걸 보면 아무래도 나를 지목하는 것 같았다. 그때 조교가 와서 나를 떠밀었다.

"너도 먹었잖아."

내무반장이 떠밀려 나오는 나를 향해 발길질을 했다.

"야 이 새끼야 너 왜 이제 나와."

"네, 저는 먹지 않았습니다."

"그럼 왜 나왔어?"

"부엌 앞에까지만 갔습니다."

"부엌까지 갔다는 건 먹을 생각이 있었다는 거잖아?"

이제 나는 어이가 없는 훈련소 생활에 지쳐가기 시작했다.

훈련 기간이 끝나가는 어느 날 저녁, 훈련병 모두가 한 막사에 들어가 소원 수리를 썼다. 나는 짤막하게 '질서를 위한 무질서의 행군'이라고 썼다. 점호가 끝나고 잠잘 준비를 하고 있는데 내무반장이 나를 불렀다.

"너 소원 수리에다 뭐라고 썼어?"

나는 대답을 안 하고 머뭇거렸다.

"중대장에게 가봐."

잘생긴 중대장이 내게 물었다.

"밖에선 뭐 하다 왔나?"

"그냥 놀다 왔습니다."

"그래? 소원 수리를 아주 짧게 썼더군."

"특별히 쓸 말이 없었습니다."

"그래? 그럼 자네가 쓴 이 말은 무슨 뜻인가?"

"까투리가 부서졌습니다."

중대장은 내 말이 황당하다는 듯이 큰 소리로 웃었다.

"뭐, 까투리가 부서져? 알았다. 그만 돌아가도록."

소원 수리에 이름을 안 썼는데 중대장은 내가 썼다는 것을 어떻게 알았을까? 별일 아니라는 듯이 웃기만 하는 중대장이 미워 보였지만 돌아가는 길에 반짝이는 별들이 내 마음을 어루만져주었다.

훈련소를 떠나는 날, 내무반장과 조교들은 착한 양이 되어 있었다.

"훈련받느라 수고가 많았다. 배치되면 군 복무 잘하길 바란다."

정문을 나오는데 우윳값 생각이 났다. 마침 나에게 우유를 따라주었던 조교와 눈이 마주쳤다. 나는 얼른 달려가 우윳값

천 원을 주었다. 조교가 괜찮다고 했지만 소주라도 사 먹으라며 웃으면서 말했다. 그리고 덕분에 훈련을 잘 받았다는 얘기까지 했다. 만약에 내가 우윳값을 냈으면 이토록 보람된 훈련은 받지 못했을 것 아닌가.

한밤중에 우리는 기차를 탔다. 보충대로 간다는데 어느 역에서 탔는지도 모르겠고 어느 역으로 가는지도 몰랐다. 빛나는 이등병들은 그저 해방이라도 된 것처럼 즐거워했다. 모자에 박힌 작대기 하나가 이 세상을 지배할 것처럼 보였다. 차창에 비친 내 모습. 내 모자에도 작대기 하나가 금빛을 뿜어내고 있었다. 기차가 움직였다. 나는 속으로 외쳤다.

'달려가자 새벽 열차야, 이 어둠 속을 빠져나가자!'

마지막 잎이 진다고 해도

세상은 변하지 않으리

처음 한 꽃이 핀다고 해도

세상은 변하지 않으리

헤어져야 할 사람이라면

사랑하면서 잊어야지

가난한 내 침묵의 사랑

바람 속으로 흩어져 가네

달려가자 새벽 열차야

이 어둠 속을 빠져나가자

늙어버린 내 방황을

새벽하늘 속에 버리고 가자

아무리 생각해봐도

사랑은 사랑일 뿐이야

해가 동쪽으로 진다고 해도

인생은 인생일 뿐이야

별빛 같은 지난 얘기들

하나둘씩 사라지고

동녘 하늘이 밝아오면

넓은 들판이 나타나겠지
달려가자 새벽 열차야
이 어둠 속을 빠져나가자
늙어버린 내 방황을
새벽하늘 속에 버리고 가자

— 〈새벽 열차〉, 1980

쉬는 날

어디로 갈까 어디로 가볼까
아, 아무 데도 갈 곳이 없네

군대 있을 적 얘기다. 나는 외박 나가는 것을 별로 좋아하지 않았다. 외박을 나가봐야 갈 곳도 없고 만날 동무들도 없기 때문이었다. 어떤 때는 나 대신 다른 고참병이 나갈 때도 있었고 귀한 외박 기회를 그냥 날려버리지 말라고 조언해주는 고참병도 있었다. 그래서 억지로 외박을 나간 경우도 적지 않았다. 한번은 일등병으로 진급한 늠름한 모습을 아버지 어머니에게 보여줘야겠다는 생각으로 외박을 나갔는데 막상 집에 가서는 온종일 잠만 잤다.

집에서 하루를 보낸 나는 딱히 할 일도 없어서 이튿날 아침 일찌감치 집을 나섰다. 저녁 8시까지 귀대하면 되는 거였지만 갈 곳도 없는 나는 그냥 일찍 귀대해서 쉴 생각이었다. 성남에서 버스 타고 을지로 5가에서 내려 다시 미아리 가는 버스를 타고 가다가 대지극장 앞에서 부대까지 가는 직통버스를 기다렸다. 그런데 버스가 올 시간이 한참 지났는데도 나타나지 않았다. 날은 덥고 버스는 오지 않고, 그때 우연히 영화 간판에 그려진 여배우와 눈이 마주쳤다. 누구에게 쫓기는 장면 같은데 나를 쳐다보는 눈빛이 얼마나 애처로운지 마치 나에게 구해달라고 애원하는 것 같았다. 나는 서슴지 않고 영화표를 샀다. 빨리 들어가서 저 여배우를 구해야겠다는 마음으로 2층으로 올라가 가운데쯤에 자리를 잡았다. 극장 안은 후덥지근했고 사람들은 별로 없었다. 때마침 아까 간판에서 나를 쳐다보던 여배우가 다른 동료들과 함께 도망치는 장면이 나왔고 일본군들이 총을 쏘아 대며 그들을 뒤쫓는 장면이 이어졌다. 얼른 달려가 여배우를 구해주고 싶었지만 화면 속으로 들어갈 방법은 없었다.

그때였다. 갑자기 어떤 여자가 다급한 모습으로 나타나 내 앞좌석에 앉았다. 몸집이 작고 단발머리를 한 그녀는 당황한 기색이 뚜렷했다. 마치 누구에게 쫓기는 것처럼 불안해 보였다. 아니나 다를까 곧바로 어떤 사내가 다가와 앉더니 그 여자의 손을 잡아당기는 것이었다. 여자는 안간힘을 썼지만 사내의 힘에 눌려 어쩔 수 없이 손을 내주고 말았다. 나는 앞에서 일어나는 광경을 지켜보느라고 영화 보는 것을 포기했다.

단발머리의 여자는 학생처럼 보였고 사내는 서른 살쯤 되어 보였는데 아무래도 이 동네 건달 같았다. 사내는 내가 뒤에서 보고 있다는 것을 아는지 모르는지 여자아이의 허벅지를 더듬고 있었다. 놀란 여자아이가 몸을 비틀어 빠져나오려고 했으나 사내를 밀어내기에는 힘이 한참 모자랐다. 뒤에서 바라본 여자아이의 등은 아이처럼 작고 연약하게 보였다. 소리라도 지르면 될 텐데, 여자아이는 겁에 질려 고스란히 박제가 되고 말았다.

나는 내가 군인이라는 걸 떠올리며 영화 속의 여배우보다 눈앞의 여자아이를 먼저 구해야겠다는 생각을 했다. 여자아이도 내가 도와주길 바라고 있을지도 모르는 일이었다. 그래서 내 앞좌석으로 달려온 것이 아니겠는가. 사내는 쉬지 않고 여자아이를 더듬고 있었다. 이따금 여자아이가 몸을 비틀

기라도 하면 아예 어깨동무를 해서 몸을 움직이지 못하게 하는 것이었다. 나는 궁리 끝에 아무 이름이나 부르기로 하고 앞줄로 가서 그 아이를 불렀다.

"정순아, 나가자."

그 순간 사내는 놀란 몸짓으로 손을 놓았고 아이는 구세주를 만난 듯이 재빨리 자리에서 일어났다. 희미한 어둠 속에서 그 아이와 나는 누가 뭐랄 것도 없이 손을 잡고 그 자리를 벗어났다. 어둠 속에 있다가 밝은 곳으로 나와서 보니 그 아이의 몸집은 생각보다 너무 작았다. 얼마나 겁을 먹었으면 얼굴이 땀으로 젖어 있었다. 허둥지둥 극장 문을 나서는데 누군가가 나를 불렀다.

"어이, 군인 아저씨."

나는 놀라움을 감추고 걸음을 멈추었다. 언제 나왔는지 여자아이를 못살게 굴던 바로 그놈이었다.

"설마 이 아이가 자네 애인은 아니겠지?"

할 말이 없었다.

"내가 영화 시작하기 전부터 자리에 앉아 있었는데 말이야 이 계집애는 혼자였어. 갑자기 어디서 나타난 거야?"

"화장실에 갔다 왔습니다."

"이 자식이 둘러대기는. 너 인마, 이 아이를 알지도 못하잖아?"

"고향 여동생인데요."

"여동생 같은 소리 하고 자빠졌네."

그때 주먹이 날아들었다. 눈 깜짝할 사이에 배를 얻어맞았다. 게다가 어디서 나타났는지 사내의 부하처럼 보이는 졸개들이 인상을 쓰며 눈총을 쏘아댔다. 그때 극장 관계자처럼 보이는 사람이 다가와 무슨 일이냐고 묻기에 나는 얼른 그 사람에게 도움을 청했다.

"아저씨 이 사람이 저를 때리고 있습니다."

사내는 그 사람과 아는 사이인 양 쓴웃음을 지어 보였다. 그러더니 곧바로 내 멱살을 잡았다.

"너 말이야, 오늘 운이 좋은 줄 알아."

무슨 운이 좋다는 건지, 별 거지 같은 놈을 다 만났다고 생각했다. 그런데 광대뼈가 욱신거렸다. 배만 맞은 줄 알았더니 얼굴도 맞은 모양이었다. 여자아이와 나는 극장 밖으로 나와 수유리 방향으로 걸어갔다. 부대로 가는 직통버스를 포기하고 의정부 가는 버스를 탈 생각이었다. 영화 간판 속의 여배우가 섭섭한 눈으로 나를 쳐다보기에 구해주지 못해서 미안하다고 말했다.

"어떻게 아침부터 영화를 보게 되었니? 그것도 혼자서 말이야."

"오늘은 쉬는 날이에요."

"뭐, 쉬는 날? 하긴 학생들도 쉬는 날이 있어야지."

"저는 학생이 아니고 차장이에요. 버스 차장."

나는 발걸음을 멈추고 그 아이를 바라보았다. 자신을 버스
차장이라고 말하는 모습이 아주 당당하고 사랑스러웠다. 게
다가 쉬는 날이라고 말하는 그 아이에게서 나는 큰 부끄러움
을 느꼈다. 지금까지 살면서 나는 무언가 열심히 일한 적이
없었다. 일은커녕 날마다 쉬고 있었으니 쉬는 날의 참뜻을
알지도 못했다. 다시 걸으면서 그 아이에게 몇 살이냐고 물
어보았다.

"열일곱이에요."

내가 놀라는 표정을 짓자 그 아이가 다시 말했다.

"키는 작아도 열일곱 맞아요."

아이가 픽 웃는다. 따지고 보면 저 아이도 청소년이다. 그
런데 이 사회는 학생들만 청소년이라고 하지. 쉬는 날 뭘 하
는지 궁금해서 물었다.

"보통 방에서 쉬는데 오늘은 심심해서 영화를 보러 나왔
어요."

나는 조국의 부름을 받고 군인이 된 나보다 버스 차장인

그 아이가 훨씬 힘든 삶을 살 거라고 생각했다. 얼마 되지 않는 월급에 16시간의 노동을 한다는 그 아이를 보면서 학교 다닐 때 콩나물시루 같은 버스를 타고 다녔던 풍경을 떠올렸다. 대부분 버스 차장들은 연약한 몸으로 사람들을 밀어서 태웠다. 그러다가 힘에 부쳐 길바닥으로 떨어지는 차장들도 있었다.

나는 이 아이의 쉬는 날을 즐겁게 해주고 싶었다. 그래서 같이 자장면이라도 먹을까 생각을 하고 있는데 이 여자아이가 먼저 빵을 먹는 것이 어떠냐며 길가에 있는 조그만 빵 가게를 가리켰다. 빵 한 접시를 시켜놓고 마주 앉으니 걸을 때와는 달리 조금 서먹서먹했다.

"오늘 빵은 내가 살 테니 많이 먹어."

"아니에요, 저를 구해주었으니 마땅히 제가 사야지요."

"아니야, 이럴 땐 구한 사람이 사는 거야."

"아니에요, 저 같은 사람이 사주는 빵도 한번 먹어보세요."

그 말을 듣자 갑자기 목이 메어왔다. 나는 억지로 침을 삼키면서 웃었다.

"버스 차장이 사 주는 빵이라서 그런지 되게 맛있네."

"아저씨는 쉬는 날 뭐 해요?"

"나는 날마다 쉬어."

그랬더니 아이가 환하게 웃었다.

"그런데 제 이름을 어떻게 아셨어요?"

"뭐라구? 그럼 정말 정순이란 말이야?"

"네, 맞아요. 최정순이에요."

나는 내가 마치 유명한 점쟁이나 된 것처럼 눈을 지그시 감고 고개를 끄떡거렸다.

"그런데 아까 말이야. 저 같은 사람이라고 그랬잖아?"

"그게 뭐요?"

"왜 자기를 저 같은 사람이라고 그러는 거야?"

"저는 학생도 아니고 그냥 버스 차장이잖아요."

괜히 물어봤다. 나는 또다시 목이 메어 억지로 기침을 했다.

"이제 부대에 들어가야 해."

"저, 주소 좀 적어주세요."

주소를 적어주고 있는데 빵집 유리창에 빗물이 흘러내리는 것이 보였다.

"모처럼 쉬는 날인데 식구 생각 많이 나겠네."

아이가 조그만 얼굴을 끄덕였다. 어떻게 저런 연약한 몸으로 버스 차장이 되었을까? 내가 군대에서 하는 고생은 고생도 아니라는 생각이 들었다. 빗줄기가 가늘어져서 빵집을 나왔다. 비를 맞으며 수유리 방향으로 조금 걷다가 버스 정류장에서 멈춰 섰다. 잠시 뒤 의정부 가는 버스가 왔다. 나는 버스 안에서 차창 밖으로 그 아이를 바라보았다. 그러다가 눈이 마주쳤는데 그 아이는 기다렸다는 듯이 비를 맞으며 손을 흔들어주었다. 그 모습을 바라보는데 이별을 하는 것도 아니면서 괜히 눈물이 고였다.

날마다 술을 마시는 사람들은 술맛을 모르지. 술은 자기를 함부로 대하는 사람들을 싫어하여 술맛을 느끼지 못하게 하기 때문이지. 그래서 술을 맛있게 마시려면 내가 쉬든지 술을 쉬게 하든지 해야 한다. 그런데 사람들은 술을 마시는 것 자체를 쉬는 거로 생각한다. 나 같은 놈이야말로 걸핏하면 술을 마시니 진정한 쉼을 알 턱이 없다. 공연히 세상을 잊었노라고 폼 잡지 말고 한 번쯤은 세상을 위해 무엇을 해야 할지 생각해봐야 하는 것 아닌가. 고달픈 삶을 사는 사람들에게 나는 얼마나 철없는 놈인가.

고추잠자리가 눈에 띄게 많아진 초가을 어느 날 내 앞으로 낯선 편지가 날아왔다. 편지 올 데가 없는데 누굴까? 겉봉에 쓴 이름을 보니 '최정순'이라고 쓰여 있었다. 반가운 마음으로 편지 봉투를 뜯었다. 대지극장 이야기와 빵이 맛있었다는 얘기, 비를 맞고 함께 걸어줘서 고맙다는 얘기, 그리고 폐가 나빠져서 회사를 그만두게 되었다는 얘기도 했다. 폐가 나빠졌다는 말에 나는 미소를 멈췄다.

군대에서 편지를 받아볼 수 있다는 것이 얼마나 즐거운 일인지 군대 안 간 사람들은 모를 것이다. 다음 편지를 기대하며 곧바로 답장을 해주었다. 그때 극장에서 깡패에게 맞은 데가 지금도 아프다는 우스갯말도 하고 부디 엄마가 지어주는 밥 맛있게 먹고 건강을 되찾기를 바란다는 말도 했다. 하지만 한 해가 다 가도록 편지는 오지 않았다. 혹시 건강이 더 나빠진 것은 아닐까? 내무반 뒤꼍에 있는 오동나무에서 마른 잎 하나가 바람에 나풀대고 있었다.

비가 내리네 비가 내려오네

오늘 같은 날 비는 왜 올까

바람 부네 바람이 불어오네

오늘 같은 날 바람은 왜 불까

어디로 갈까 어디로 가볼까

아, 아무 데도 갈 곳이 없네

비가 내리는데 바람 부는데

고향 식구들은 무엇을 할까

나는 누굴까 나는 누구일까

거울 속에 비쳐진 너는 누구냐

책을 읽어볼까 일기를 쓸까

그리운 어머님께 편지나 쓰자

− 〈쉬는 날〉, 1989

이 노래의 처음 제목은 〈휴무일〉이었다.

떠도는 별

나의 부끄러운 이야기가
          떠도는 별들에게 거름이 될 수 있다면······

인생에서 가장 소중한 시기는 중학교, 고등학교 시절이라
고 생각합니다. 나이로 치자면 대충 13살부터 19살 정도가
되겠지요. 거기서 또 소중한 시절을 말한다면 아마 13살에서
15살, 그 시절이 아닐까 싶습니다. 저는 그 소중한 시절을 너
무 허무하게 보냈습니다. 무엇에 대한 간절함도 없었고 그냥

허황한 꿈속에서 헤매다가 꿈도 찾지 못한 채 설익은 어른이 되고 말았습니다. 굳이 핑계를 대자면 그 시절에 약간의 자폐 증세가 있었던 모양입니다. — 지금도 가끔 그 증세가 나타나긴 하지만 — 동무들과 대화를 하면 제 말만 고집했고 책을 읽으려고 하면 글자가 눈에 들어오지 않았고 어쩌다 상상 속에 빠지면 헤어나지 못하곤 했습니다. 한번은 우리나라를 괴롭히는 강대국들을 꼼짝 못 하게 하는 초능력을 발휘하기도 했고 어떤 때는 듬직한 여전사들이 등장하여 악마의 늪에 빠진 저를 구해주기도 했습니다. 평소에도 저는 또래 여자아이들보다 나이 많은 누나들을 더 그리워했습니다. 하지만 현실 속에서는 여자들과 눈도 못 맞추고 여학교를 지나갈 때면 고개를 들지도 못했지요.

저는 태어날 때부터 돌연변이라는 소리를 들었습니다. 머리통이 얼마나 큰지 동네 사람들이 머리 큰 아이를 보러 올 정도였으니까요. 백일이 지난 아이는 옹알이도 하지 않고 온종일 천장만 바라보고 누워있기만 했습니다. 제 뒷머리가 납작한 건 그 때문인지도 모르겠습니다. 초등학교에 들어가서는 다행히 공부를 잘 따라가는 편이었지만 가끔 엉뚱한 짓을 해서 아버지 어머니에게 걱정을 끼쳐드리곤 했습니다. 산에 걸린 해를 잡으려고 산에 갔다가 길을 잃어버린 적도 있었고 비 맞는 것이 즐거워서 비를 흠뻑 맞고 돌아다닌 적도 있었습니다.

초등학교 2학년 겨울이었습니다. 학교에 스케이트부가 생겼는데 저는 스케이트를 탈 줄도 모르면서 스케이트부에 들어갔습니다. 스케이트를 타고 싶어서 그랬다기보다는 동무들에게 관심을 끌기 위해서 그랬던 거지요. 그런데 그 대가가 얼마나 고통스러운지 눈물이 나올 정도였습니다. 열중쉬어 자세로 앉았다 일어났다 하는 운동을 천 번 이상 해야 했고 허리를 펴지 않고 사백 미터 얼음판을 다섯 바퀴 돌아야했습니다. 허리를 펴려고 하면 코치 선생님이 얼른 달려와서 지휘봉으로 엉덩이를 때렸지요. 저는 혹독한 훈련이 너무 힘들어서 그만두려고 했으나 무서운 코치 선생님은 그때마다 마음대로 그만둘 수 없다며 엄포를 놓았습니다. 정말이지, 관심을 끌려고 스케이트부에 들어갔다가 고생만 실컷 했습니다. 다행히 3학년을 마치고 서울로 전학을 간 덕분에 스케이트를 그만둘 수 있었습니다.

중학생이 돼서는 농구부에 들어갔습니다. 원래는 야구부에 들어가려고 했는데 야구부가 없어서 농구부를 택한 것이었습니다. 저는 농구를 할 줄도 모르면서 농구부에 들어가

늦 었 지 만

맨날 마루 청소만 했습니다. 농구부에 들어간 것도 농구를 하고 싶어서라기보다는 멋진 농구 선수가 되려는 마음이 앞섰는지 모릅니다. 하지만 동작이 굼뜨다는 이유로 농구 선수는커녕 마루 청소만 하다가 쫓겨나고 말았습니다. 아무래도 제 마음속에 괴이한 벌레가 들어앉은 것 같았습니다. 그 시절에는 '정신과 의원'도 없었고 '자폐'라는 말도 없었으니 '관심병'이라 한들 그것을 병으로 생각하는 사람도 없었습니다.

중학교 2학년이 되었습니다. 그때는 저도 모르게 옷에 관심을 지니게 되었습니다. 한번은 청바지를 입고 폼 잡고 싶었던 적이 있었습니다. 사 달라는 말은 못 했지만 내 마음을 눈치챈 어머니가 몇 개월 뒤 청바지를 구해왔지요. 저는 청바지를 입고 아이들 앞에 나타났습니다. 그런데 다른 아이들도 청바지를 입고 있는 것이었습니다. 혼자만 입었으면 아이들에게 자랑도 하고 그럴 텐데 모두 다 입고 있으니 모처럼 입은 청바지가 빛나지 않았습니다. 나중에 알고 보니 청바지가 빛나지 않았다는 건 제 생각이고 아이들은 청바지 상표에 더 관심이 있던 것이었습니다. 그러니까 어떤 청바지를 입고 있느냐에 따라서 등급이 정해지는 거지요. 제 청바지 상표는 등급에 끼지도 못했습니다.

어느 날 영어 회화를 가르치는 미국인 선생님이 오셨습니다. 곧바로 영어 회화 시간이 생겼고 아이들은 영어 회화보다는 미국인 선생님에게 더 관심을 가졌습니다. 가을에 영어 웅변대회가 있었는데 저는 여덟 명 가운데 팔 등을 했지요. 아이들은 저보고 용감하다고 말했지만 실제로는 영어도 못하는 놈이 웅변대회에 나갔다고 비웃었습니다. 심사를 맡은 미국인 선생님도 영어 발음이 엉망인 저를 보고 묘한 웃음을 지었습니다.

예술제도 그랬습니다. 아이들이 장난으로 저에게 나가보라고 부추겼는데 제가 아무 말도 하지 않자 동의하는 거로 여겨져 실행에 옮겨졌지요. 그렇게 되고 보니 막상 예술제에 나가서 무얼 해야 할지 난감했습니다. 동무 아버지가 무교동에 있는 살롱에서 기타를 친다는 말을 듣고 부랴부랴 거기 가서 기타를 배웠습니다. 거기가 뭘 하는 곳인지 대충은 알고 있었지만 기타를 배우는 낮에는 손님들이 없었습니다. 그런데 제가 갈 때마다 나타나는 여자가 있었습니다. 미스 윤이라고 하는 종업원이었는데 제가 가면 음료수를 갖다주었고 제 앞에 앉아서 기타 치는 것을 구경하곤 했습니다. 그런데 그녀가 움직일 때마다 풍기는 분 냄새 때문에 기타를 제대로 배울 수가 없는 거예요. 야릇한 분 냄새가 포근하기도 했고 어쩌다 눈이 마주치기라도 하면 몸이 굳어져서 고개를

늦었지만

들지도 못했습니다. 그녀는 언젠가 제 상상 속에 나타났던 든직한 여전사를 연상케 했습니다. 어느 날 그녀가 저를 데리고 경양식 집에 가서 햄버그스테이크도 사주고 만년필도 선물했습니다. 처음 받아보는 선물과 처음 먹어보는 음식에 저는 큰 감동을 받아 몸 둘 바를 몰랐지요. 고개를 들지 못하고 음식을 꿀꺽꿀꺽 삼키는 제 모습을 보고 그녀가 말했습니다.

"얘, 천천히 씹어서 먹어야지 체하겠다."

세상에서 저를 이처럼 따뜻하게 대해주는 사람은 미스 윤이 처음이었습니다. 누나가 없는 저는 미스 윤을 누나로 생각하게 되었고 동생이 그리운 미스 윤은 저를 남동생으로 생각하게 되었습니다. 그 뒤로 저는 기타를 배우러 가는 것이 아니라 미스 윤을 보러 갔습니다. 아마도 그것은 미스 윤에게서 풍기는 따뜻한 분 냄새가 그리워서인지도 모르겠습니다.

드디어 예술제 하는 날이 밝았습니다. 오전에는 전교생 앞에서 예행연습 겸 공연을 했습니다. 공연은 고등학교 그룹사운드가 중심이었고 들러리로는 중학교 음악 선생님이 '성불사의 밤'을, 고등학교 음악 선생님이 색소폰으로 'Danny Boy'를, 중학교에서는 성악 하는 동무가 '금발의 제니'를, 저는 'Yesterday'를 불렀습니다. 제가 노래를 마쳤을 때 반 아이들은 약속이나 한 것처럼 박수를 치며 앙코르를 외쳐 댔습니다.

저는 제가 정말 잘한 줄 알고 예정에 없던 '500 Miles'를 불렀지요. 노래를 마친 저는 흐뭇하게 퇴장을 했습니다. 그런데 연출 선생님이 다짜고짜 제 뺨을 후려쳤습니다. 제멋대로 순서에 없던 노래를 했다는 게 그 이유였습니다.

오후 공연에는 가족들이나 다른 학교 학생들이 보러 왔습니다. 저는 무대 뒤에서 커튼 사이로 관객들을 둘러보다가 깜짝 놀랐습니다. 미스 윤 누나가 꽃다발을 안고 맨 앞줄에 앉아 있는 것이었습니다. 저는 너무 기뻐서 어쩔 줄을 몰랐습니다. 그런데 예기치 않은 일이 발생하고 말았습니다. 제 차례가 되어 나가려고 하는데 연출 선생님이 못 나가게 하는 것이었습니다.

"너는 노래를 못해서 안 되겠다."

눈앞이 캄캄했지요. 그럴 거면 미리 말해주지, 갑자기 못 나가게 하면 어쩌란 말입니까? 오전 공연 때 연출 선생님이 교복을 단정히 입어야 한다면서 호크를 채우라고 했는데 저는 노래하기가 답답하여 호크를 채우지 않고 맨 위에 단추까지 풀고 노래를 했습니다. 그것 때문이었을까요? 말로는 제가 노래를 못해서 그런 거지만 사실은 관객들 앞에서 제가 불량하게 보인다는 이유로 그랬을 겁니다. 아니면 자기 말을 듣지 않고 제멋대로 노래 한 곡을 더 불렀기 때문인지도 모르죠. 아무튼 그때 그 연출 선생님이 얼마나 미웠던지 태어나서 그렇게 미운 사람은 처음이었습니다.

공연이 끝나고 미스 윤 누나가 건네주는 꽃다발을 받기는 했지만 제 모습이 너무 처량했습니다. 제가 공부만 조금 잘했어도 이런 일은 없었을 텐데 공부도 못하는 놈이 노래까지 못했으니 제가 생각해도 저는 뭐 하나 제대로 하는 것이 없는 놈이었습니다. 그래도 미스 윤 누나는 아무짝에도 쓸모없는 저를 따뜻하게 대해주었지요. 미스 윤 누나가 제 팔짱을 끼고 괜찮다고 말해주는데 갑자기 콧구멍이 벌렁거리면서 뜨거운 눈물이 고였습니다.

졸업하는 날이었습니다. 다른 동무들은 가족들이 와서 축하해주는데 제 가족은 그럴 형편이 되지 못했습니다. 졸업식 행사를 끝내고 동무들과 사진을 찍는데 제가 외로워 보였던지 짝꿍 어머니가 자기 아들 목에 걸려 있던 꽃다발을 제 목에 걸어주었습니다. 저는 아무렇지 않은데 제 모습이 외롭게 보였던 모양입니다. 그때 어떤 아이가 저에게 밀가루를 뿌리고 달아났습니다. 도대체 밀가루는 왜 뿌리는 건지 알 수가 없었습니다.

교문을 나서면서 잠시 해방감을 느꼈습니다. 아무 생각 없이 걸었습니다. 걷다 보니 저도 모르게 명동까지 오게 되었

습니다. 미스 윤 누나가 햄버그스테이크를 사준 경양식 집이
이 근처 어디였는데 찾지 못했습니다. 아마 저도 모르게 미
스 윤 누나가 그리웠던 모양입니다. 지나가는 사람들이 저를
힐끗힐끗 쳐다보았습니다. 가만히 생각해보니 광화문을 지
날 때도 사람들이 저를 쳐다본 것 같았습니다.

'혹시 나에게 무슨 문제가 있는 게 아닐까?'

역시 명동은 다른 동네와 달리 사람도 많이 지나가고 화려
했습니다. 명동성당 쪽으로 걸어가고 있는데 어느 쇼윈도 안
에 있던 여자와 눈이 마주쳤습니다. 여자 옷을 파는 가게였
는데 그 여자는 저를 잡아끄는 신비한 마력이 있었습니다.
저는 가던 길을 멈추고 그 여자 앞으로 다가갔지요. 갑자기
추운 마음이 따뜻해지기 시작했습니다. 그녀는 가만히 있는
데 어떻게 제 마음이 따뜻해질 수 있는지 정말 놀라지 않을
수 없었습니다. 그녀가 마네킹이 아니었다면 저는 쳐다보지
도 못했을 겁니다. 저는 마네킹이 너무 고마워서 저도 모르
게 마네킹에게 손을 뻗었습니다. 유리창이 손에 닿았습니다.
그제야 저는 제 모습을 보고 깜짝 놀랐습니다. 밀가루가 묻
어 있는 교복에 동그란 꽃다발을 목에 걸고 있는 제 모습이
유리창에 비친 것입니다. 저는 제 목에 꽃다발이 걸려 있다
는 것도 모르고 학교에서 명동까지 걸었던 거죠.

고등학교 1학년 때 우리 집은 숭례문 근처에 있었고 학교는 효자동에 있었습니다. 학교 갈 때는 버스를 이용했지만 집에 올 때는 걸어서 다녔지요. 어느 날 시흥에 사는 동무네 집에 놀러간 적이 있었는데 버스를 오래 타고 가는 것이 어찌나 부럽던지 우리 집도 학교에서 멀리 떨어져 있었으면 좋겠다는 생각을 했습니다. 남산 부근 어딘가에서 살고 있던 동무네 집은 허리를 굽히고 들어가야 하는 자그마한 판잣집이었는데 방 안에서 풍기는 곰팡내와 따뜻한 분위기가 어찌나 포근하고 좋던지 저도 그런 집에서 살고 싶었습니다. 그래서 아버지에게 말했지요.

"아버지, 우리도 판잣집에서 살면 안 될까요?"

그날 저는 아버지에게 심하게 맞았습니다. 그때 아버지는 사업이 망해서 실의에 빠져 있었는데 그런 것도 모르고 아버지 마음을 긁어놨으니 저는 두들겨 맞아도 싼 놈이었습니다. 아버지는 그런 제가 한심했던지 어디서 저런 돌연변이가 나왔을까 하면서 한숨을 푹푹 쉬었습니다. 저는 가난이 뭔지 몰랐고 감정에 꽤 무딘 편이었습니다. 외로움을 느끼면서도 태연했고 슬픔을 느끼면서도 태연했고 심지어는 집에서 기르던 개가 하늘나라로 갔는데도 3년이나 지나서야 그리워했지요.

고등학교 2학년 때는 수학 학원에 다니는 아이들이 부러워서 어머니에게 학원에 다니고 싶다고 말했습니다. 어머니는 제 말을 믿지 않았지만 그래도 학원비를 마련해주었습니다. 처음 가본 학원은 어마어마했습니다. 저자가 직접 강의를 했는데 학생들이 얼마나 많은지 300명은 족히 넘는 것 같았습니다. 그런데 첫날부터 문제가 생겼습니다. 다른 아이들은 열심히 선생님 강의를 듣는데 저는 무슨 말인지 통 알아들을 수 없었던 것입니다. 어머니에게는 미안했지만 저는 일주일을 넘기지 못하고 학원을 그만두었습니다. 책가방을 옆구리에 끼고 집에 가는데 한숨이 절로 나왔습니다. 다른 아이들 책가방은 뚱뚱한데 제 것은 며칠을 굶었는지 홀쭉하기만 했습니다. 저는 제 가방에 사과했습니다.

하루는 YMCA 강당에서 노래하게 되었습니다. YMCA에 소속된 동아리가 여럿 있었는데 동아리마다 장기 자랑을 하는 일종의 축제 같은 행사였지요. 저는 Mary Hopkins가 부른 'Those were the days'와 Dave Clark Five가 부른 'Because'를 불렀습니다. 예전보다 기타는 좀 늘었으나 노래는 여전히 잘 부르지 못했지요. 그래도 예상과 달리 박수를 많이 받았습니다. 저는 제가 정말 잘한 줄 알고 우쭐했는데 알고 보니까 우리 학교 아이들이 많이 와서 박수를 쳐준 것이었습니다.

며칠 뒤 보슬비가 내리는 날이었습니다. 우산도 없이 YMCA에서 광화문 쪽으로 걸어가는데 갑자기 빵집에서 여학생 한 명이 튀어나오더니 저를 붙잡고 빵집으로 들어갔습니다. 빵집 안에는 또 다른 여학생이 앉아 있었는데 저를 앞에 앉혀 놓고는 번갈아 가며 수다를 떨기 시작했습니다.

"야, 너 그날 노래 되게 잘하더라."

"기타는 언제부터 배운 거야?"

저는 얼굴을 붉히며 어찌할 바를 모르고 있었습니다. 얼굴은 본 적 있지만 그 아이들이 유명한 왈가닥이라는 건 알지 못했습니다. 아이들은 저하고 친한 것처럼 계속해서 말을 걸었습니다. 얼떨결에 끌려 들어오기는 했지만 그 아이들과 눈도 맞추지 못한 저는 빵만 쳐다보고 있었습니다. 잠시 뒤 빵을 다 먹은 여자아이들이 빵값 좀 내달라는 말을 남기고 가버렸습니다. 꼼짝없이 빵집에 갇힌 저는 어찌할 바를 모르다가 결국 주인에게 사정을 얘기하며 내일 빵값을 갚겠다고 말했습니다. 다행히 주인아주머니는 저를 믿어주었습니다. 비를 맞으며 걸을수록 어찌나 부아가 치미는지 욕이 저절로 나왔습니다.

"별 거지 같은 애들을 다 보겠네."

드디어 고등학교 3학년이 되었습니다. 다른 동무들은 대학 가느라고 뚱뚱한 가방을 들고 열심히 학교에 다니는데 저는 홀쭉한 가방을 옆구리에 끼고 빈둥대기만 했습니다. 학교를 왜 다녀야 하는지도 모르겠고 그렇다고 방황할 실력도 되지 못했습니다. 꿈도 없고 대학 갈 실력도 없고 그야말로 멍한 상태로 하루하루를 보냈지요.

예비고사를 치르는 날 다른 아이들은 열심히 문제를 푸는데 저는 문제가 눈에 들어오지 않았습니다. 얼마 뒤 올 것이 오고야 말았습니다. 전교생 720명 가운데 3명이 예비고사에 떨어졌는데 제가 그중에 하나였던 것이었습니다. 머릿속이 하얘졌지만 저는 계속해서 학교에 다녔습니다. 딱히 갈 데도 없었기 때문입니다. 그런데 교실 문을 열고 들어갈 때마다 금지구역에 들어가는 기분이 들었습니다. 아이들은 좋은 대학에 가려고 열심히 공부하는데 저는 아이들에게 방해만 될 뿐이었습니다. 어느 날은 교단에 올라가 아이들에게 미안하다고 말했습니다. 사실 그런 말은 안 해도 되는데 괜히 말을 꺼내는 바람에 예비고사에 떨어진 사실을 아이들이 알게 되었습니다.

고등학교를 졸업하면 뭔가 자유로울 줄 알았는데 막상 졸업을 하고 나니까 눈앞이 캄캄하고 허무하다는 생각이 들었습니다. 중학교, 고등학교 다니면서 한 일이 하나도 없다는 것이 너무 한심했습니다. 학교 다닐 때는 궤도 이탈을 하면 누가 뭐라고 해주었는데 졸업하고 나니까 우주의 미아가 된 듯한 기분이었습니다. 새삼스럽게 학교가 그리웠습니다. 유일하게 저를 받아준 곳이 학교였는데 졸업한 뒤에는 아무 데도 갈 곳이 없었습니다. 지난날들이 후회됐지만 지금 와서 후회한들 무슨 소용이 있겠습니까. 어느 날이었습니다. 갑자기 미스 윤 누나가 그리워졌습니다. 터벅터벅 걸어 무교동에 갔는데 살롱은 없어지고 미스 윤 누나도 찾을 길이 없었습니다. 악마의 늪에서 저를 구해준 여전사가 미치도록 보고 싶었습니다.

◈

떠도는 별님들이여! 한 번쯤은 눈을 감고 흐르는 물소리를 들어보십시오. 물의 노래는 언제 들어도 아름답습니다. 여러분들은 지금 어디로 흐르고 있습니까 아니면 어딘가에 갇혀 있습니까? 만약 어딘가에 갇혀 있다면 어떤 형태로든 그곳에서 빠져나오길 바랍니다. 흐르지 않는 물은 소리가 나지 않고 소리가 나지 않는다는 건 썩는다는 겁니다. 고인 물이 홍수를 만나 강물에 합류하듯 자신이 아무리 보잘것없는 흙

탕물이라도 흘러야 합니다. 흘러서 바다까지 가야 합니다. 바다까지 가는 길이 바로 우리의 궤도이기 때문입니다. 그 궤도를 벗어나면 고인 물이 될 수밖에 없는 겁니다.

멀리서 보면 떠도는 별이 자유롭게 보일 수도 있지만 가까이서 보면 불쌍하고 초라하고 볼품이 없습니다. 왜냐고요? 떠도는 별은 고인 물이나 마찬가지니까요. 고인 물이 소리가 없듯이 궤도에서 벗어난 별도 빛나지 않는 거죠. 빛나지 않으니 아무도 그 별을 알아볼 수 없는 거지요. 저를 보십시오. 저는 아직도 떠돌고 있습니다. 허황한 삶을 살았던 지난날들이 부끄럽고 창피해서 사람들과 어울리지도 못하고 자식들 앞에서조차 고개를 들 수가 없습니다.

저는 학창 시절을 허무하게 보냈습니다. 너무 허무하게 보내서 추억도 없습니다. 다시 그 시절로 돌아갈 수만 있다면 무엇보다도 공부를 열심히 하고 싶습니다. 세상을 오래 살아보니 공부가 가장 쉬운 일이었습니다. 그 쉬운 공부를 하지 않아서 제가 지금 이렇게 어려운 삶을 사는 겁니다.

가끔 어머니 아버지 생각이 날 때가 있습니다. 저는 부모님에게 불효를 했습니다. 되돌아갈 수 있다면 잘할 수 있을 텐데……. 저의 아버지는 다른 아버지와 달리 무뚝뚝한 편이었지요. 다정한 말은커녕 쓰다듬고 안아주는 일도 없었지요.

늦 었 지 만

하지만 세상에 자식을 사랑하지 않는 부모가 어디 있겠습니까. 자식을 사랑하는 방법이 다를 뿐이지요. 부모님 다리를 주물러주고 맛있는 음식을 사드리는 것이 효도가 아닙니다. 자기에게 주어진 일(공부) 잘하고 꿈을 향해 가는 모습을 보여주는 것이 진정한 효도입니다. 제 스스로에게 물어보았습니다. 단 한 번이라도 부모님에게 효도해본 적이 있느냐고요. 저는 부모에게 사랑받기만을 원했지 제가 부모를 사랑한 적은 단 한 번도 없었습니다. 떠도는 별님들이여! 더는 떠돌지 말고 고향으로 돌아가십시오. 어머니만큼 따뜻한 고향은 이 세상 그 어디에도 없습니다. 저는 후회하고 있습니다. 돌아갈 고향이 없기 때문입니다. 부모님이 하늘나라로 가셨거든요.

저는 어릴 때부터 따뜻한 사랑이 그리웠습니다. 그래서 관심받기를 좋아했는지 모릅니다. 스케이트부에 들어간 것도 그렇고 농구부에도 들어간 것도, 노래도 잘 부르지 못하면서 예술제에 나간 것도, 영어도 못 하면서 영어 웅변대회에 나간 것도, 선생님에게 칭찬이라도 받아보려고 시를 쓴 것도 알고 보면 다 관심을 받아보려고 그랬던 겁니다. 한편으로는 따뜻한 사랑이 그리워서 살롱에서 일하는 미스 윤 누나를 좋아했고 쇼윈도 안에서 따뜻함을 전해주던 마네킹을 좋아하기도 했습니다. 지금도 그때를 생각하면 그 시절의 제 모습이 너무 불쌍해서 눈물이 나기도 합니다. 중학교 2학년 때는 한밤중에 서소문 고가도로 난간에 걸터앉아서 소주 마시고 담배 피우고 객기 부리다가 경찰에게 잡혀가기도 했습니다. 어떤 때는 소주 한 병 사서 경복궁에 들어가 외로운 척 폼을 잡아보기도 했습니다. 이렇듯 그 소중한 학창 시절을 관심 타령으로 허송세월했으니 지금 생각해도 부끄럽기 짝이 없습니다.

돌이켜보면 기타를 배웠을 때도 그랬습니다. 간절함이 있었다면 기타를 잘 배울 수도 있었을 텐데 저는 그저 관심을 끌기 위해서 기타를 배웠던 겁니다. 다 허영이었지요. 만약에 그때 간절함으로 기타를 배웠더라면 지금쯤 꿈꾸던 기타리스트가 되어 있을 것입니다. 여러분들은 저처럼 살지 말고 부디 간절함으로 꿈을 지피십시오. 겉멋으로 꿈을 꾼다면 꿈이 지펴지지도 않습니다. 서투른 방황 하지 말고, 객기 부리지 말고, 부모를 탓하지도 말고 혹시 관심을 받고 싶다면 그냥 자기 일에 충실하십시오. 그러면 저절로 사랑을 받게 될 것입니다. 저는 목련을 싫어합니다. 다른 꽃들보다 먼저 사랑을 받으려고 일찍 피어났다가 추하게 떨어지는 모습 때

늦 었 지 만

문입니다. 그런데 저는 목련보다 더 추한 학창 시절을 보냈습니다.

저의 부끄러운 얘기가 여러분들에게 거름이 되었으면 좋겠습니다. 관심병! 그게 인생의 푸른 잎을 갉아 먹는 벌레입니다. 자기 일에 충실하면 저절로 행복한 삶을 살 수 있는 건데 저는 아무런 노력도 하지 않고 열매가 열리기만을 기다렸지요. 나이 들어 뒤늦게 깨닫습니다. 세상 사람들은 저 같은 떠돌이에게 아무런 관심도 없다는 것을. 그러니 소중한 시절을 '관심'이라는 벌레 때문에 허송세월하지 마십시오. 관심이라는 것에 얽매이게 되면 무슨 일을 해도 제대로 할 수 없습니다. 저는 떠도는 별이 되려고 일부러 궤도를 이탈했습니다. 떠도는 별이 되면 사람들이 관심을 줄 거라고 생각했던 거죠. 하지만 그건 제 착각이고 실제로는 아무도 관심을 주지 않았습니다. 그뿐만이 아닙니다. 한번 궤도에서 벗어나니까 되돌아가기도 힘들었습니다. 태양을 구심점으로 궤도를 도는 지구처럼 저 자신을 바라보며 살았어야 했는데 어리석게도 구심점 없는 삶을 살고 말았습니다. 그깟 관심 한번 받아보려고 인생을 낭비했으니 이처럼 딱한 일이 또 어디 있겠습니까.

선생님이 되려고 사범대를 지원해서 떨어졌고 갑자기 화가가 되고 싶다고 해서 미대를 지원했다가 떨어졌습니다. 왜 떨어졌는지 아십니까? 실력이 모자라서 떨어진 게 아닙니다. 간절함이 없고 겉멋만 들어서 떨어진 겁니다. 꾸준히 나를 가꾸고 다듬었으면 원하는 삶을 살 수 있었을 텐데 그런 노력은 하지 않고 마음에 분칠만 하고 살았으니 허무한 인생이 된 겁니다. 인생은 꾸미는 것이 아니라 가꾸는 것이라는 걸 그때는 몰랐습니다. 어떤 집에 살고 있느냐가 중요한 것이 아니라 어떻게 살고 있느냐가 중요한 건데 그때는 그걸 몰랐습니다. 꿈을 이룬 인생보다 꿈을 버리지 않는 인생이 더 값지다는 것을 그때는 몰랐습니다.

무엇을 배우든 남에게 보여주려고 배우지 마십시오. 남을 의식하면 기교를 배우게 되고 기교에 치중하다 보면 기본을 놓치게 됩니다. 악기를 배우고 싶거든 악기와 한몸이 되도록 피나는 노력을 하십시오. 그리하면 언젠가는 여러분이 원하는 소리를 들을 수 있고 그 소리를 들으려는 사람들이 찾아올 겁니다. 하지만 사람들이 찾아오길 바란다면 더는 좋은 소리를 얻지 못하지요. 문학을 일구려는 사람 역시 문학과 한몸이 되도록 갈고 닦으십시오. 그리하면 어느 날 문학이 여러분을 사랑하게 될 것입니다. 이 역시 남을 의식하게 되면 갈고 닦아도 헛수고가 될 것이니 결코 여러분의 재능을 함부로 믿지 마십시오. 배우가 되고 싶은 사람도 마찬가지입니다. 겉멋은 꿈을 해치지요. 천만 관객이 봤다고 해서 명작이 되는 것도 아니고 영화에 많이 출연했다고 해서 존경받는 배우가 되는 것도 아닙니다.

옷이라는 것도 그래요. 남에게 잘 보이려고 혹은 관심을 끌려고 옷을 입지 마십시오. 아무리 싸구려 옷이라도 소중히 입으면 세상에서 가장 멋진 옷이 되는 겁니다. 그러니 유행에 말려들지 말고 나에게 편안한 옷을 입도록 하십시오. 공부도 그렇습니다. 일등 하려고 공부하지 말고 하고 싶은 공부를 하십시오. 학교에서 그렇게 가르치지 않는 것이 문제이지 성적이 나쁜 게 문제가 되는 건 아닙니다. 실용음악과를 졸업했다고 해서 모두 다 가수가 되고 연주자가 되는 것이 아니고 미대를 졸업했다고 해서 모두 다 화가가 되는 것도 아닙니다. 그러니 원하는 대학에 못 갔다고 좌절하지 마십시오. 좌절한다는 건 진정성이 없다는 겁니다.

뜻을 이루고 싶다면 먼저 나에게 간절함이 있나 없나를 확인하십시오. 간절함이 있으면 대학은 들러리입니다. 그러니 아무리 힘들고 어렵더라도 떠도는 별은 되지 마십시오. 별이 빛나는 것은 스스로 빛나려고 하지 않기 때문입니다. 어서 궤도를 찾아 하고 싶은 공부를 하십시오. 그러면 하고 싶은 일을 하게 됩니다. 떠도는 별님들이여! 더는 어둠 속에서 헤매는 어리광 별이 되지 말고 나중에 뜻을 이루어 우주를 여행하는 멋진 나그네 별이 되길 바랍니다.

나는 너를 믿는다

해맑은 너의 눈빛을

나는 너를 사랑한다

꿈꾸는 너의 마음을

서투른 방황은 하지 말아라

아, 그것은 너무 외로워

너무 외로워

추운 마음속에 꿈을 지피자

여윈 너의 마음에 우우우

— 〈떠도는 별〉, 1979

수수꽃다리

— 어느 입양아의 노래

아, 나는 누굴까, 나는 누굴까
그리운 어머니, 나의 어머니

조국에 돌아오던 날 많은 사람이 저를 반갑게 맞이해주었습니다. 시인들은 앞다투어 노래했고 연인들은 제 향기에 빠져서 사랑을 속삭이곤 했지요. 역시 조국은 나를 버리지 않았구나, 저는 감격에 겨워 눈물을 흘렸지요. 하지만 그것은 제 생각이었을 뿐, 사람들은 저를 맞이해준 것이 아니라 '미

늦 었 지 만

스킴라일락'을 맞이해준 것이었습니다.

~

어머니는 도봉산에서 살고 있었지요. 1947년 봄 어떤 외국인이 어머니를 보고는 향기도 맡아보고 사진도 찍고 하더니 얼마 뒤 종자를 채취해서는 미국으로 떠났습니다. 저는 그렇게 조국을 떠나 미국이라는 낯선 나라에서 원예종으로 개량이 되어 '미스킴라일락'이 되었습니다. 어릴 때는 잘 몰랐는데 사춘기를 지나면서 마음 한구석에 알 수 없는 그리움이 싹트기 시작했지요. 어떤 날은 떠나온 고향이 꿈속에 나타나기도 했고 나를 낳아주신 어머니가 보고 싶기도 했습니다. 그러던 어느 날 알게 되었지요. 제 고향은 한국이고 제 이름은 '수수꽃다리'라는 것을.

~

미스킴라일락이라는 이름으로 한국에 팔려온 저는 모든 것이 궁금했습니다. 내가 태어난 조국에 왜 팔려 와야 하는지 그리고 내 조국은 왜 나를 돈 주고 사 와야 하는지 아무튼 저는 그렇게 어머니의 나라로 돌아왔습니다. 하지만 막상 사람들은 저를 외국에서 들어온 라일락이라고만 알고 있을 뿐이 땅에서 태어난 수수꽃다리라는 걸 알지 못했습니다. 그동안 낯선 나라에서 조국을 그리워하며 살았는데 막상 조국이 알아주지 않으니 서럽기만 했습니다. 저는 어머니를 찾으려고 밤에도 향기를 내뿜었습니다. 다른 사람은 몰라도 어머니는 제 향기를 알고 있을 거라고 믿었지요. 빨리 어머니가 나타나 제 이름을 불러줬으면 좋겠습니다. 수수처럼 꽃이 달려 있다고 해서 '수수꽃다리'로 불렸는데 누구라도 좋으니 한 번만이라도 그 이름을 불러줬으면 좋겠습니다.

∽

언젠가 희망을 찾아보려고 국토 순례를 한 적이 있었다. 젊은 청년들이 주축을 이뤘지만 나처럼 나이든 중년들도 있었고 해외에서 온 동포들도 있었다. 그 가운데 프랑스에서 온 입양아도 있었는데 그는 한 손에 카메라를 들고 열심히 조국의 모습을 카메라에 담았다. 그는 어머니를 찾으러 왔는데 돌아가셨다는 말을 들었다고 한다. 하지만 그는 그 말을 믿지 않았다. 어머니가 자기를 만나지 않으려고 일부러 거짓

늦었지만

말을 한 거로 생각했다는 것이다. 아들을 버린 어머니의 마음인지도 모른다고 했다.

"제 어릴 때 이름은 김창수입니다. 어머니를 찾으려고 국토 순례에 참여했습니다. 비행기에서 내려다본 조국은 평화롭고 아름다웠으며 달리는 기차에서 바라본 풍경도 아름다웠지요. 사랑한다고 말하고 싶었습니다. 어머니가 보고 싶습니다."

◦∽◦

1910년 8월 29일 조선은 일본에 강제 입양이 되었다. 입양된 사람들은 신사참배를 해야 했고 창씨개명을 해야 했고 강제징용이 되어 남의 나라에서 죽을 고생을 해야 했다. 청년들은 전쟁터로 나갔고 처녀들은 일본군 '위안부'가 되어야 했다. 심지어는 우리 풀꽃의 이름도 일본식으로 바뀌고 말았다. 개불알꽃, 개망초라는 이름도 이상하지만 순자, 영자, 옥자처럼 여자 이름에 '자'가 왜 그리도 많은지 한번은 생각해봐야 한다.

일제강점기가 끝나고 해방이 되었지만 조선총독부는 미군 정청이 되었고 일장기 대신 성조기가 휘날렸다. 겉으로는 평화가 찾아온 듯했지만 우리는 다시 둘로 나뉘어 남쪽은 미국에, 북쪽은 소련에 입양이 되었다. 결국 꼭두각시가 된 입양 아끼리 전쟁을 하게 되고 그로 인해 전쟁고아들이 나오고 전쟁고아들은 다시 여러 나라로 입양이 되었다. 그사이 '수수꽃다리'는 어느 미국인에게 입양이 되어 '미스킴라일락'이 되었고 금강산, 설악산에 자생하는 '금강초롱'은 어느 일본인에게 입양이 되어 '하나부사'가 되었다. 말이 입양이지 쉽게 말하면 도둑질이나 마찬가지지. 그런데 세상은 도둑질한 사람의 손을 들어주고 당한 사람들은 업신여긴다는 말이지.

오월의 밤은 제가 노래를 가장 잘 부를 때입니다. 제 향기가 멀리 날아갈 수 있거든요. 그래서 사랑하는 사람들은 제 향기를 오래도록 간직하려고 하지요. 나라마다 향기가 있다면 제가 앞장서서 우리나라의 향기가 되고 싶습니다. 우리나라 흙냄새를 제가 잘 알고 있거든요. 제게 소원이 하나 있다면 삼천리강산에 제 향기를 퍼트리는 겁니다. 그러면 저절로 통일이 되지 않겠습니까. 그날이 오면 어느 나라도 우리나라를 업신여기지 못할 겁니다. 세상 사람들도 '수수꽃다리' 향기를 좋아하게 될 테니까요.

언제부턴가 마음 한구석에
그리움 하나 피어 있었지
구름 사이로 보이는 저 들판
사랑한다고 말하고 싶어라
아, 나는 누굴까, 나는 누굴까
그리운 어머니, 나의 어머니

딱 한 번만, 한 번만이라도
내 이름을 듣고 싶었지
잊을 수 없는 나의 옛살라비
그리움 두고 다시 떠난다네
아, 나는 누굴까, 나는 누굴까
그리운 어머니, 나의 어머니

— 〈수수꽃다리〉, 2006

물골 가는 길

아무 소리도 들리지 않는 것이 고요가 아니라
여러 소리가 제대로 들리는 것이 고요다

1988년 10월 25일 아침이다. 졸린 눈을 비비며 문을 나서는데 싱그러운 바다 냄새가 가슴속으로 들어왔다. 신기하게도 밤새 무거웠던 몸뚱이가 날아갈 듯 가벼워졌다. 나는 늘어지게 기지개를 켰다. 그때 바람이 다가와 내 몸을 감싸 안았다. 바람은 내 뺨과 목을 휘감고 어루만지며 반가워했다.

사람이 몹시 그리웠던 모양이다. 바람결이 얼마나 부드러운지 온몸에 사랑의 피가 흐르는 것 같았다. 햇살도 내 얼굴을 콕콕 찌르며 반가워했다. 나는 얼굴에 묻은 햇살로 세수를 했다. 손바닥에서 햇살 냄새가 났다.

장군 바위 꼭대기에 갈매기 한 마리가 앉아 있는 것이 보였다. 내가 나오기를 기다리고 있었던 모양이다. 나와 눈이 마주치자 갈매기는 날갯짓을 했다. 갈매기도 나를 알아보는 것이 틀림없었다. 나는 얼른 방으로 들어가 카메라를 들고 나왔다. 고새 갈매기가 날아가버렸다. 내가 자기를 반겨주지 않고 돌아섰다고 생각한 모양이다. 그냥 손을 흔들어 인사할 걸 그랬다. 사진도 못 찍고 괜히 갈매기에게 미움만 샀다.

조 선장이 싱글싱글 웃으면서 아침 인사를 건넸다. 조 선장이 그렇게 인사하는 데에는 그만한 까닭이 있었다. 사실 나는 어제 잠을 제대로 이루지 못했다. 조 선장의 코 고는 소리는 거의 굴착기 수준이었다. 코를 골 때마다 창문이 흔들렸는데 그것이 꼭 바람 때문만은 아니었다.

아침을 대충 해먹고 조 선장과 함께 길을 나섰다. 조 선장 아내의 아버지를 추모하며 고개 넘어 물골에 가서 물을 길어오기로 했다. 계단이 짧은 듯 길게 느껴졌다. 앞서가는 조 선장의 넓은 등에서 외로움이 느껴졌다. 그런데 참으로 이상한 일이다. 갈매기 소리가 저리도 요란한데 섬은 고요하기만 하다. 아무 소리도 들리지 않는 것이 고요가 아니라 여러 소리가 제대로 들리는 것이 고요였다. 중간쯤 올라가는데 가파른 곳이 나타났다. 대략 육칠십 도 되는 급경사였다. 갑자기 강력 접착제를 밟은 것처럼 발이 떨어지지 않았다. 나는 천천히 고개를 돌려 아래를 내려다보았다. 한순간에 온몸이 저렸다. 밑에서 올려다볼 때와는 달리 꽤 높게 느껴졌다. 다시 고개를 돌리고 숨을 고르는데 불쑥 두려움이 나타났다. 잘못하면 떨어질 수도 있겠다는 생각이 들었다. 나에게 고소공포증이 있었나?

살짝 고개를 돌리니 바람에 살랑대는 마른풀들이 보였다. 나는 그 풀들을 잡초라고 생각했다. 하지만 잡초라고 하기에는 꽤 늠름한 모습이었다. 그때 아주 자그마한 꽃들이 눈에 들어왔다. 땅에 납작하게 붙어 있는 모습이 여간 대견스럽게 보이지 않았다. 사나운 바람과 싸우려 하지 않고 스스로 몸을 낮춘 저 모습. 그러기에 저렇게 꽃을 피운 거겠지. 꽃을 피우니까 바람도 고개를 숙이는 거겠지. 가만있자, 그렇다면 늠름한 저 풀들도 잡초가 아니겠군. 척박한 땅에서 열심히 살아가고 있는 생명들! 이름 없는 풀이라 하여 어찌 함부로 잡초라고 하는가. 내가 아주 큰 잘못을 했다. 저 풀은 이름이 없는 잡초가 아니라 내가 그 풀의 이름을 모르는 것이었다. 이름을 모른다 하여 잡초라고 생각했던 내가 얼마나 창피한지…….

조 선장이 쩔쩔매는 나를 내려다보며 밧줄을 던졌다. 그제야 움직이지 않던 발이 떨어졌다. 밧줄을 잡고 올라와 보니 한 평 남짓 되는 평지가 나왔다. 그곳은 바람도 덜 불고 아늑하기까지 했다. 나는 그 자리를 작업실로 점찍어두었다. 다시 왼쪽으로 꺾어 올라와 보니 넓은 바다와 동도의 헬기장이 한눈에 들어왔다(뒷날 나는 이곳을 '꿈 언덕'이라고 이름을 지었다). 동도를 바라보며 조 선장과 나란히 앉았다.

"지금 우리가 가고 있는 이 길이 옛날에 제 장인이 물 길으러 다니던 길이래요."

이어진 길을 바라보니 비탈 쪽으로 난간들이 줄지어 서 있었다. 어떤 것은 많이 훼손되었고 어떤 것은 쓰러질 듯 서 있었다. 하지만 그 하나하나가 모두 고귀하게 보였다. 이렇게라도 계단과 난간을 만들어 길을 낸 사람은 조 선장 아내의 아버지였다.

그는 1965년부터 물골에 움막을 짓고 살았다. 그러나 파도

늦 었 지 만

치는 날이 잦아서 물골 반대편에 있는, 현재의 조 선장 집이 있는 터에다가 토담집을 짓고 생활을 했다. 물이 필요하면 배를 타고 돌아서 물을 길어왔다. 하지만 배를 띄울 수 없는 날엔 비탈을 오르내려야 했다. 1981년에는 아예 주민등록의 주소를 독도로 옮기고 최초의 독도 주민이 되었다. 그는 본격적인 독도 생활을 하기 위하여 배가 닿을 수 있는 조그만 선착장을 만들었다. 어느 정도 모양새가 갖추어지자 1984년에는 뜻을 같이한 사람들과 함께 계단을 만들기 시작했다. 계단이 완성되면 위험하게 비탈을 오르내리지 않아도 되는 것이었다. 그러던 어느 날 태풍이 몰려왔다. 1987년 여름, 그가 애써 일궈놓은 생활 터전은 태풍에 휩쓸려 박살이 나고 말았다. 절망을 딛고, 그는 복구에 필요한 자재를 구하러 뭍으로 나갔다. 하지만 뜻하지 않은 뇌출혈로 생을 마감하고 말았다.

언덕 아래에서 파도 소리가 은은하게 들려왔다. 풍경이 좀 다르긴 하지만 영화 〈빠삐용〉의 마지막 장면이 잠시 스쳐 지나갔다. 빠삐용은 악마의 섬을 탈출해 자유를 찾아가지만 나는 거꾸로 도시를 탈출해서 독도에 온 것 같았다. 그렇게 생각해보니 정말 내가 새로운 세상에 와 있는 것 같기도 했다.

다시 조 선장이 앞장을 서고 내가 뒤따랐다. 갈매기들이 난간 위에 앉아서 우리를 멀뚱멀뚱 쳐다보았다. 독도의 어떤 물고기는 사람을 봐도 피하지 않는다던데 갈매기도 그런 것 같았다. 몇몇 갈매기들이 공중에 떠 있는 상태에서 나를 살펴보았다. 갈매기 눈은 무서웠지만 오래 쳐다보니까 다정하게 보이기도 했다. 난간 아래로는 마른풀들이 나부끼고 먼바다에는 배 두 척이 한가로이 지나가고 있었다.

사막을 걷는 것이 힘든 이유는 나무가 없기 때문인지도 모르겠다. 우리네 인생길에도 사람이 없다면 얼마나 삭막할까. 독도엔 나무도 없고 사람도 없으니 독도에서 혼자 산다는 것은 여러 가지로 힘들 것 같다. 조 선장은 이 고즈넉한 섬에서 어떻게 혼자 사나 싶었다. 고갯마루를 지나자 탕건봉이 눈에 들어왔다. 정말 탕건처럼 생긴 바위다. 오른쪽으로는 서도에서 가장 높다는 봉우리가 보였다.

"조 선장, 저 뾰족한 봉우리 이름이 뭐야?"

"글쎄요, 저도 잘 모르겠습니다."

"조 선장이 모르면 누가 알아?"

"형님이 한번 멋진 이름을 지어보이소."

그 말에 걸음을 멈추고 다시 한번 봉우리를 쳐다보았다.

우리나라에서 가장 먼저 해를 맞이하는 봉우리인데, 어찌 봉우리 이름이 없단 말인가? 저 봉우리가 우리에게 날마다 아침 햇살의 기운을 전해줄 텐데 이름이 없다니…….(뒷날 나는 이곳을 '미르봉'이라고 이름을 지었다.)

나는 봉우리에 오르는 것을 별로 좋아하지 않는다. 산행할 때도 봉우리는 그냥 바라보기만 하고 지나간다. 왠지 봉우리는 올라서면 안 된다는 생각이 들어서이다. 서도의 봉우리는 뾰족해서 오르기가 어렵다. 참 다행이다. 아무도 그 봉우리에 오르지 않았으면 좋겠다. 내 겨레와 내 나라를 지켜주는 고귀한 봉우리다.

❧

앞서가던 조 선장이 갑자기 배낭을 내려놓더니 이리저리 날뛰고 있었다. 마치 굶주린 고양이가 쥐를 쫓아 달리는 것 같았다. 그때 토끼 한 마리가 보였다. 날뛰던 조 선장이 흙먼지를 일으키며 꼬꾸라졌다. 그 앞으로 토끼 한 마리가 정신 없이 도망가고 있는 것이 보였다. 옷을 털며 일어나는 조 선장에게 괜찮으냐고 물으니, 저녁거리를 놓쳤다며 무척 아쉬워했다.

독도에 토끼가 살고 있다는 걸 알고 나니 새로운 동무가 생긴 것처럼 반가웠다. 이런 메마른 곳에 무슨 먹을 것이 있다고……. 하필, 그때 죽은 지 얼마 안 된 어린 토끼가 눈에 들어왔다. 주위에는 토끼털이 어질러져 있었다. 하늘을 바라보니 솔개 한 마리가 유유히 떠 있었다. 그렇다면 저 솔개의 먹이가 되려고 살고 있었단 말인가? 하긴 조 선장도 토끼를 잡으려고 했었지. 그 순간 어디에선가 갈매기들이 몰려왔다. 솔개를 쫓아내기 위해서였다. 공중에서 빙빙 돌고 있던 솔개가 약을 올리며 더 높이 날았다. 갈매기들은 흥분하지 않았다. 오히려 더 큰 소리를 지르며 공격을 했다. 끼룩끼룩 소리가 독도 하늘을 덮었다. 이윽고 힘을 뿜내던 솔개가 물러났다. 마치 독도를 침범한 일본을 쫓아내는 것 같았다. 고갯마루를 지나자 뿌리를 내린 몇몇 작은 나무들이 눈에 들어왔다. 그리고 드문드문 어린나무들도 보였다. 조 선장이 투덜대며 말을 했다.

"토끼 놈들만 아니었으면 제법 많이 자랐을 텐데……."

"토끼들이 왜?"

"고놈들이 저 어린나무들을 죄다 갉아먹는다 아닙니까."

그 얘길 듣고 나는 멈칫했다. 토끼를 반가운 동무라고 생각했는데, 오히려 원수로 여겨야 할 처지가 되고 말았다. 하긴 오늘의 동지가 하제는 적이 되기도 하지. 서도 길은 동도 길보다 많이 메마른 편이다. 사람들이 별로 다니지 않아서인지 흙모래가 많이 쌓여 미끄러웠다. 이따금 돌 구르는 소리가 들려왔다. 여느 산길 같으면 낙엽들이 수북할 텐데 이 길은 마른풀과 돌들만 눈에 띄었다. 물골로 이어지는 계단 길도 만만치 않았다. 오히려 조 선장 집 쪽에서 올라오는 길보다 더 미끄러웠다.

계단을 다 내려와 왼쪽으로 꺾어지니 조그만 굴이 보였다. 그 굴속에 샘이 있었다. 나는 독도에 살고 있지도 않으면서 독도에 샘이 있다는 말을 듣고 얼마나 기뻤는지 모른다. 게다가 '물골'이라는 말도 예뻐서 얼른 가보고 싶었다. 하지만 막상 와보니 내가 생각했던 샘이 아니었다. 나는 물골이라 하여 물이 굉장히 많이 나오는 줄 알았다. 샘물을 떠서 마셔보았다. 짭짜름한 물맛이 운동선수들이 즐겨 마시는 이온음료 같기도 했다. 물이 얼마나 귀했으면 물골이라 했을까 하는 생각이 들었다.

조 선장 아내의 아버지는 처음에 이곳에다 움막을 치고 살았던 모양이다. 아마도 샘이 있다는 걸 알았기에 그리했을 것이다. 하지만 파도가 높은 날에는 바닷물이 샘까지 밀려왔다. 그런 날은 아예 잠을 잘 수가 없었다. 그리하여 고개 너머(지금 조 선장이 사는 집)로 자리를 옮기게 되었다. 바닷물이 샘에 들어가지 않도록 그가 쌓았다는 작은 방파제를 바라보면서 그때의 상황을 그려보았다. 아무리 생각해도 사명감 없이는 독도에서 살기 어려울 거라는 생각이 들었다.

처음으로 이 샘을 발견한 사람은 독도 수비대를 이끌던 홍순칠 대장이었다. 그는 울릉도 청년들을 모아 독도 의용 수비대를 창설하여 3년 8개월(1953년 4월 20일~1956년 12월 30일) 동안 독도를 지켰다. 만약 독도 의용 수비대가 없었더라면 독도는 온전하지 못했을 것이다. 물골 쪽은 조 선장 집이 있는 쪽보다 해를 덜 받았다. 그런 까닭 때문인지 서늘함이 느껴졌다. 그렇지 않아도 가끔 귀신 소리가 난다고 조 선장이 말했던 터라 음산하기까지 했다. 맑은 바닷물 속으로 이상한 물체가 보였다. 자세히 살펴보니 녹슨 폭탄이었다. 조 선장이 말했다.

"오래전에 미국 비행기가 투하한 거래요."

"미국 공군이 독도를 폭격 연습장으로 썼다더니, 그게 사실이었군."

1948년 6월 어느 날, 미 공군기가 독도에 폭탄을 퍼부었고 그때 고기잡이를 하던 우리 어부들이 거기에 있었다. 날벼락이었다. 많은 어부가 순식간에 목숨을 잃었다. 그 당시 미국은 실수로 폭격했다고 변명했다. 미국이라는 나라가 말도 안 되는 말을 하고 있다. 미국은 또 거짓말을 했다. 배 11척에 사람 14명이 죽었다고. 살아나온 어부들이 말했다. 배 32척에 적어도 150명 이상이 죽었다고. 오늘날까지 미국은 그 일에 대한 정식 사과가 없다. 사과는커녕 우리가 모르는 사이에 잊힌 사건이 되고 말았다. 이렇게 우리나라는 힘이 없고 가난했던 것이다. 미국은 한국과 일본, 두 나라와 우호 관계를 맺고 있지만 한국과 일본이 대립할 경우 어떻게 반응을 할지는 아무도 모른다. 하지만 한국에 대한 일본과 미국의 생각은 독도에서 선명하게 나타난다. 제2차 세계대전의 종료를 위하여 연합국과 일본은 평화조약을 맺는다. 그런데 그 과정에서 미국은 노골적으로 일본 편에 선다. 미국은 평화조약의 1차 초안에서 5차 초안까지는 독도를 한국 영토로 명문화했는데, 6차 초안부터는 독도를 삭제시킨다. 무슨 거래가 오고 간 것이 틀림없다. '독도를 한국 영토에서 삭제해주면 독도를 폭격 연습장으로 써도 묵인하겠다.' 뭐, 이런 거래가 아니었을까? 남의 땅을 갖고 이렇게 거래를 하다니 도대체 미국은 누구이고 일본은 누구인가? 그 바람에 평화롭게 고기잡이하던 우리 어부들만 희생이 되었다. 오늘날에도 미국의 속내는 알 수가 없다. 평화롭게 고기잡이하던 우리 어부들에게 폭탄을 쏟아부은 걸 생각해보라. 독도가 증인이다. 독도는 처음부터 끝까지 그 처참한 광경을 지켜보았다. 평화롭게 고기잡이하던 우리 어부들이 폭탄에 희생되는 것을. 가족들 마음이야 오죽하겠느냐마는 나라의 자존심도 말이 아니다. 내 나라는 언제쯤 세계가 우러러보는 나라가 될 수 있을까? 독도에 귀신이 있다는 것은, 그때 희생된 원혼들의 넋이 아직도 독도를 떠나지 못하고 있음이다.

✑

가득 채운 물통을 메고 다시 조 선장 집으로 향했다. 내려왔던 길을 다시 올라가는데 물 무게 때문일까, 갑자기 올라가는 길이 멀게 느껴졌다. 하지만 이렇게라도 길을 낸 최종덕 어른에게 경의를 표하지 않을 수 없었다. 공기에 대한 고마움을 모르듯, 지금껏 길에 대한 고마움을 모르고 살았다.

중간쯤 오르고 있을 때였다. 어디선가 '뚝~' 소리가 들렸다. 돌들이 떨어지는 소리였다. 돌들은 누구보다도 독도의 마음을 잘 알고 있었다. 그래서 나처럼 어설픈 사람들이 독도에 오면 항의라도 하듯이 몸을 던지는 것이었다. 위에서

늦 었 지 만

빠른 속도로 떨어지는 돌 하나가 내 얼굴을 살짝 비껴갔다. 맞았다면 정말 큰 사고로 이어질 뻔했다. 안전모를 써야 하는 까닭이 거기에 있었다. 하지만 앞서간 조 선장은 아랑곳하지 않았다. 그나마 '낙석'이라고 소리쳐주는 게 고마울 뿐이었다. 돌 떨어지는 소리를 듣다 보니 독도가 눈물을 흘리고 있다는 생각이 들었다. 나라의 고통을 혼자서 감내하며 조용히 흘리는 눈물, 그 눈물이 돌이 되어 구르는 거로 생각했다.

고갯마루에 앉아 쉬면서 흩어진 돌 몇 개를 주워 모았다. 정성 들여 아주 조그만 탑을 쌓았다. 바람이 불면 금방 무너질 탑이지만 그래도 탑은 탑이었다. 우리 민족의 가슴에도 아리랑 고개가 있을 터인데 지금도 있을지 모르겠다. 있다면 그 아리랑 고개에 통일의 탑을 쌓아 보자. 하지만 그 돌탑은 왜 그리도 잘 무너지는지. 왕이 무너트리고 백성들이 쌓는 것 같다. 무너지면 또 쌓고, 무너지면 또 쌓고……. 아, 얼마나 더 무너지고 얼마나 더 쌓아야 우리는 하나가 될까? 함께 가면 되는 것을 그게 그렇게 어려운 일일까? 그때였다. 눈앞으로 노래 하나가 지나갔다. 어디서 많이 본 듯한 노래, 그 노래는 아리랑 옷을 입고 있었다. 그런데 노래가 금방 사라졌다. 좀 더 자세히 봐야 하는 건데……. 하지만 다행히 내 마음에 노래의 무늬가 희미하게 찍혀 있었다.

이 길을 툭 떼어다가 지리산에 갖다 놓으면 예쁜 오솔길이 되겠지만, 안타깝게도 독도에서는 메마른 길이다. 그렇지만 이 길은 오랜 세월 소금바람에 절인 길이다. 겉으로는 물 길으러 다니는 길이지만 길 밑으로는 독도의 꿈이 흐르고 있다. 바람에 흩날리는 마른풀들, 얼핏 보기에는 외로워 보이지만 독도는 하나 되는 바다를 꿈꾸고 있다. 나는 믿는다. 언젠가 독도의 사랑으로 이 나라가 하나가 될 거라는 것을.

೪

계단 아래로 조 선장 집이 보인다. 다 왔다고 생각하니 등에 진 물통이 더 무거워지는 것 같다. 몸을 옆으로 돌려 더듬더듬 내려갔다. 그까짓 십 리터짜리 물통 하나 메고 엄살떠는 내 꼴이 우습기만 하다. 간밤에 마신 술이 아직도 내 몸속을 돌아다니는 모양이었다. 배낭에서 느껴지는 내 허영의 무게가 창피했다. 복잡한 도시에서 품었던 꿈이라는 것이 적막한 독도에서는 별것 아니라는 것을 알게 되었다. 혹시, 내가 꿈을 부풀려서 살아온 것이 아닐까 하는 생각이 들었다. 가만히 생각해보니 나는 내 꿈을 사랑한 적도 없는 것 같았다.

그때 더듬거리던 발이 멈추었다.

'가만있자, 그런데 내 꿈이 뭐지?'

아무리 생각해봐도 내 꿈이 뭔지 떠오르지 않았다. 그렇다면 나는 꿈도 없으면서 꿈이 있는 척 살아왔던 것인가. 이건아주 중요한 일이다. 이게 사실이라면 나는 정말 뻔뻔스러운놈 아닌가. 나는 계단에 주저앉아서 지금까지 헛살았다고 생각했다.

'혹시, 꿈을 잃어버렸거나 잊고 산 게 아닐까?'

그때 조 선장 목소리가 들렸다.

"힘듭니까?"

"아니야, 바다 보고 있는 거야."

뜻하지 않게 내가 꿈을 지니고 있지 않다는 것을 알게 되었다. 도시에 있을 때 몰랐던 것을 독도에서 알게 되었으니독도는 나의 스승이다. 앞서 내려가는 조 선장의 뒷모습을보니 독도에서 산다는 것은 정말 어렵겠다는 생각이 들었다.중학교 1학년 때는 독도에서 로빈슨 크루소처럼 살아보고 싶다는 생각을 한 적도 있었는데 막상 살아보니 그건 어림도없는 얘기였다. 며칠 다녀가기에는 좋을지 몰라도 계속 살아보라고 하면 솔직히 나는 살지 못할 것 같다. 조 선장 아내의아버지는 단순히 생업의 문제로 독도에 살았던 것 같지는 않다. 틀림없이 어떤 꿈이 있었을 것이다. 주민등록의 주소를 독도로 옮기고 그곳의 주민으로 살아온 조 선장 아내의 아버지! 그가 꿈꾸던 것은 무엇이었을까? 독도에 사람이 살고 있다는 것을 온몸으로 보여준 그의 꿈은 오로지 독도를 지키겠다는 것이 아니었을까?

1987년 9월 23일에 그가 세상을 떠나자 언론사들은 그제야 그의 소식을 전했다. 신문 사설을 보면 최종덕 어른의 이야기가 나온다. 나는 그 사설을 읽고 깊은 한숨을 쉬었다. 그의 호칭을 '최 씨'라고 하는 대목 때문이다. 처음에 딱 한 번 최종덕 씨라고 하다가 중간쯤에서부터는 '최 씨'로 쓰고 있다. 기사를 쓰는 규정이라도 있는 건지, 아니면 기자 마음대로 그렇게 쓴 것인지는 모르겠으나 왠지 고인에 대한 예의가 아닌 것 같다는 생각이 들었다. 그가 국회의원이었다면 최종덕 의원이나 최 의원이라고 했을 것이고 박사라면 최종덕 박사나 최 박사라고 했을 것이다. 그런데 그냥 '최 씨'로 쓰고 있다. 큰 인물도 아니고 보잘것없는 어부라고 생각해서 그런 것인가? 그렇다면 차라리 '최 어부'라고 쓸 일이지 잘 쓴 글에 스스로 재를 뿌린 셈이 되었다. 최종덕 어른을 제대로 알고 기사를 썼더라면 결코 '최 씨'라고 쓸 수 없었을 것이다.

늦 었 지 만

'최 씨'라고 하는 바람에 국민은 최종덕 어른의 숭고한 독도 사랑을, 그냥 '독도에 '최 씨'가 살았었구나'로 기억할 수밖에 없다. 그것도 며칠을 기억할지 모르겠지만……. 만약에 김좌진 장군에 관한 기사였다면 어떻게 썼을까? '김좌진 장군은 청산리대첩을 승리로 이끌었다.' 당연히 이렇게 썼을 것이다. 결코, '김 씨는 청산리대첩을 승리로 이끌었다'라고 쓰지 않았을 것이다.

애국자와 애국지사는 다르다. 입으로만 나라를 사랑한다고 하는 사람들은 애국자고, 몸을 던져서 나라를 지키는 사람들은 애국지사다. 그런 맥락에서 보면 김좌진 장군처럼 최종덕 어른도 애국지사이다. 김좌진 장군처럼 독립운동을 한 건 아니지만, 최종덕 어른도 온몸을 바쳐 독도를 지켰다.

독도에 사람이 사는 것과 살지 않는 것에는 엄청난 차이가 있다. 만약 최종덕 어른이 독도에 살지 않았다면, 일본은 독도가 무인도라는 핑계로 자기네 땅이라고 우겼을 것이다. 그렇기 때문에 독도에 사람이 살고 있다는 것은 매우 중요한 것이다. 최종덕 어른이 독도에서 살아온 걸 가지고 생업 때문이라고 말하는 사람도 있다. 하지만 생업만을 위해서 독도에 살았다면 오히려 오랫동안 버티지 못했을 것이다. 그렇다면 나랏일을 생업으로 하는 사람 가운데 애국자나 애국지사가 있는지 알아보자. 아니, 나랏일 하는 사람들에게 직접 물어보자. 그대들은 애국자입니까, 애국지사입니까? 헛기침만 하고 다니는 그대들이여, 그대들은 솔직히 애국자도 못 되는 거 아닙니까?

∽

조 선장이 아랫방 아궁이에서 불을 피우고 있었다.

"불 냄새가 좋네."

"이 방 구들장을 제가 놓았는데 한번 불을 때면 일주일 동안 식지 않아요."

자랑삼아 얘기하는 조 선장 얼굴에 불빛이 아른거렸다.

"그런데 이 땔감들은 어디서 구해?"

나는 아궁이 속에서 타고 있는 나무를 가리키며 물었다.

"글쎄, 이놈들이 심심하면 어디서 흘러들어와요."

참으로 신기한 일이었다. 실제로 그런 나무들이 화장실 옆에 널브러져 있었다.

어디서 가져왔는지 조 선장 옆자리에 잘 마른 혹돔 대가리가 놓여 있었다. 벌건 숯불을 긁어모은 조 선장이 숯불 위에 석쇠를 걸쳐 놓고 혹돔 대가리를 올려놓았다. 어느새 별이 떠오르고 독도의 밤은 그렇게 익어갔다. 숙소 앞마당에 앉아서 조 선장과 함께 술을 마셨다. 아무리 마셔도 취하지 않기에 조 선장에게 취하지 않는 까닭을 물었다. 조 선장이 손가락으로 하늘을 가리켰다. 하늘을 보니 별빛이 쏟아지고 있었다. 쏟아지는 별빛을 비라고 생각하니까 내 마음이 별비에 젖는 것 같았다. 나는 나도 모르게 중얼거렸다.

"저 별비를 그냥 흘려 버리다니 참 아깝네."

"흘려 버리다니요, 받아 모아야지요. 저 별비를 받아서 한 모금하면 마음이 잘 비워집니다."

나는 그 말이 너무 좋아서 큰 술잔에 별비를 섞어 조 선장과 나누어 마셨다. 별빛 가득한 술이 목을 지나 마음에 닿으니 마음속에서 빛이 일었다. 그 순간, 조 선장 마음이 훤히 보였다. 천진난만한 마음이었다. 수염이 덥수룩한 조 선장을 바라보면서 물었다.

"조 선장은 어쩌다 독도까지 들어온 거야?"

"운명이래요."

"그렇지, 생각하면 모든 게 다 운명이지. 내가 조 선장을 만난 것도 그렇고."

"맞아요, 저도 제 아내를 울릉도에서 만났지요."

"그럼 조 선장도 울릉도 사람이네?"

"아니래요. 저는 동해 사람이래요."

"그럼 독도엔 어인 일로?"

"울릉도에서 통신병으로 근무를 했지요. 그러다가 어느 날 만난 거지요."

"그러니까, 독도는 어쩌다 들어오게 되었냐니까?"

"그게 말입니다, 나중에 알고 보니 제 장인이 독도에 살고 계시더라고요."

"아하, 그런 인연이 있었네."

한 사발 들이키는 조 선장을 바라보니 또 한 사람의 애국지사를 보는 것 같았다.

파도가 잠드는 모습을 처음 보았다. 꽃잎처럼 부드러운 밤바람에 별빛 흐르는 소리가 물 위로 퍼져나가는 것 같았다. 그때 눈앞을 지나가는 노래가 있었다. 나는 깜짝 놀라 그 노래의 뒷모습을 바라보았다. 오늘 낮에 잠깐 보았던 노래였다. 순간, 내가 독도에서 만나야 할 노래가 바로 저 노래라는 생각이 들었다. 딱 한 번 뒤돌아본 그 노래는 나와 눈이 마주치자 곧바로 자취를 감춰버리고 말았다. 너무 순식간에 일어난 일이었다. 하지만 나는 기억할 수 있었다. 그 노래의 생김생김을. 내 마음에 노래가 잉태되는 순간이었다. 나는 황홀경에 빠지면 저절로 눈물이 나온다. 그렇지 않아도 눈물이

늦 었 지 만

많은데 노래까지 잉태했으니 어찌 기쁘지 아니하랴. 낙원이라는 곳이 이런 곳이구나. 별빛 쏟아지는 독도에서 나는 그렇게 황홀한 눈물을 흘렸다.

그동안 세월이 많이 흘렀다. 조 선장과의 추억도 어느새 32년 전 일이다. 그때가 참 많이 그립다. 언젠가 우연히 텔레비전을 보는데 독도가 나왔다. 독도도 많이 변해 있었다. 선착장도 넓어지고 집과 물골 가는 계단도 예쁘게 단장이 되어 있었고 김성도 씨(73) 부부가 독도 주민으로 그곳에 살고 있었다. 2013년 4월 22일 오후, 나는 쓸쓸한 소식을 전해들었다. 조 선장이 병마와 싸우다가 세상을 떴다는 소식이었다.

낙엽 대신 돌멩이가 흩어져 있는 길
가파른 이 고갯길을 오늘도 넘는다
이따금씩 들려오는 뚝뚝 소리는
돌 구르는 소린가 눈물 소린가
아, 물골 가는 길이 왜 이리 힘드냐

금빛 물결 바람 타고 들려오는 노래
날 저무는 이 마음을 다듬어주는구나
저 멀리 붉게 타는 노을 바라보며
갈매기는 오늘도 천국이란다
아, 외로운 가슴에 별빛 쏟아지네

– 〈물골 가는 길〉, 1989

늦 었 지 만

홀로 아리랑

언젠가 저 섬에서 큰 축제가 벌어질 것이다
백두산 배하고 한라산 배가 독도에 닻을 내리고
떠오르는 아침 해를 맞이하는……

새를 전문으로 찍는 사진작가가 있었다. 하루는 어느 섬에
들어갔다가 멸종 위기 새를 보게 되었는데 새가 금방 날아가
는 바람에 사진을 찍지 못했다. 사진작가는 새가 다시 나타
나기를 기다렸지만 배 떠날 시간이 되어 다음을 기약할 수밖
에 없었다. 그런데 그 섬은 아무 때나 드나들 수 있는 섬이

아니었다. 집으로 돌아온 사진작가는 이제나저제나 그 섬에 들어갈 날만 기다렸다.

1988년 10월 어느 날, 별빛 쏟아지는 독도에서 나는 아리랑을 보았다. 너무 반가워 손을 내밀었으나 아리랑은 금세 사라지고 말았다. 나는 이튿날 새벽부터 그 노래가 다시 나타나기를 기다렸다. 하지만 배 떠날 시간이 되어 다음을 기약할 수밖에 없었다. 이제 가면 언제 다시 오게 될는지. 집으로 돌아온 나는 이제나저제나 독도에 들어갈 날만 기다렸다.

이듬해 2월 어느 날, 후포에서 고기잡이배 한 척이 독도로 들어간다는 연락이 왔다. 만사 제치고 후포로 달려갔다. 그런데 날씨가 좋지 않았다. 사람들 대부분이 출항을 만류했지만 선장은 괜찮다며 고집을 꺾지 않았다. 어떤 사람이 나를 보더니 타지 말라고 머리를 가로흔들었다. 갈등이 생겼지만 모든 것은 하늘의 뜻이라 여기며 배를 탔다.

사람들 말은 틀리지 않았다. 후포를 떠난 지 얼마 되지 않아서 배가 심하게 출렁거렸다. 이 상태로 독도에 갈 수 있을지 의문이었다. 그뿐만이 아니었다. 내 마음에는 이미 두려움이 번지고 있었다. 아, 이대로 배가 가라앉으면 내 인생도 끝나겠구나!

잠을 제대로 이루지 못한 채 아침을 맞이했다. 독도에 이

늦 었 지 만

르니 후포 앞바다와는 견줄 수 없는 높은 파도가 일었다. 배 앞쪽 끝이 하늘로 치솟았다가 물속에 잠기기를 여러 번 되풀이했다. 얼굴이 하얘지면서 속에 있는 걸 다 토해냈다. 시간이 얼마나 흘렀는지 모르겠지만 파도가 조금씩 가라앉았다. 바다에 잠길 것 같았던 배는 언제 그랬냐는 듯이 출렁거렸고 마중 나온 덕진호(조 선장의 통통배 이름)가 물결을 타고 아래위로 춤을 추었다. 노련한 조 선장의 도움으로 나는 무사히 덕진호에 옮겨 탈 수 있었다. 섬에 오르니 울렁거렸던 속이 서서히 가라앉았다. 그와 동시에 을씨년스러운 바람이 내 몸에 달라붙었다.

이틀 동안 아무 일도 못 하고 방 안에 갇혀 있었다. 마치 감옥살이를 하고 싶어서 일부러 감옥소로 달려온 사람 같았다. 평소 나는 독도를 그리워하고 있었다. 그런데 막상 독도에 갇히고 나니 내가 할 수 있는 일이 하나도 없었다. 다행히 사흘 만에 날씨가 좋아졌지만 조 선장이 울릉도로 나가야 하는 관계로 더는 독도에 머물 수가 없었다. 힘들게 들어왔다가 아무 일도 못 하고 돌아가려니 발걸음만 무거웠다. 파도의 흰 물거품이 바람에 흩날리고 있었다. 노래가 보이지 않은 것은 내가 방 안에 갇혀 있었기 때문이 아니라 마음에 욕심이 가득 찼기 때문이라는 것을 알게 되었다. 기다림을 무시한 대가가 어떤 것인지 뼈저리게 깨닫는 순간이었다. 그나마 다행인 것은 독도의 바람을 맛보고 간다는 것이었다.

두 달 뒤, 다시 독도에 갈 기회가 생겼다. 울릉도에는 독도를 푸르게 가꾸자는 청년들의 모임이 있는데, 그들은 해마다 두 번씩 독도에 가서 나무를 심는다. 연락을 받은 나는 그들과 함께 배를 타고 독도로 향했다. 독도에 도착하자 그들은 부지런히 움직였다. 나무모, 흙 포대를 등에 지고 계단을 올라가 여기저기에 어린나무를 심었다. 나는 한 그루, 한 그루 심을 때마다 부디 잘 자라게 해달라고 용왕님께 빌었다. 배 사정으로 인해 작업을 끝낸 회원들은 곧바로 울릉도로 돌아갔고 섬에는 조 선장과 나만 남았다. 원래는 조 선장도 그 배를 타고 나갈 생각이었지만 내가 하루만 더 머물렀다가 가자고 하는 바람에 그리된 것이었다.

이튿날 새벽, 멀리 빛이 움트고 있었다. 나는 언덕에 올라가 백두산과 한라산을 향해 큰절을 올렸다. 빨리 통일이 되어 고향에 오고 갈 수 있게 해달라고 빌었으며 온 백성이 건강하고 행복하기를 빌었다. 나는 두 팔을 벌리고 새벽 기운을 깊게 들이마셨다. 바람에서 바다 냄새가 묻어났다. 바다 저 멀리 해 돋는 모습이 거룩하게 보였다. 도시에서는 높은 건물과 자동차 그리고 수많은 사람이 내뿜는 온갖 공해로 인해 숨이 막히는데 여기는 넓은 바다와 하늘뿐, 하늘도 사랑이고 바다도 사랑이니 마치 온 세상이 사랑으로 가득 채워져 있는 것처럼 느껴졌다. 옛날 옛적에는 높은 건물도 없고 산과 강이 아프지도 않았으니까 정말로 사랑이 가득했을지도 모른다. 하지만 지금 이 세상은 아무리 둘러봐도 그런 생각이 들지 않는다.

계단을 내려오는데 조 선장이 덕진호 앞에서 왔다 갔다 하는 모습이 보였다. 울릉도에 가려면 덕진호를 끌어내려야 하는데 날씨 때문에 망설이는 것 같았다.

"조 선장, 몇 시에 가는 거야?"

"아무래도 날씨 때문에 안 되겠네요. 내일 가지요."

괜히 나 때문에 그리된 것 같아서 미안했다. 아침을 해먹고 다시 언덕으로 향했다. 그새 바람이 꽤 거칠어졌다. 느낌이 좋지 않아서 중간쯤 올라가다가 다시 숙소로 내려왔다. 바람이 점점 더 거칠어졌다. 될 수 있으면 밖에 나가지 말라고 조 선장이 말했다. 노래를 만나려고 하룻밤 보내자는 거였는데 또 방구석을 지키게 생겼다.

다음 날 아침, 바람 소리에 잠을 깼다. 창문을 내다 보니 파도가 이만저만이 아니었다. 바위가 무슨 잘못을 했는지 모르겠으나 파도에 심하게 얻어맞고 있었다. 바위는 그렇게 얻어맞으면서도 끄떡도 하지 않았다. 그런 바위가 얄미웠는지 파도는 더 세게 바위를 후려쳤다. 저렇게 되면 바위보다 파도가 먼저 지칠 텐데⋯⋯. 독도의 바람은 산에서 부는 바람과는 전혀 다르게 느껴졌다. 아마도 나무들이 없기 때문일 것이다. 바람 소리가 무슨 채찍을 휘두르는 소리처럼 날카롭게 들렸다. 조 선장이 무거운 아령을 양손에 들고 문밖으로 나갔다.

"조 선장, 아령을 들고 어디 가는 거야?"

조 선장이 뭐라고 말을 했는데 바람 소리 때문에 잘 들리지 않았다. 지난번에도 독도에 왔다가 방에 갇혔는데 이번에도 그렇게 될 것 같다는 예감이 들었다. 고요한 방 안에 퀴퀴한 냄새가 느릿느릿 날아다녔다. 문을 열어놓을 수 없으니 냄새들도 나처럼 방에 갇혀 있는 것이었다. 서로 다른 냄새들이 하나로 뭉쳐서 방 안에 있는 외로움을 싹싹 빨아들이는 것 같았다. 그 냄새가 다시 내 몸에 붙으니 내 몸에서도 외로운 냄새가 났다. 얼마 뒤 조 선장이 냄비를 들고 방 안으로 들어왔다. 그러고는 휴대용 가스레인지 위에 냄비를 올려놓고 불을 켰다.

"어디 갔다 왔어, 조 선장?"

"알 주우러 갔다 왔지요."

"그런데 아령은 왜 들고 나간 거야?"

"안 들고 나가면 날아가요."

나는 조 선장이 대체 무슨 말을 하는 건지 알 수가 없었다. 잠시 뒤 조 선장은 냄비에서 삶은 갈매기알을 꺼냈다.

"오늘 아침은 갈매기알이래요."

모양이 메추리알처럼 생긴 것이 크기는 달걀만 했다. 세 알 먹으니 허기진 것이 좀 가셨다.

"이렇게 알 훔쳐다 먹으면 갈매기들에게 혼나는 거 아니 야?"

"혼나지요."

창문을 내다보니 아직도 파도는 성이 풀리지 않았다. 도대체 무슨 잘못을 했기에 파도는 저리도 심하게 바위를 때리는 걸까? 그런데 밤새도록 얻어맞은 바위는 어제보다 더 싱싱한 모습이었다. 나도 바위처럼 날마다 얻어맞으면 싱싱해질 수 있을까?

"사실은 식량이 다 떨어졌습니다."

아침밥을 내지 못하는 조 선장이 미안한 표정을 지었다. 평소 같았으면 바닷가에 나가서 먹을 것을 챙겨올 수도 있지만 바람이 워낙 세게 불어서 아예 접근할 수가 없었다.

다음 날 아침, 나는 조그만 배낭을 메고 아령을 양손에 들었다.

"형님은 더 무거운 걸 들어야 할 텐데……."

문을 나서자마자 바람이 들이닥쳤다. 아령을 들었는데도 몸이 휘청거렸다. 그제야 아령의 용도를 알게 되었다. 바람이 얼마나 센지 아령이 없으면 아예 밖으로 나갈 수 없는 상황이었다. 계단에 올라서니 여기저기에 갈매기알들이 놓여 있었다. 어떤 알은 금방 나왔는지 따끈따끈했다. 그런데 참으로 신기했다. 자그마한 알들이 바람에 날려가지 않고 제자리를 지키고 있는 것이었다. 알을 줍고 있는데 갈매기들이 나를 노려보고 있었다. 미안한 생각이 들어 얼른 작업을 마치고 숙소로 돌아왔다.

"아니, 어디 가서 페인트칠하다 와요?"

모자와 옷에 하얀 갈매기 똥이 잔뜩 묻어있는 걸 보고 조선장이 히죽거렸다.

"와! 정말 바람이 대단하네."

"이 정도는 보통이래요. 태풍 철에는 아예 문에 못질하고 울릉도로 나갑니다. 그나저나 바람 때문에 맛있는 거 대접도 못 하고……."

어제와 마찬가지로 오늘도 갈매기알로 끼니를 때웠다. 온종일 아무 일도 안 하고 방에만 갇혀 있다 보니 머릿속이 허한 것 같았다.

"조 선장, 괜히 나 때문에 미안해. 그날 배 타고 나갔더라면 지금쯤 가족들과 함께 쉬고 있을 텐데 말이야."

"아니래요, 노래나 잘 찾아보이소."

노래 걱정을 해주는 조 선장이 마냥 고마웠다.

"꼭 감옥에 갇힌 것 같네."

"좋은 감옥은 창살이 보이지 않고, 나쁜 감옥은 창살이 보이지요."

"그럼 독도는 좋은 감옥이야 나쁜 감옥이야?"

"혼자서 간수, 죄수 다 하고 사니까 좋은 감옥이지요."

"그래 맞아. 환경이 나빠도 하고 싶은 일 할 수 있으면 좋은 감옥이고, 환경이 아무리 좋아도 하고 싶은 일 못 하면 나쁜 감옥이지."

문득 조 선장이 교도관으로 보였다.

"그런데 말이야 조 선장, 지금 나를 감시하는 거 아니야?"

"감시라니요?"

"내가 밖에 나갈까 봐 그러는 거잖아?"

"드디어 정신이 오락가락해지기 시작합니다."

사실은 속이 답답하고 조금 어지러웠다. 그래서 밖에 나가 시원한 바람이라도 쐬었으면 했다. 방 안은 우중충하고, 속은 메스껍고 아무래도 체한 것 같았다.

"조 선장, 나 화장실 가고 싶은데……."

"어쩐지, 낯빛이 안 좋다 했더니만."

조 선장은 느닷없이 구석에 쌓아놓은 신문지 몇 장을 가져왔다.

"아니, 웬 신문이 저렇게 많아?"

"밖에는 못 나가니까 여기서 해결해야 합니다."

"그래도 그렇지……."

"독도에서는 독도법을 따르시지요."

조 선장은 신문을 깔면서 설명을 하기 시작했다.

"자, 먼저 오줌을 해결한 다음, 이렇게 신문지를 깔고 일을 봅니다."

"여기서?"

"그럼요, 그리고 일을 마치면 신문지를 잘 싸서 창문 밖으로 던지는 겁니다. 아, 던지고 나서는 얼른 창문을 닫아야 합니다."

조 선장은 창문을 열었다가 얼른 닫는 시늉을 했다. 그러고 나서 불을 켜야겠다며 발전기를 돌리러 나갔다. 창문이 새삼 작아 보였다. 나는 페트병에 오줌을 해결하고 신문지에 일을 보았다. 그리고 조 선장이 가르쳐준 대로 신문지를 잘

싼 다음 창문 쪽으로 갔다. 바람에 창문이 크게 흔들리고 있었다. 그런데 이 물건을 언제 던져야 할지를 정할 수가 없었다. 그렇다고 마냥 기다릴 수도 없는 노릇이었다.

'에라, 모르겠다.'

나는 창문을 열자마자 그 물건을 얼른 던지고 재빠르게 창문을 닫았다. 그런데 일이 잘못되어 신문지만 날아가고 똥은 다시 내 얼굴로 날아왔다. 하필 그때 조 선장이 문을 열고 들어왔다.

"아이쿠, 이런!"

조 선장은 마치 자기가 의도한 대로 되었다는 듯이 킥킥대며 나를 놀려댔다. 엎친 데 덮친 격으로 씻을 물도 없어서 나는 수건으로 대충 닦은 다음, 바깥문을 살짝 열고 지나가는 바람에 얼굴을 내밀어 바람 세수를 했다. 하지만 그 세찬 바람도 얼굴에 묻은 것을 제대로 씻어내지는 못했다. 먹는 물이 있긴 했지만 조 선장이 허락하지 않았다. 조 선장은 계속 킥킥대며 이 층 자기 방으로 올라갔다.

텅 빈 방에 홀로 남은 나는 지난해 시월 별빛 쏟아지는 독도에서 잉태되었던 노래를 걱정하고 있었다. 산모가 충격을 받으면 애가 떨어진다는데 내가 품고 있는 노래는 괜찮을까? 아닌 게 아니라, 배가 계속 아프니까 정말로 노래에 대

한 생각이 하나도 나지 않았다. 이거, 정말 노래가 지워진 거
아닐까? 정신이 바짝 들었다. 내가 흐리멍덩하니까 정신을
차리라고 이런 일이 일어난 거라며 마음을 달랬다. 하긴 독
도에 대해 아는 것도 별로 없으면서 폼만 잡고 있었으니 똥
맞아도 싼 일이었다. 배가 자꾸만 아팠다. 아무래도 안 되겠
다 싶어 조 선장 방으로 올라갔다. 조 선장은 내가 나타나자
또 킥킥댔다.

"조 선장, 혹시 실하고 바늘 있어?"

"아이쿠, 냄새야."

조 선장은 대답은 안 하고 계속 웃기만 했다.

"조 선장, 내 얼굴 이거 조 선장 작품이지?"

"아니래요. 자, 여기 바늘과 실."

"아니긴 뭐가 아니야, 나 똥 맞아보라고 그런 거잖아?"

나는 팔을 쓸어내린 다음 엄지손가락을 밀어 피를 모았다.
조 선장이 실을 감았다. 나는 조심스레 바늘을 찔렀다. 엄지
손톱 밑에서 검은 피가 솟아올랐다. 어찌 생각해보면 조 선
장이 참 고마운 사람이다. 똥 맞게 해주고, 정신 차리게 해주
었으니 말이다. 나는 다시 내 방으로 내려와 똥 냄새와 사이
좋게 지내려고 애썼다. 문득 어린 시절 할머니가 생각났다.

하얀 들판 야트막한 산자락에 초가집 한 채가 있었다. 한적한 그곳에 할머니와 다섯 살 먹은 사내아이가 살고 있었는데 어느 겨울밤 아이의 울음소리가 터져 나왔다. 깜짝 놀란 할머니가 남포에 불을 붙이고 아이를 살펴보았는데 요와 이불에 토사물이 가득했다. 이상한 일이라고 생각한 할머니는 그날 저녁에 먹은 찐 고구마를 떠올렸다. 할머니는 아이가 체했다고 생각하고는 아이의 등을 두들겨주었다. 할머니의 손길도 소용이 없는지 아이의 울음소리는 점점 커져만 갔다. 할머니는 잠시 아이를 눕혀 놓고는 실과 바늘을 갖고 왔다. 그러고는 계속 울어대는 아이의 엄지손가락에 실을 감았다. 바늘을 본 아이는 더 큰 소리로 울어댔다. 몸부림치는 아이의 손을 움켜잡고 바늘을 찌르려 하자 버티다 못한 아이가 말을 했다.

"거기가 아니고 여기."

아이는 조그만 손으로 자기 명치를 가리켰다.

"알았어, 알았어. 할머니가 안 아프게 해줄게."

기어이 할머니는 바늘을 찌르는 데 성공했다. 아이의 엄지 손톱 밑에서 검은 피가 이슬방울처럼 솟아올랐다. 할머니는 엄지손가락을 쥐어짜면서 검은 피를 밀어냈다. 피를 본 아이는 큰일을 해낸 것처럼 더 큰 소리로 울어댔다. 할머니 팔을 베고 누운 아이는 울음 그친 딸꾹질을 해대면서 할머니를 요술쟁이라고 생각했다. 엄지손에 바늘을 찔렀는데 어떻게 아픈 배가 나았는지 아이는 그것이 무척 궁금했다.

　기억이 거기까지 이르자 배가 좀 편해진 것 같기도 했다. 멍하니 앉아 있던 나는 무심결에 벽에 붙어 있는 지도를 쳐다보았다. 그 순간 무언가 예사롭지 않은 것이 번개처럼 머리를 스치고 지나갔다. 갑자기 머리카락이 솟고 온몸에 전기가 흘렀다. 바로 저것이다. 내 나라의 허리를 낫게 해주는 혈자리는 비무장지대가 아니라 독도다. 독도에다 침을 놓자!
　나는 어려운 숙제를 푼 아이처럼 기분이 좋았다. 때맞춰 바람도 수그러들었다. 바람이 잠잠해지니 발전기 돌아가는 소리가 크게 들려왔다. 기쁨 때문인지 어느새 체한 것도 다 나아버렸다. 나는 나의 기쁨이 맥주 거품처럼 흘러내릴까 봐 그 기쁨을 홀쩍홀쩍 들이키고 있었다. 조심스레 문을 열어보았다. 아령을 들고 나가지 않아도 되는 날씨였다. 미치도록 요란했던 바람은 다 어디로 갔을까? 숙소 건물에 달린 백열등 불빛이 물가에 어른거렸다. 나는 바닷물로 얼굴을 씻었다. 똥을 씻어내니 마음이 한결 부드러워졌다. 하지만 똥 냄새의 여운은 아직도 코끝을 맴돌고 있었다. 그래도 나는 좋았다. 만약에 내가 던진 것이 제대로 날아갔다면 숙제는 풀리지 않았을 것이다. 바람이 신문지만 날려보내고 똥을 내 얼굴로 보내줬기 때문에 숙제가 풀린 것이다. 그때 보드라운 바람이 내 얼굴을 어루만졌다. 마치 축하라도 해주는 것처럼.

"숙제를 잘 풀었군."

바람이 그렇게 말하는 것 같았다. 문득 지난해 덕골(조 선장이 사는 곳)에서 잠깐 보았던 아리랑이 떠올랐다.

우리 몸속에는 아리랑이라는 유전자가 있지. 지금은 비록 갈라져 살고 있지만 머지않아 이 땅에 막혔던 피가 흐르게 되면 작은 모세혈관까지 피가 흘러 온 나라에 '아리랑 꽃'이 피어날 거야. 그렇게 하려면 독도에다 침을 놔야 해. 엄지손가락에 침을 놓았는데 아픈 배가 낫지 않았던가.

오래전에 어떤 운동 경기에서 남과 북이 하나 되어 함께 아리랑을 부르고 있는 모습을 본 적이 있었다. 그때 나는 북받치는 눈물을 참을 수 없었다. 그러나 지금 이 하늘, 또다시 갈라선 지 오래. 아직도 우리는 하나가 되지 못하고 있다.

"가다가 힘들면 쉬어가야 해."

바람이 또 내게 말을 건넸다. 무슨 말을 하려는 건지는 잘 모르겠지만, 나보고 천천히 생각하라는 뜻 같았다. 아홉 시도 안 되었는데 조 선장은 발전기를 껐다. 먹을 것도 없고 술도 없으니, 기름이나 아낄 겸 일찍 자자는 것이었다. 아무래도 좋았다. 어차피 오늘 밤은 잠을 이룰 수 없을 테니까. 촛불을 켰다. 촛불이 흔들릴 때마다 똥 냄새의 여운도 나풀거렸다. 똥 냄새가 뇌를 자극한 탓이었을까 다른 때와 달리 생각들이 용솟음쳤다. 똥 냄새가 향기롭게 느껴지는 걸 보니 아무래도 나의 뇌가 싱싱해진 것 같기도 했다. 마치 파도에 얻어맞은 바위처럼 말이다.

지난해 여름 어떤 대학생들이 찾아왔다. 자기네들은 외국어대학에 다니는 학생들이고 독도 탐사 대원들이라며 인사를 했다. 그래서 어인 일로 찾아왔느냐고 물으니, 노래를 부탁하려고 찾아왔다는 것이었다.

"저희가 이번에 울릉도에서 독도까지 뗏목 탐사를 하기로 했습니다."

나는 조용히 그들이 하는 말을 듣고 있었다.

"다름이 아니라, 독도에 관한 노래를 만들어달라고 찾아왔습니다."

나는 대답을 해주지 못했다. 아직 독도를 보지 못해서였다. 하지만 독도 노래를 만들어달라는 그들이 너무 반가웠다. 나 또한 오래전부터 독도 노래를 만들고 싶었기 때문이

늦 었 지 만

다. 그렇지 않아도 방송일로 독도에 갈 예정이었다.

한 달 뒤, 그들은 내가 독도에 간다는 소식을 듣고 다시 찾아왔다.

"이번에 독도에 들어가면 좋은 노래 건져 오시기 바랍니다."

나는 그들의 마음이 고마웠다. 그리고 지난번 뗏목 탐사가 궁금했다.

"네, 날씨 덕분에 성공했습니다. 다음엔 제주도에서 독도까지 해볼 생각입니다."

그야말로 혈기왕성한 동무들이었다. 그들이 제주에서 뗏목을 띄운다면, 두만강에서도 누군가가 뗏목을 띄울 것 같았다.

백두산 두만강에서 배 타고 떠나라
한라산 제주에서 배 타고 간다

드디어 진통이 시작되었다. 어쩌면 오늘 밤 안으로 노래가 태어날지도 모르겠다. 나는 내 노래가 아리랑의 모습으로 태어나길 바랐다. 그런데 아리랑을 고리타분하게 여기는 사람이 많으니 그게 좀 안타까울 뿐이었다. 언젠가 대청봉에서 금강산을 바라본 적이 있었다.

저 멀리 보이는 금강산
저 산에도 내가 있겠지
언제쯤 이 길을 오고 가려나
언제쯤 우리는 하나가 될까

나의 진통은 즐겁고 기뻤다. 마음이 근질거렸다. 노래가
태어나면 이름은 뭐라고 지을까 생각을 해보았다. 독도 아리
랑을 떠올렸으나 대번에 그건 아니라는 생각이 들었다. 독도
에 대해서 잘 알지도 못하면서 함부로 독도 이름을 들먹이면
나중에 독도에게 야단을 맞을 것 같았다. 아리랑도 마찬가지
였다. 함부로 아리랑을 들먹였다가는 나중에 아리랑에게도
야단을 맞을 것 같았다. 하지만 남과 북이 아리랑을 내버려
두는 마당에, 독도 혼자서라도 아리랑을 부르면 남과 북이
모른척하지는 않을 거라는 생각이 들었다. 그리된다면 결국
혼자 부르는 아리랑이 아닌, 함께 부르는 아리랑이 될 것이
다. 그렇다면 노래 이름은 '홀로 아리랑'이다.

새벽 어스름이 창문에 어른거렸다. 어둠이 빠져나가면서
내 마음은 아이를 낳은 산모처럼 평화로웠다. 머리카락이 솟
고 온몸에 좁쌀 같은 것이 쫘 돋았다. 이 기쁨이 또 다른 노
래를 잉태할 것만 같았다. 나는 옷을 모두 벗고 밖으로 나갔

늦 었 지 만

다. 두 팔을 벌리고 멀리서 날아오는 새벽빛을 맞이했다. 바람은 애기 바람처럼 부드러웠다. 새벽 기운을 받은 '홀로 아리랑'이 튼튼하게 자라기를 바랐다.

닷새 만에, 거친 바람과 파도가 수그러들었다. 조 선장은 배를 끌어 내리고 싱글벙글 떠날 준비에 바빴다. 그런데 갈매기들이 심상치 않았다. 조 선장과 내가 떠나려고 하자 갈매기들이 서서히 모여드는 것이었다. 갈매기들의 합창 소리가 바람 소리, 파도 소리를 밀어내고 아우성이었다. 위를 쳐다보니 어느새 꽤 많은 갈매기가 머리 위에서 맴돌고 있었다. 독도에 사는 갈매기가 모두 다 모인 것 같았다. 처음에는 배웅을 나온 거로 생각했는데 그게 그렇지가 않았다. 갑자기 어떤 갈매기가 쏜살같이 날아와 내 등에 똥을 갈기고 솟구쳐 올랐다. 그 모습을 보고 웃어대던 조 선장도 갈매기 똥을 뒤집어썼다. 아무래도 자기 알을 훔쳐 갔다고 그러는 것 같았다. 이번에는 한꺼번에 공격할 태세였다. 나는 갈매기들에게 미안하다고 말했다. 그랬더니 또다시 쏜살같이 날아와서는 흰 폭탄을 뿌리는 것이었다. 조 선장 모자가 갈매기 똥으로 하얗게 되었다.

"노래는 어찌 돼가요?"

"조 선장 덕분에 잘되었지."

조 선장은 내가 무슨 말을 하고 있는지 잘 모를 것이다. 사실 조 선장 덕분에 똥을 뒤집어쓰게 되었고 그 바람에 뇌가 움직여서 노랫말을 떠올릴 수 있었다. 아무튼 나는 기분이 좋았다. 그때 갈매기들이 언덕 위로 솟구쳐 올랐다. 이제 갈매기들이 물러가려나 싶었다. 그런데 배가 떠나자 잠잠하던 갈매기들이 다시 배를 따라왔다. 끝까지 따라와 우리에게 복수하려는 것 같았다. 그렇게 한참 동안 뒤따라오던 갈매기들이 어느 순간 되돌아갔다. 우리를 용서해준 것일까? 아니, 어쩌면 진심으로 우리를 배웅해주고 돌아가는 것인지도 모르겠다.

조 선장의 배는 아주 작은 통통배였다. 울릉도까지 여덟 시간 정도 걸릴 거라는데, 나는 아무래도 좋았다. 그동안 방 구석에서 보낸 며칠 밤이 한 달처럼 느껴졌다. 하지만 귀한 고기를 잡고 귀항하는 어부처럼 마냥 기분이 좋았다. 비록 1절은 완성하지 못했지만 2절과 3절 그리고 후렴 부분이 완성되었기에 나는 날아갈 듯이 기뻤다.

독도가 점점 작아지고 있었다. 배가 좀 흔들렸지만 독도는 흔들리지 않았다. 나는 멀어지는 독도를 바라보며 비로소 독도의 위대함을 느꼈다. 머지않아 온 백성은 알게 될 것이다. 독도가 왜 저기에 있는지를. 언젠가 저 섬에서 큰 축제가 벌어질 것이다. 백두산 배하고 한라산 배가 독도에 닻을 내리고 떠오르는 아침 해를 맞이하는…….

아리랑, 아리랑 홀로 아리랑
아리랑 고개를 넘어가보자
가다가 힘들면 쉬어가더라도
손잡고 가보자 같이 가보자

조 선장의 통통배가 울릉도에 도착한 다음 날 아침, 나는 정들포에서 보고 싶은 얼굴들과 다시 만났다. 약소 키우는 영식이, 술 좋아하시는 대철 아저씨 그리고 이 두령. 그들은 나를 위해 조그만 술잔치를 베풀어주었다. 더덕술은 아침부터 나를 황홀지경에 빠뜨리고 말았다. 이 두령이 빙긋 웃으며 말했다.

"고생이 많았소."

나는 그저 웃기만 했다. 이 두령은 내가 무슨 노래를 만들었는지 알고 싶어 했다. 아직 완성되지 않았다고 말했더니 그건 조 선장이 술을 내놓지 않은 탓이라며 껄껄 웃었다. 이 두령이 웃음을 가라앉히고 물었다.

"혹시, 독도를 위해서 기금 공연을 해줄 수 없겠소?"

한번 생각해보겠다고 말했지만 기금 공연을 해서라도 독도에 심을 나뭇값과 운영비 정도는 마련해야겠다는 생각이 들었다. 그때 갑자기 이 두령이 내 이름을 부르면서 벌떡 일어났다.

"저기를 보시오. 내 손가락 끝을 보시오."

이 두령이 가리키는 손끝을 바라보았지만 아무것도 보이지 않았다. 다시 자리로 돌아가려는데 이 두령이 격앙된 목소리로 외쳤다.

"내 손가락이 가리키는 쪽을 자세히 보시오."

얼핏 삼각형 모양의 검은 것이 눈에 들어왔다. 무언가 보일 듯 말 듯 가물거렸다. 나는 더덕술을 한잔 들이켜고 그쪽을 다시 바라보았다. 독도였다. 저 손바닥만 한 것이 독도라니 괜히 눈물이 고였다. 그 순간 독도의 거친 파도와 바람이 눈앞에 아른거렸다. 그러더니 막혔던 수도관이 뚫린 것처럼 노랫말이 터져 나왔다. 나는 얼른 수첩에 옮겨 적었다.

저 멀리 동해 바다 외로운 섬
오늘도 거센 바람 불어오겠지
조그만 얼굴로 바람 맞으니
독도야 간밤에 잘 잤느냐

그렇게 안 풀리던 1절이 한꺼번에 해결되었다. 누군가가 내 마음속에 들어와서 읊어대는 것 같았다. 그렇게 떠오르지 않던 것이 어떻게 한꺼번에 떠오른 것일까? 그것도 쉬운 말로 말이다. 생각하면 할수록 신기하고 고마울 뿐이었다. 어쩌면 이 모든 것이 바람의 조화인지도 모르겠다. 바람 때문에 갇혀 지냈고 똥도 뒤집어쓰고 그러지 않았는가. 이 두령이 술잔을 받으라며 내 어깨를 쳤지만, 나는 계속 독도를 바라보았다. 잠시 뒤, 이 두령의 술을 받아 마시다가 나는 '흑' 하고 등을 들썩였다.

"아니, 지금 우는 거요?"

"……."

나는 내가 우는 것도 모르고 있었다. 눈물이 뚝뚝 떨어졌다. 나는 말없이 자리에서 일어나 이리저리 돌아다녔다. 사람들이 내 모습을 보고 의아해했다. 나는 정신 나간 사람처럼 왔다 갔다 하다가 결국 천궁 밭에 쓰러지고 말았다. 가늘게 눈을 떠보니 천궁 향이 나를 감싸고 있었다. 마치 나에게 축하한다고 말하는 것 같았다. 사람들이 달려왔다. 영식이가 나를 업고 자기 집으로 달렸다. 난 너무 기뻤다. 슈퍼맨처럼 날아서 백두산, 한라산을 휘휘 돌고 싶었다.

저 멀리 동해 바다 외로운 섬

오늘도 거센 바람 불어오겠지

조그만 얼굴로 바람 맞으니

독도야 간밤에 잘 잤느냐

아리랑 아리랑 홀로 아리랑

아리랑 고개를 넘어가보자

가다가 힘들면 쉬어가더라도

손잡고 가보자 같이 가보자

금강산 맑은 물은 동해로 흐르고

설악산 맑은 물도 동해 가는데

우리네 마음들은 어디로 가는가

언제쯤 우리는 하나가 될까

아리랑 아리랑 홀로 아리랑

아리랑 고개를 넘어가보자

가다가 힘들면 쉬어가더라도

손잡고 가보자 같이 가보자

늦 었 지 만

백두산 두만강에서 배 타고 떠나라
한라산 제주에서 배 타고 간다
가다가 홀로 섬에 닻을 내리고
떠오르는 아침 해를 맞이해보자

아리랑 아리랑 홀로 아리랑
아리랑 고개를 넘어가보자
가다가 힘들면 쉬어가더라도
손잡고 가보자 같이 가보자

– 〈홀로 아리랑〉, 1989

꿈 언덕

**노을이 아름다운 것은
구름이 있기 때문이다**

언덕을 바라보는 것만으로도 마음이 평화로워지던 시절이
있었다. 심지어는 언덕이라는 글자만 보아도 마음속에서 나
비가 날아다녔다. 우리 학교 뒤에 언덕이 있었다. 내 짝꿍 집
이 그 언덕에 있었는데 나는 그것이 그렇게 부러울 수가 없
었다. 초등학교 2학년 때였다. 학교 수업을 마치고 그 동무

집에 놀러가는데 소나기를 만났다. 비에 흠뻑 젖은 우리를 보고는 동무 어머니가 옷을 벗기고 아궁이 앞에 앉혔다. 그러고는 수제비를 만들어주었는데 우리는 싱글벙글 국물까지 싹 먹어 치웠다. 비가 그친 뒤 우리는 벌거벗은 채로 언덕을 뛰어다니며 놀았다. 그 언덕에서는 아랫마을이 훤히 내려다보였다. 어떤 때는 멀리 기차가 지나가는 것도 볼 수 있었다. 나는 그것이 세상에서 가장 아름다운 풍경이라고 생각했다. 나도 기차를 타고 어디론가 떠나고 싶었다. 언제쯤 나는 저 기차를 탈 수 있을까? 언덕을 내려오면서 우리 집도 언덕 위에 있었으면 좋겠다는 생각을 했다.

기차를 타고 새로운 세상을 보고 싶어 했던 그 마음은 이제 지워지고 없다. 기차를 바라보던 그 언덕도 없고 내가 타고 싶어 했던 그 기차도 없다. 이렇듯 그리운 것들이 사라진 세상에서 나는 또 무엇을 그리워할 수 있을까. 하루하루 흘러서 예까지 왔건만 그마저도 스스로 걸어서 온 것이 아니라 바람에 떠밀려 왔다는 것이 나를 쓸쓸하게 만든다. 그래서 그런가, 나는 지금도 내 인생이 가엾다. 어쩌다 언덕이 나타나면 반가운 마음에 쓸쓸함이 사라지곤 했는데 막상 그 언덕 위에 올라가보면 황막한 세상만 보였다. 그럴 때마다 나는 어린 날의 언덕이 그리웠다. 어린 날의 그 언덕에서 기차를 바라보며 꿈꾸던 아이는 어디로 사라진 걸까? 흐린 기억이라도 떠올랐으면 좋겠는데 전혀 기억이 나지 않는다. 그때 그 아이는 무슨 꿈을 꾸고 있었을까?

사람들은 누구나 자기 인생의 버팀나무가 있다. 미처 몰랐다면 조용히 생각해보라. 분명히 자기를 지켜주는 그 무엇이 있을 것이다. 그것이 사랑이든 시 한 구절이든 어떤 믿음이든 말이다. 나의 버팀나무는 슈만의 '트로이메라이'다. 아니 어쩌면 하느님이 '트로이메라이'로 둔갑하여 나의 버팀나무가 되어주었는지도 모르지. 언제 그 음악을 알게 되었는지는 모르겠으나 내가 선택한 것이 아니라 그 음악이 나에게로 온 것이었다. 처음엔 대수롭지 않게 생각했는데 내가 지치거나 외로울 때면 어김없이 나타나 나를 위로해주었다. 하지만 나는 그 음악의 이름도 알지 못했고 누가 만들었는지도 알지 못했다.

중학교 3학년 땐가, 어느 날 밤 컴컴한 이불 속에서 트랜지스터라디오를 듣고 있는데 그 음악이 흘러나오는 것이었다. 피아노 선율이 내 마음 아픈 곳을 어루만져 주었고 나는 그 손길이 너무 다정하여 눈물을 흘리고 말았다. 비로소 나는 그 음악의 이름과 만든 사람을 알게 되었다. 그때부터 나는 그 음악을 사랑하게 되었고 나를 지켜 주는 수호신이라고 생각했다. 실제로 내 인생의 큰 고비가 있을 때마다 그 음악은 바람처럼 나타나서 나를 지켜주었다.

그런데 언제부턴가 그 수호신이 나타나지 않았다. 나는 내가 유리벽에 갇혀 있다는 생각을 자주 하곤 했었는데 혹시 유리벽이 너무 두꺼워서 뚫고 들어오지 못한 것이 아닐까 하는 생각이 들었다. 의욕상실증이라고 해야 하나 우울증이라고 해야 하나? 세상은 시끄러운데 아무런 소리가 들리지 않았고 눈앞에 있는 게 보이지 않았다. 나는 점점 더 무기력해지고 숨이 막혀 죽을 지경이었다. 그 병은 꽤 지속됐다.

1992년 가을에 독도에서 며칠을 보낸 적이 있었다. 하루는 비추섬(서도)에 있는 '꿈 언덕'에서 비박을 하려고 일찌감치 올라가 자리를 잡았다. 가파른 계단 위에 자그마한 평지가 있는데 거기가 바로 내 자리였다. 모아섬(동도)이 바로 눈앞에 보이고 서쪽 하늘과 먼바다가 한눈에 들어오는 곳이었다. 침낭을 펴 놓고 술 한 잔에 이 생각 저 생각 하고 있는데 어느새 구름들이 붉게 타오르고 있었다. 누가 구름더러 정처 없이 흐른다고 했을까. 독도에서 바라본 구름은 아름다운 노을이 되려고 하루를 열심히 흘러온 것처럼 보였다. 아니, 어쩌면 뜨거운 노을 속에 제 몸을 태우고 싶었는지도 모르지.

나는 그런 용기조차 없어서 오늘도 무기력의 늪에서 헤어나지 못하고 있는 거지.

그때였다. 갑자기 하늘에서 음악이 쏟아졌다. 음악 소리는 순식간에 독도를 뒤덮었고 내 마음 깊숙한 곳까지 파고들었다. 세상의 그 어떤 음향기기도 이보다 더 좋은 소리를 낼 수 없을 것 같았다. 아, 이것이 몇 년 만인가. 드디어 슈만의 '트로이메라이'가 두꺼운 유리벽을 깨트리고 내 마음속으로 들어왔다. 그 순간 알게 된 보물 같은 진실, 노을이 아름다운 건 구름 때문이라는 것. 나는 새로운 그 무엇을 발견한 과학자처럼 놀라운 기쁨에 사로잡혀 있었다. 구름이 불타는 것이 아니라 슬픔이 불타고 있다는 것을 알게 된 것이다. 그 슬픔이 바로 기쁨이라는 것을 깨닫는 순간 눈물이 주르륵 흘러내렸다. 인생이 아름다운 건 꿈이 있기 때문이지. 나는 왜 단 한 번도 꿈을 사랑하지 않았는가? 가엾은 내 인생에 미안하다는 말조차 못 하겠구나. 세상 모든 이치가 그렇다. 기쁨은 슬픔의 꽃이라는 것. 그래서 슬픔은 아름답다는 것. 울어라, 울어라. 마음껏 울어라. 눈물이 빛난다는 건 아직 꿈이 있다는 거지. 이 빛나는 눈물을 위해서라도 나는 다시 걸어야 한다. 오, 아름다운 슬픔이여!

노을이 아름다운 건
구름 때문이지
너의 눈물이 빛나는 건
꿈이 있기 때문이야

간절히 원한다면
이루어진다네
슬픔은 노을 구름처럼
기쁨이 될 거야

다시 일어나 떠나자
빛나는 눈물을 위하여
저 하늘 붉게 타오르는
슬픔을 보라

노을이 아름다운 건
구름 때문이지
너의 눈물이 빛나는 건
꿈이 있기 때문이야

늦지 않았어

너의 눈물이 빛나는 건

꿈이 있기 때문이야

– 〈꿈 언덕〉*

독도에 비가 내리면

독도가 외로운 것은
육지에서 멀리 떨어져 있기 때문이 아니라
우리 마음이 독도에서 멀어졌기 때문이다

비가 오려는지 날씨가 끄물끄물하다. 2층 방에 있던 조 선
장이 장기판을 들고 내려와서는 느닷없이 내기 장기를 두자
고 한다. 얼마 내기할까? 그랬더니 한 판에 일억으로 하자는
것이었다. 심심풀이로 세 판을 두었는데 내가 한 번 이기고
조 선장이 두 번을 이겼다. 정리를 해보니 조 선장이 이억을

땄다. 내가 한 판 더 하자고 했더니 이번에는 십억으로 하자고 한다. 나는 또 졌다. 몇 시간도 안 돼서 십이억을 잃고 말았다. 독도에서는 돈이 필요 없기에 망정이지 정말 노름은 해서는 안 되는 것이다.

후드득후드득! 갑자기 창문 두드리는 소리가 나더니 비가 쏟아졌다. 조 선장이 후다닥 일어나 밖으로 나갔다. 나도 비 구경하러 뒤쫓아 나갔다. 아! 독도에 비가 내리고 있었다. 조 선장은 지금까지 보여주지 않았던 물탱크의 뚜껑을 열었다. 그러고는 다시 방으로 들어가 그릇들을 싸가지고 나와서는 바닥에 펼쳐놓았다. 사기그릇, 양은그릇, 플라스틱 그릇, 스테인리스 그릇, 숟가락, 젓가락, 고무 그릇……. 그릇들도 제 목소리가 있었다. 소프라노 메조소프라노 알토 테너 바리톤, 물탱크는 베이스였다.

이리저리 날뛰고 있는 조 선장에게 좀 천천히 하라고 했더니, 비가 언제 그칠 줄 모른다면서 입고 있는 옷에다 비누칠을 해대기 시작했다. 그러더니 옷을 하나둘씩 벗어서는 받아놓은 빗물에 헹구었다. 알몸이 된 조 선장은 제 몸에도 비누칠을 해대기 시작했다. 빠른 손놀림으로 몸을 문질렀다. 나도 덩달아 조 선장을 따라 했다. 알몸이 된 두 사나이는 빗줄기 리듬에 맞춰 몸을 씻었다. 몸속에서 무언가가 꿈틀거렸

늦 었 지 만

다. 아마 그것을 자유라고 하는지 모르겠다. 그동안 몸속에서 갇혀 지내느라 얼마나 답답했을까? 나는 내 몸속의 자유가 살갗을 뚫고 나오기를 바랐다.

일 년에 몇 번밖에 안 열리는 천연 샤워장이라며 조 선장은 어깨에 힘을 주면서 말했다. 나는 조 선장에게 마음속에 있는 것도 모두 다 꺼내서 샤워를 시키라고 말했다. 그랬더니 자기 마음속에는 아무것도 없단다. 사랑, 그리움, 외로움 그런 게 있을 거라고 했더니 그런 거 졸업한 지 오래되었다고 했다. 졸업했다는 것은 애써 생각을 하지 않겠다는 것이지. 아마도 그의 마음속엔 여전히 사랑, 그리움, 외로움이 남아 있으리라.

얼마 뒤, 비가 멎고 몸에 붙어 있던 빗물이 마르면서 살갗이 따가워지기 시작했다. 정말로 몸속에 갇혀 있던 자유가 살갗을 뚫고 나오려는 모양이었다. 아무튼 조 선장 말대로 서두르지 않았으면 샤워를 온전히 끝낼 수 없을 뻔했다. 하늘에서 수도꼭지를 늦게 잠가줘서 그렇지 일찍 잠갔더라면 이 행복을 놓칠 뻔했다. 얼마나 행복한지 구름 속에서 삐져나온 해를 바라보는데 마음속에서 뽀드득 소리가 다 났다.

조 선장과 나는 뽀송해진 얼굴을 마주하고 목을 축였다. 얼굴이 발개진 조 선장이 자기를 위해서 노래 한 곡 만들어

달라고 한다. 그래서 용왕님이 노래를 던져줘야 만들 수 있다고 했더니 조 선장이 용왕님에게 전화하는 시늉을 했다.

술은 좋은 것이다. 마음속에 돌아다니는 불순물을 배출시켜 주니까. 술기운이 돌자 온갖 불순물이 다 빠져나가고 그 자리에 순수한 사랑, 그리움, 외로움이 한꺼번에 모여들었다. 태어나서 처음으로 사랑, 외로움, 그리움의 모습을 보았다. 어떻게 생겼냐고 물으면 뭐라고 말할 수는 없지만 아무튼 나는 보았다. 하느님을 보았다는 사람은 하느님이 어떻게 생겼는지 말할 수 있는가? 혹시 사랑 때문에 상처가 난 사람이 있거들랑 독도 비를 한번 맞아보시라. 상처가 아무는 것은 물론, 순수한 사랑과 외로움을 만나볼 수 있으리라.

사람들 대부분은 독도를 외로운 섬이라고 생각한다. 육지로부터 멀리 떨어져 있는 데다가 먼바다에 홀로 떠 있어 그렇게 생각하는 것 같다. 게다가 독獨이라는 뜻이 '홀로'이다 보니 외로운 느낌에서 벗어날 길이 없다. 하지만 독도가 외로운 것은 육지에서 멀리 떨어져 있기 때문이 아니라 우리 마음이 독도에서 멀어졌기 때문이다. 그리고 독도가 외롭다는 것은 사람의 입장일 뿐, 갈매기 처지에서 보면 천국이다. 나는 혼자 있을 때보다 여러 사람과 함께 있을 때가 훨씬 더 외롭다. 그래서인지 고요한 독도에서 나는 마냥 행복하다.

아마도 누군가가 나를 동무로 생각해주는 것 같다. 그러고 보니 파도 소리, 갈매기, 햇살, 별 등등 모두가 내 동무처럼 보였다. 누가 독도를 외로운 섬이라고 했는지 모르겠으나 막상 독도에 있어 보니까 오히려 육지가 외로운 섬으로 보였다.

고요하다는 것은 서로 다른 소리를 다 들을 수 있는 상태를 말하는 것이다. 도시에서는 서로 제 소리를 내려고 애쓰기 때문에 고요할 수가 없다. 게다가 도시의 공기는 여러 가지 오염 물질이 섞여 있기 때문에 사람들은 본인의 뜻과 상관없이 마음에 불순물을 지니고 살 수밖에 없다. 하늘도 그렇다. 도시 하늘은 불순물이 껴 있는 것 같은데 독도 하늘은 그런 게 없다. 맑으면 맑은 대로 흐리면 흐린 대로 선명하게 보인다. 언젠가 이혼하려는 동무에게 독도에 가서 마음을 한번 씻어보라고 말해준 적이 있었다.

동무야, 정말 이혼할 거라면 네 아내와 함께 독도에서 일주일만 살아 봐라. 서둘러 이혼 법정에 갔다가 나중에 후회하지 말고. 까닭이야 어찌 되었든 마음에 불순물이 껴서 이혼하는 거잖아. 그러니까 내 말은, 독도에 가서 그 불순물을 씻어내고 뽀송뽀송한 마음으로 다시 사랑을 해보라는 거야. 초점도 맞지 않는 사랑을 사랑이라고 우기지 말고, 독도에 가서 사랑의 초점을 다시 맞춰보라는 말이지.

천연 샤워를 하고 나니까 마치 식초를 탄 물에 들어갔다 나온 것처럼 개운하다. 몸은 물론이고 마음속에 붙어 있던 찌꺼기까지 싹 씻겨 나간 느낌이다. 그뿐만이 아니다. 독도에서 맛본 외로움은 아주 신선했다. 그 외로움은 아무 요리에 넣어 먹어도 머리가 맑아지고 마음이 상쾌해진다. 술은 물론 라면도 우아한 음식이 된다. 남아도는 외로움은 소금 바람에 잘 말려 놓았다가 선물하면 좋을 것 같다. 가끔 갈매기들이 잘 말려 놓은 외로움을 훔쳐 먹기도 하는데 그런 걸 보면 갈매기들도 외로움을 간식으로 즐기는 것을 알 수 있다.

독도에서는 외로움이 눈에 보이기도 한다. 사람 몸에 외로움이 잔뜩 묻어 있으니 사람 자체가 외로움으로 보이는 것이다. 가만히 보니 며칠 사이에 내 몸에도 외로움이 잔뜩 묻었다. 입가에 미소가 번졌다. 나는 오늘 제대로 알았다. 외로움은 바다처럼 그 어떤 슬픔도, 그 어떤 사랑도 다 받아준다는 것을. 동무들아 우리 서로 외로워하자!

독도에 비가 내리면

메마른 가슴에, 메마른 가슴에

그리움 맺히는 소리

벌거벗은 마음에

빗방울 떨어져, 빗방울 떨어져

마음이 간지러워

아, 이런 비가 밤새 내려준다면

사랑, 그리움, 외로움

한바탕 춤. 춤. 춤

독도에 비가 내리면

고요한 바다에, 고요한 바다에

꽃망울 터지는 소리

상처 깊은 사람들

이 비를 맞으면, 이 비를 맞으면

꿈처럼 아문다네

아, 이런 비가 밤새 내려준다면

사랑, 그리움, 외로움

한바탕 춤. 춤. 춤

― 〈독도에 비가 내리면〉, 2009

산삼의 나라

산삼을 심어보자 산삼을 심어보자
우리의 뿌리를 심어보자 흔들리지 않게

몇 달 전부터 왼쪽 아래 어금니가 속을 썩이더니 기어이 사달이 나고 말았다. 잇몸이 붓고 피도 나오고 흔들리기까지 했다. 그제야 나는 치과에 일찍 가지 않은 것을 후회했다. 이가 아프니까 무슨 일을 해도 집중이 잘 안 되고 하루하루가 감옥살이였다. 뒤늦게 치과에 가기로 마음을 먹고 치과를 알

늦 었 지 만

아보는데 치과가 너무 많아 어디로 갈지 정할 수가 없었다. 할 수 없이 시내에 있는 많은 치과를 놔두고 멀리 수원에서 치과를 하는 동무를 찾아가기로 했다.

차창 밖을 바라보니 지나가는 산들이 참 너그럽게 보인다. 우리나라는 가는 곳마다 산이 있으니 정말 포근한 나라다. 우리는 산을 잊고 사는데 산은 늘 저렇게 우리를 감싸주고 있구나. 그런데 우리는 왜 산을 아프게 하지? 그래서 민족의 정기가 사라졌는지도 모르지. 도대체 나는 이가 흔들리도록 무얼 했는지 모르겠다. 잇몸을 잘 관리했으면 이 고생은 하지 않았을 터인데…… 지나가는 산을 보는데 생뚱맞게 산삼이 떠올랐다. 산삼을 연구한 적은 없지만 나는 오래전부터 산삼을 우리의 뿌리라고 생각했다.

독도는 우리나라에서 가장 먼저 해를 받는 곳이다. 독도의 아침 햇살이 육지의 산봉우리에 닿으면 봉우리들은 독도에서 날아온 햇살의 기운을 골고루 뿌려준다. 햇살의 기운을 받은 흙은 신선하고 흙이 신선하니 나무와 풀도 잘 자라고 바위들도 빛난다. 그렇게 하루가 지나면 또 신선한 햇살이 날아와 어제처럼 이 나라를 빛나게 한다. 봉우리는 봉우리로 이어져 독도의 아침 햇살은 백두산 장군봉으로 지리산 천왕봉으로 그리고 바다 저 멀리 이어도와 드넓은 만주 벌판에도 전해진다. 산이 많은 우리나라는 누가 뭐래도 축복을 받은 나라다.

그런데 참 이상한 일이다. 신선한 햇살이 날마다 봉우리로 날아오는데 막상 내 나라는 허우대만 멀쩡한 인삼처럼 보이니 말이다. 뭐가 잘못된 걸까? 햇살이 오염되었을 까닭이 없고 산이 우리를 버렸을 까닭이 없는데도 내 나라는 싱싱하지 못하다. 혹시 산삼이 시나브로 사라지고 있는 것이 아닐까? 그렇지 않다면 무슨 까닭으로 내 나라가 이리도 허청대는 것인가?

날마다 다투는 국회 때문에 그리되었다고 생각한 적도 있었다. 심지어는 국회의사당 터를 잘못 잡았다는 생각을 한 적도 있었다. 아무튼 내 나라는 날마다 아프다. 의사를 찾아봐도 의사가 없다. 내 나라는 날마다 열이 나는데 도대체 그 많던 의사들은 다 어디로 간 것일까? 나라 곳곳에서 신음이 들리는 걸 보면 뭔가 심상치 않다는 얘긴데 진짜 의사들은 보이지 않고 엉터리 의사들만 보인다.

산에 나무가 없으면 흘러내리는 빗물을 감당할 수 없고 토사가 그대로 쓸려 내려와 산사태를 겪을 수도 있다. 마찬가지로 계곡에 바위들이 없으면 유속이 빨라 범람할 수도 있다. 그런데 신기하게도 계곡에는 바위들이 자리를 잡고 있다. 바위들이 저절로 굴러와서 자리를 잡았을 리는 없고 아무래도 조물주의 작품이 아닐까 싶다. 유속이 빠르면 물이 지쳐서 멀리 흐르지 못할 테니까 물이 천천히 흐르도록 조물주가 여기저기에 바위를 갖다 놓은 것 아닐까?

계곡의 바위들이 물의 흐름을 조절하듯 봉우리에서 뿌려지는 기를 천천히 흐르도록 하는 것이 산삼이다. 산삼이 없었다면 봉우리에서 뿌려진 햇살의 기운은 허무하게 흐트러졌을 것이다. 이렇듯 산삼이 있으므로 산에는 늘 기가 흐른다. 산에 갔다 온 사람들이 기를 받았다고 말하는 것을 보면 그 때문이 아닐까 싶다. 그런가 하면 산삼은 물을 모으는 정수장 역할도 한다. 자연수를 정화한 정수장 물이 상수도관을 통해 집집으로 전해지듯 산삼은 봉우리에서 내뿜는 기운을 모아 백성들에게 전해주는 것이다.

산삼이 잘 자라지 못하면 기가 흐르지 못해 나라가 허약해지는 것이고 나라가 허약해지면 정치가 추저분해지고 모든 것이 흔들리게 된다. 잇몸이 부실하면 얼른 치료해서 치아를 살려야 하는데 소염진통제만 먹고 있으니 참으로 딱한 노릇이다.

오래전에 몇몇 동무들과 함께 산삼을 심으러 다녔다. 어느 산에다 심었는지는 기억나지 않지만 산삼의 기운이 백성들에게 골고루 전해지기를 바라면서 그리고 진심으로 이 나라가 튼튼해지기를 바라는 마음으로 한 뿌리, 한 뿌리 정성껏 심었다. 그런데 걸핏하면 산이 파헤쳐지니 산삼이 놀라서 자랄 수가 없다. 그 피해가 고스란히 백성들에게 돌아간다는 걸 나라에서는 아는지 모르는지. 이런 말은 하지 않으려고 했는데 이제는 정말 나라를 잘 이끌어갈 일꾼들을 찾아내야 한다. 백성을 사랑하는 데 진보 보수가 무슨 의미가 있겠는가? 제발 백성을 사랑하는 사람들이 나타나 온 나라에 산삼의 기운을 제대로 전해줬으면 좋겠다.

사람들이 말하기를 우리나라는 인삼의 나라라고 한다. 하지만 나는 그 말에 동의할 수 없다. 우리나라는 농약에 찌든 인삼의 나라가 아니라 싱싱한 햇살의 기운으로 살아가는 산삼의 나라이기 때문이다. 인삼은 농약을 뿌려서 재배할 수 있지만 산삼은 그렇게 할 수 없다. 교육 하나만 보더라도 우리는 그것이 산삼이 아니라 인삼이라는 것을 알 수 있다. 농약을 뿌려서 먹거리를 생산하듯 교육을 하고 있으니 아이들만 불쌍할 뿐이다. 어디 그것뿐인가. 정서도 문화도 결이 없으니 다른 나라 것에 쉽게 물드는 것이다. 더 늦기 전에 산삼을 많이 심어 신선한 기운이 온 나라에 넘쳐나기를 기대해본다.

산에 나무 한 그루 심는 것처럼 산삼을 심어보면 어떨까 싶다. 정성을 다해 심어보면 아픈 내 나라도 되살아나지 않을까? 마음만 먹으면 그건 어려운 일이 아니라고 생각한다. 오래전에 우리나라 산들이 민둥산일 때 산림녹화 사업을 해서 오늘에 이르렀다. 그랬던 것처럼 산삼을 심어보자는 거다. 산에도 심고 우리 마음에도 심고……

마음속에 산삼을 심는다는 건 결국 우리의 뿌리를 심는 것. 적어도 대한민국 사람이라면 마음속에 산삼 한 뿌리 정도는 지니고 있어야 하는 것 아닐까? 나를 사랑하고 가족을 사랑하고 나라를 사랑하고……. 그게 말처럼 쉬운 일은 아니지만 마음이 튼튼하면 몸도 튼튼해지는 법, 언젠가는 온 산이 산삼 밭이 되어 백두산 산신령과 지리산 산신령이 벌떡 일어나 내 나라의 잇몸병을 낫게 해주지 않을까? 그날이 오면 이 나라는 저절로 즐거운 나라가 되겠지.

산삼은 다 캐먹고 인삼이 남았구나
그나마 농약에 찌들은 인삼이 판을 치네
허우대는 멀쩡하지 희멀건 인삼이여
바로 그것이 우리의 모습인 걸 그대는 아는가
산삼을 심어보자 산삼을 심어보자
우리의 뿌리를 심어보자 흔들리지 않게

사라지는 산삼이여 나약해진 내 겨레여
우리는 어디로 가고 있나 우리는 누구인가
병든 내 나라여 신음하는 내 나라여
어디가 그렇게 아픈 거냐 산삼이 없다더냐
산삼을 심어보자 산삼을 심어보자
우리의 뿌리를 심어보자 흔들리지 않게

이 산 저 산 모두 산삼밭이 되는 날
허약해진 내 나라 내 겨레 되살아나리라
백두산의 산신령님 지리산의 산신령님
이제는 하나가 돼야지요 통일을 해야지요
산삼을 심어보자 산삼을 심어보자
우리의 뿌리를 심어보자 흔들리지 않게

— 〈산삼의 나라〉, 1992

늦 었 지 만

노래는 떠나가고

향기 없는 노래는
거리에서 뒹구는 낙엽일 뿐

보도블록은 날마다 힘들고 피곤했습니다. 사람들이 편히 걸을 수 있도록 온종일 길바닥에 엎드려 있기 때문이지요. 한 평생을 그렇게 살아야 한다고 생각한 보도블록은 하루하루가 고통스럽기만 했습니다. 그러던 어느 날 보도블록 틈새에서 민들레가 피어났습니다. 보도블록은 너무 기쁜 나머지 아무도 민들레를 건드리지 못하도록 했지요. 하지만 민들레 역시 오고 가는 사람들에게 짓밟히기 시작했습니다. 보도블록은 상처 난 민들레를 날마다 치료해주었습니다. 그 정성에 감동한 민들레는 꿋꿋이 잘 자라주었지요. 주변에 있던 다른 보도블록들도 그런 민들레를 바라보며 피곤한 마음을 달랠 수 있었습니다. 그런데 뜻하지 않은 일이 일어났습니다. 꿋꿋하게 잘 자라던 민들레가 나날이 시들어가는 것이었습니다.

아무리 보잘것없는 사람도 한 가지 재능은 갖고 태어난다는 게 제 생각입니다. 만약 그 재능을 귀히 여긴다면 즐거운 인생을 사는 것이고 업신여긴다면 어려운 인생을 사는 거지요. 다행인지 불행인지 저는 스무 살이 넘도록 재능을 발견하지 못했습니다. 오래전부터 제 마음속에 음악의 씨가 자라고 있었지만 저는 그걸 재능이라고 생각하지 않았습니다. 왜냐하면 음악 공부를 제대로 해본 적이 없었거든요. 제 나름대로 상상을 해보면, 어느 날 별빛을 타고 내려온 요정 하나가 제 마음에 들어와 음악의 씨앗을 떨구고 돌아갔는데 그 뒤로 음악이 피어난 겁니다. 마치 민들레 꽃씨가 보도블록 틈에서 꽃으로 피어난 것처럼 말입니다. 음악에 대해서 아무것도 모르는 제가 지금까지 음악을 하는 걸 보면 제 상상이 맞는 건지도 모릅니다. 만약 이것이 천직이라면 소중히 받아들여야겠지만 솔직히 가슴이 찔렸습니다. 두렵기도 하고요.

'내가 음악 공부를 했나, 악기를 다룰 줄 아나, 그렇다고 노래를 잘하나……'

천직이란 그게 뭐가 되었든 자기에게 주어진 재능이라는 건데 잘 알지도 못하는 음악이 마음속에 피어났으니 이걸 어찌해야 하는지……. 그때 보도블록 틈에 피어난 민들레가 떠올랐습니다. 보도블록은 그 민들레를 사랑했지요.

제가 다섯 살 땐가 여섯 살 때의 일입니다. 모래더미에 굴을 파고 고무신을 자동차 삼아 놀고 있었는데 제 입에서 저절로 음악이 흘러나오는 것이었습니다. 그 때문에 저는 고무신 차를 끌고 오랫동안 모래더미에서 놀 수 있었지요. 고무신 차가 모래 굴속으로 들어가면 음악을 멈췄다가 모래 굴을 빠져나오면 다시 흥얼거렸습니다. 어쩌면 제가 즐겁게 놀 수 있었던 것은 고무신 차가 아니라 입에서 흘러나오는 음악 때문이었는지도 모릅니다. 물론 지금은 그 음악이 떠오르지 않지만 — 사실 그때는 음악이 뭔지도 모르는 시절이었지요.— 아무튼 저의 첫 음악은 지나가는 비처럼 그렇게 제 가슴을 적시고 사라졌습니다.

생각해보면 영화 때문에 음악을 좋아했는지도 모르겠습니다. 동네 부근에 극장이 있었는데 저는 영화를 보려고 일부러 극장 앞에서 놀곤 했습니다. 혹시나 아버지가 영화를 보러 오면 큰 소리로 아버지를 불러서 따라 들어갈 생각이었지요. 아버지는 영화가 바뀔 때마다 극장에 나타났거든요. 그 덕분에 저는 영화를 자주 볼 수 있었지요. 저에게 있어서 영화는 그저 신기할 따름이었습니다. 지난번 영화에서 죽었던 배우가 다른 영화에 살아서 나오는 것도 그렇고 영화 속에서 들리는 온갖 소리도 그랬습니다. 특히 배경음악은 저를 사로잡을 만했지요. 그래서 혼자서 놀 때마다 흥얼거리지 않았나 싶습니다.

그 시절에는 노래라는 말 대신 '창가'라는 말이 있었어요. 동네 어른들은 저만 보면 창가를 시켰지요. 그때 제가 유일하게 불렀던 노래가 '극장에 삿갓 쓰고 방랑 삼천리'였는데 '죽장'을 '극장'으로 부르니 어른들이 막 웃었습니다. 저는 무슨 뜻인지도 모르고 부른 건데 어른들이 웃어주니까 제가 잘 부르는 줄 알고 우쭐대곤 했던 기억이 납니다. 학교에 들어가고 나서는 '봄나들이'를 비롯하여 여러 노래를 배웠습니다. 2학년 땐가, 누구네 집이었는지는 모르겠으나 동네 형들과 누나들이 모여서 노래를 하는 곳이 있었지요. 저도 가끔 형을 따라서 그 집에 놀러 가곤 했습니다. 사람들이 둥그렇게 모여 앉아 돌아가면서 노래 한 곡씩 불렀는데 어떤 누나가 부른 노래는 너무 슬퍼서 콧날이 시큰거린 적도 있었습니다. 어른들도 잔칫날이 되면 노래를 했습니다. 모두 다 이북에서 피난 내려온 사람들이라 누군가가 '꿈에 본 내 고향'을 부르면 모두 따라 불렀지요.

3학년을 마치던 날, 그날은 동무들과 헤어지는 날이기도 했습니다. 서울로 전학을 가게 된 저는 동무들에게 나중에 커서 다시 만나자고 했고 선생님은 훌륭한 사람이 되라며 저를 꼭 안아주었습니다. 그때 아이들이 불러준 노래가 '나뭇잎 배'였는데 아이들도 울고 저도 울었지요. 헤어지는 마음이 어떤 건지 저는 그때 처음 알았습니다. 그 때문인지 '나뭇잎 배'는 제 가슴에 각인되어 그 노래를 들으면 여전히 눈물이 흐른답니다.

중학교에 들어가서는 정식으로 노래와 인사를 나누었습니다. 제가 먼저 노래를 만나려고 했는데 노래가 먼저 저를 찾아왔지요. 어느 일요일 오후 트랜지스터라디오를 켜고 숙제를 하고 있는데 몸을 움직이지 못하게 하는 노래가 흘러나오는 거예요. 라디오 진행자가 그 노래 제목을 '이 세상 끝까지'라고 소개했는데 하늘은 둥글고 땅은 네모나다고 생각했던 저는 노래의 주인공이 배를 타고 가다가 바다 끝에서 떨어져 죽는 줄 알고 숙제도 안 하고 오후 내내 슬퍼했던 기억이 납니다. Skeeter Davis가 부른 'The end of the world'는 그렇게 제 가슴에 각인되었습니다. 또 한 노래는 Peter, Paul & Mary가 부른 '500 Miles'였습니다. 학교 끝나고 집에 가는데 동네 전파상에서 걸음을 멈추게 하는 낯선 노래가 흘러나왔습니다. 저는 눈을 지그시 감고 상상에 빠졌지요.

'얼마나 더 걸어야 꿈을 만날 수 있나. 거친 들판을 걸어가는 나그네. 저 멀리 기차가 기적을 울리네…….'

노랫말 내용을 알지 못해서 제 맘대로 상상을 하다가 눈물을 훔쳤던 그 노래도 제 가슴에 각인이 되었습니다. 이렇게 운명처럼 만난 두 노래와 어릴 때 동무들이 불러준 '나뭇잎 배'는 훗날 제 노래의 거름이 되었습니다.

노래를 듣고 제멋대로 상상을 하다 보니 그 상상에서 빠져나오는 것도 힘들었습니다. 길을 걸어가다가도 생각나고 시험 보는 도중에도 생각나고 잠들기 전에도 생각이 났지요. 그러던 어느 날 저는 노래에 문이 있다는 걸 알게 되었습니다. 그 문을 열고 들어가면 제가 미처 몰랐던 세상이 나타난다는 것을 알게 되었지요. 그 사실을 알고 난 뒤부터 저는 밤마다 이불을 뒤집어쓰고 트랜지스터라디오를 조그맣게 틀어

놓고는 마음에 드는 노래가 나오기를 기다렸습니다. 그러다가 노래 하나가 걸리면 횡재라도 한 듯 노래 문을 열고 들어가 생각지도 못한 세상을 구경하곤 했지요. 모자란 잠은 학교 수업 시간에 잤고 그런 일을 되풀이하다 보니 공부가 저를 떠나버리고 말았습니다. 그런데 막상 공부가 떠나버리고 나니까 공부가 그리웠습니다. 그래서 한번은 노래와 헤어지려고도 했었지요. 그때 이상한 행복이 나타나서 제 머리에 보자기를 씌웠습니다. 공부는 그렇게 보자기 속으로 사라지고 말았지요.

1971년 경기도 광주대단지사건이 일어날 때 저도 거기에 있었습니다. 사건이 일어난 경위는 자세히 알 수 없었지만 제가 본 풍경들을 노래 상자에 담아야겠다는 충동이 일었습니다.

'노래도 사진처럼 보여줄 수 있다면……'

하지만 음악에 대한 기초가 없다 보니 엄두가 나지 않았습니다. 사진은 카메라로 찍으면 되지만 노래는 그런 것이 아니었습니다. 『음악통론』이라는 책을 구해서 나름대로 열심히 공부도 해보았지만 그 정도로는 어림도 없었습니다. 그렇다고 포기할 수도 없었지요. 2년이 지난 뒤에 어렵사리 노래를 만들었는데 그 노래가 '못생긴 얼굴'입니다.

그렇게 한 곡, 두 곡 만들다 보니 노래가 쌓이기 시작했습니다. 이렇다 할 직업이 없던 저는 겁 없이 세상 문을 두드렸습니다. 열어주면 들어가고 그렇지 않으면 관두자는 생각을 하면서 말입니다. 저는 저절로 문이 열릴 것으로 생각했지요. 한데 생각과는 달리 문은 열리지 않았습니다. 그래서 저는 세상 속으로 들어가지 못했지요. 나중에 안 사실이지만, 그때 저는 문이 어디 있는지를 몰라서 아무 데나 두들겼던 것입니다. 아무 데나 두들기면 누가 나와서 그냥 문을 열어주는 줄 알았던 거지요. 저는 문이 열리지 않은 것을 다행이라고 여기며 그냥 제 울타리로 돌아왔습니다. 낯선 세상이 두려웠던 게지요. 그렇다고 일부러 이 길 저 길을 기웃거리는 것도 싫었습니다. 아니, 어쩌면 세상 속으로 들어갈 자신이 없었던 건지도 모르지요. 저는 제 울타리 안에 주저앉아 노래와 소꿉장난하며 살았습니다.

그렇게 소꿉장난을 하고 살던 어느 날 뜻하지 않게 세상으로 들어가는 문이 열렸습니다. 군대 가기 전에 가수로 활동하던 동무가 있었는데 제대할 무렵 저에게 연락이 온 겁니다. 1978년 봄, 그 동무 따라 음반 회사를 가게 되었고 저는 그 동무에게 노래를 주기로 했습니다. 그런데 얼마 뒤 그 동무로부터 노래를 발표할 수 없게 되었다는 말을 듣게 되었습니다. 제 노래가 공연윤리위원회에서 '가사 불량' 판정을 받았다는 겁니다. 그 일로 저는 우리나라에 공연윤리위원회라는 것이 있다는 걸 알게 되었고 누군가가 이 나라를 감시하고 있다는 것도 알게 되었지요.

저는 깊은 고민에 빠졌습니다. 공연윤리위원회에 가서 따질 수도 없고 그렇다고 고집을 피울 수도 없었지요. 세상 속으로 들어갈 것인가 아니면 포기하고 내 울타리로 돌아갈 것인가. 순간의 선택이 인생을 좌우한다는 말을 어디서 들었는데 실제로 그런 일이 저에게 닥치고 보니 하늘을 올려다보지 않을 수 없었습니다. 고민 끝에 세상 속으로 들어가기로 했지요. 사람들에게 저도 어엿한 직업이 있다는 걸 보여주고 싶었습니다. 결국 음반 회사 직원이 하자는 대로 노랫말을 고쳐서 다시 심의를 받기로 했습니다. 그런데 막상 노랫말을 고치고 보니 가슴이 저렸습니다. 이곳저곳 고치다 보니 노래들이 누더기가 되었습니다. 누더기가 된 노래들이 저를 쳐다보는데 제가 못할 짓을 하는 것 같았습니다.

'이렇게까지 해서 노래를 발표해야 하나?'

가장 많이 뜯어고친 노랫말은 '못생긴 얼굴'이었습니다. '못생긴 얼굴'이 못생긴 제 얼굴을 바라보며 말했습니다.

"이건 아니야. 다시 한번 생각해봐."

저는 못 들은 척 고개를 돌렸습니다. 그랬더니 '못생긴 얼굴'이 애원하듯 제 손을 잡고 말했습니다.

"이런 모습으로 세상에 나가는 건 싫다. 제발 다시 한번 생각해봐."

또 가슴이 저렸습니다. 하지만 저는 '못생긴 얼굴'의 손을 뿌리치고 말았습니다. 제가 비겁해지는 순간이었습니다. 솔직히 저에게 그런 비겁함이 숨어 있을 줄은 몰랐습니다.

'내가 이런 놈일 줄이야! 도대체 나는 누구인가?'

모든 걸 중단하고 싶었으나 이미 제 마음은 세상 속으로 걸어가고 있었습니다. 누더기가 된 노래들이 눈물을 글썽이며 제 곁을 떠났습니다. 저는 떠나가는 노래들의 뒷모습을 그저 바라보고만 있었지요.

'그놈의 욕망이 도대체 뭐기에 내가 이런 짓을 하는가.'

아무리 세상이 그럴지라도 사랑하는 노래들을 그렇게 떠나보내지 말았어야 했습니다. 사랑은 꽃이 필 때까지 기다려야지 농약을 주고 꽃을 피우면 안 되는 것이었습니다.

동무의 음반은 실패로 끝났습니다. 당연한 결과였지요. 노랫말을 그렇게 뒤집어놨으니 누가 그런 싸구려 노래를 좋아하겠습니까. 어떤 세상이든 겉멋은 통하지 않는 법이지요. 그런데도 저는 제 노래가 성공할 거라고 믿고 있었으니 지금 생각하면 정말 딱하고 어리석은 짓이었습니다. 향기 없는 노래는 거리에서 뒹구는 낙엽일 뿐이라는 걸 그때는 왜 몰랐을까요? 저의 헛된 욕망은 무너졌고 노래들에 돌이킬 수 없는 죄를 짓고 말았습니다. 생각해보면 저는 노래를 사랑한 것이 아니라 도구로 생각한 것입니다. 그 잘난 욕망을 채우려고 노래를 아프게 했으니 이런 배신자가 또 어디 있겠습니까. 만약 저 같은 놈이 일제강점기에 태어났으면 틀림없이 친일파 노릇을 했을 겁니다. 그런 배신자가 세상 잘 만나서 폼 잡고 사는 꼬락서니를 보고 있노라면 헛웃음만 나옵니다.

그런데 운이 좋았을까요? 그 뒤에 발표한 몇몇 노래가 알려지기 시작했습니다. 모두 다 산에서 만난 노래였지요. 그때도 저는 솔직하지 못했습니다. 산신령이 던져준 노래를 제가 만들었다고 거짓말을 했으니까요. 아무튼 노래가 알려지면서 저는 음악가 행세를 할 수 있었습니다. 정말이지 제 낯이 참 두꺼웠습니다. 어떻게 음악 공부도 안 한 놈이 음악가 행세를 하며 살 수 있단 말입니까. 세월이 갈수록 제 낯은 점점 두꺼워져 나중에는 제가 저를 알아볼 수 없을 지경까지 이르게 되었습니다. 스스로를 알아보지 못하게 되니까 마음 한구석에서 오만이 싹트기 시작했습니다. 그 때문인지 가슴에 각인되었던 'The end of the world'가 지워졌고 '500 Miles'

도 지워졌습니다. 1990년 즈음부터는 산신령도 저를 만나주지 않았습니다. 그렇게 노래들이 떠나자 제 마음은 땅이 메말라 쩍쩍 갈라지는 황무지처럼 변해갔습니다.

원래 저는 보도블록보다 못한 인생이었습니다. 보도블록은 사람들을 편하게 걷도록 해주지만 저는 누구를 위해서 존재하는 것도 아니고 더군다나 저를 위해서 존재하는 것도 아니었습니다. 그런 저에게 살아갈 이유를 깨닫게 해준 것이 노래였는데 저는 노래를 배신했습니다. 생명의 은인이나 다름없는 노래를 말이지요. 노래가 아니었다면 저는 길 끝에 낭떠러지가 있는지도 모르고 하루하루를 낭비하며 살았을 것입니다. 그런 생명의 은인을 떠나가게 했으니 이런 배은망덕한 놈이 또 어디 있겠습니까.

10년이 넘도록 노래 없이 살다 보니 쓸쓸하기가 그지없었습니다. 그런 저에게 필요한 것은 사랑이 아니라 용서라는 것을 알게 되었지요. 2003년 늦은 가을, 죄를 용서받기 위해 지리산으로 떠났습니다. 장터목에서 하룻밤 자고 천왕봉으로 향하는데 누군가 제 어깨를 잡았습니다. 뒤돌아보니 아무도 없었습니다. 저는 다시 걸었습니다. 또다시 누군가가 제 어깨를 잡았습니다. 뒤돌아보니 눈에 들어오는 건 죽은 나무들뿐이었습니다. 아무도 없는 산에서 죽은 나무들을 보니 제가 버린 노래들이 좀비가 되어 저를 쳐다보는 것 같았습니다. 걸음을 재촉했지요. 그런데 앞에도 죽은 나무들이 서 있었습니다. 갑자기 두려움이 밀려오고 좀비가 된 노래들이 저를 잡으러 오는 것 같았습니다.

산을 거의 다 내려왔을 무렵 등이 오싹하여 뒤를 돌아다보았지요. 저를 뒤쫓아온 노래들이 언덕에 서서 저를 내려다보고 있었습니다. 저에게 버림받고 떠났던 노래들이었습니다. 저는 그 노래들을 쳐다볼 자격도, 눈물을 흘릴 자격도 없었습니다. 그냥 돌아서려고 했으나 노래들이 가지 말라고 소리쳤습니다. 모두 다 헐벗은 모습이었습니다. 수척해진 '못생긴 얼굴'의 모습도 보였습니다. 저는 눈물을 참으려고 고개를 돌렸습니다. 그때 '못생긴 얼굴'이 다가와 제 손을 잡으며 눈물 어린 미소를 보냈습니다. 그러고는 같이 있던 노래들과 함께 제 마음속으로 들어왔습니다. 저에게 버림받은 노래들이 저를 용서해준 것입니다. 누군가를 꼭 안아주고 싶다는 것은 누군가에게 꼭 안기고 싶다는 것인지도 모릅니다. 눈물이 하염없이 쏟아졌습니다.

'노래여, 나를 용서하지 마라!'

욕망에 눈이 멀어
노래를 아프게 하였네
멍든 그 노래는
누더기가 되고 말았네
울먹이는 그대 뒷모습
슬픈 사랑의 그림자
사랑은 그렇게 떠나갔지
나는 참 비겁했네
그놈의 욕망 때문에
내 사랑 슬프게 하였네
그때 내가 왜 그랬을까
나는 참 어리석었네
늙어버린 어느 가을날
헐벗은 내 노래를 보았네
그대 웃음진 눈물
나를 용서하지 마오

– 〈노래는 떠나가고〉, 2014

늦 었 지 만

실상사

비움도 빛나고
가득함도 빛나라

오래전에 진주에 놀러 갔다가 어느 도예가로부터 조그만
그릇을 선물로 받은 적이 있었다. 녹차 잔으로 사용하기에는
크고 막걸리잔으로 사용하기에는 조금 작았는데 나는 그것
을 귀히 여겨 책장 빈자리에 따로 보관했다. 세월이 한참 지
난 어느 날 책장 정리를 하다가 그것을 발견하고는 한숨을

늦지 않았어

쉬며 헛웃음을 지었다. 아무리 귀한 물건일지라도 사용하지 않으면 쓸모가 없다는 것을 깨달았다. 귀하다는 것이 무엇인가? 물이 없으면 물이 귀한 것이고 쌀이 없으면 쌀이 귀한 것인데 값이 좀 나간다는 이유로 귀하게 모셨으니 내가 참 한심하다는 생각이 들었다. 나는 그 귀한 그릇을 보관만 했지 따뜻한 눈길은커녕 잊고 살았다. 그릇의 처지에서 보면 감옥에 갇힌 거나 다름이 없는 것이었다. 생각해보면 아무 죄도 없는 그릇을 그릇으로 살지 못하게 한 내가 참 못된 놈이었다. 나는 그 그릇에 뒤늦은 사과를 하고 당장 사용하기로 했다. 그런데 막상 무슨 용도로 사용할지 얼른 떠오르지 않았다. 그것을 손에 들고 요리조리 살펴본 나는 궁리 끝에 막걸리잔으로 사용하기로 마음을 먹었다. 그날 저녁 그 귀한 잔에 막걸리를 따라 마셨다. 옷이 날개라더니 술이라는 것도 잔의 모양에 따라 맛이 다르게 느껴졌다. 넉 잔째 마실 때였다. 무슨 마법에 걸렸는지 그만 잔을 놓치고 말았다. 허무하게 깨져 버린 그릇을 바라보며 나는 또 헛웃음을 지었다.

'미안하다, 미안하다, 내가 잘못했다. 죄 없는 너를 오랫동안 가두어놓더니 결국 깨트리고 마는구나.'

꽃병의 물도 자주 갈아주지 않으면 물이 썩어 꽃이 일찍 시든다. 물론 자주 갈아주어도 결국은 시들겠지만 그래도 방치해서 시드는 것하고 스스로 수명을 다한 것은 얘기가 다르다. 사람도 방 안에 오래 갇혀 있으면 공기가 탁해져 머리가 띵해지고 생각도 흐려지고 몸도 망가지고 그러지 않던가. 꿈도 버릴 줄 알아야 그리워지는데 계속 간직하다 보니 꿈이 시드는 줄도 모르는 것이다.

비움은 채워질 때 빛나는 것이고 가득함은 비울 때 빛나는 것이다. 혹여 비움을 내세워 아무 일도 하지 않는다면 고인 물과 다를 바 없고 가득함을 내세워 아무 일도 하지 않으면 꽉 막힌 굴뚝이나 다를 바 없다. 무릇 그릇이란 채우고 비워야 빛나는 법, 장식용 그릇은 귀한 대접을 받을지 모르겠지만 밥상 위의 그릇처럼 편하거나 정겹지 않다. 가득함은 비움을 위해서 있는 것이고 비움은 가득함을 위해서 있는 것이니 따지고 보면 가득함과 비움은 형제나 마찬가지다. 빛과 어둠이 형제인 것처럼.

쓰레기통은 채움과 비움을 되풀이하면서 살아간다. 사람도 그렇게 비움과 채움을 되풀이하면서 살아야 하는데 제 맘에 드는 것은 아까워하고 제 맘에 들지 않는 것은 거들떠보지도 않기 때문에 비우기도 어렵고 채우기도 어렵다. 산을 오르다 보면 무겁던 발걸음이 가벼워지고 꽉 채워진 마음이 저절로 비워지는 것을 느낄 때가 있다. 하지만 정상이 가까워지면 다시 채워지기도 하지. 무엇으로 채워지는지는 사람마다 다르겠지만 대부분 욕심에서 파생된 것들이 아닐까 싶다. 정상이라는 곳은 머무는 곳이 아니다. 그런데도 사람들은 그곳에 오래 머물고 싶어 한다. 그래서 올라갈 때보다 내려가는 것이 더 힘들지도 모른다. 올라갈 때는 저절로 비워졌지만 내려갈 때는 그렇지 않기 때문이다. 만약 떠밀려 내려가거나 미련을 버리지 못한다면 크게 다칠 수도 있다.

언젠가 실상사에서 하룻밤 머문 적이 있었다. 한밤중에 잠이 깨서 밖으로 나왔는데 온 세상이 하얀 눈으로 덮인 것이었다. 그뿐만이 아니었다. 하얀 눈 위에 달빛이 뿌려지고 밤하늘도 맑아 멀리 천왕봉까지 포근하게 보일 정도였다. 아름다운 세상은 그런 것이었다. 그런데 뭔가 이상하다는 생각이 들었다. 달빛도 가득하고 하얀 눈도 가득한데 절은 텅 비어 있는 것처럼 느껴지는 것이었다. 자세히 보니 하얀 눈 위에 달빛이 내려앉아서 아름다운 것이 아니라 비움과 가득함이 서로 제 할 일을 하고 있어 아름다운 것이었다. 달빛이 가득한 하얀 눈은 텅 빈 절을 빛나게 하고 텅 빈 절은 달빛에 물든 고요를 빛나게 하고, 이렇듯 비움도 빛나고 가득함도 빛나는 것이 우리가 바라는 평화의 모습이 아닐까?

한밤중의 평화 속을 거닐다 보니 제다움이라는 말이 떠올랐다. 있는 그대로의 모습이 이토록 아름다운데 우리는 왜 자꾸만 뜯어고치려는 걸까? 별들이 놀러 오는 들판에 무거운 바람이 휩쓸고 지나가면 죽순처럼 아파트가 들어서고 골프장이 들어서고 심지어는 산속에 댐도 들어선다. 이렇듯 모든 것이 변한 뒤에야 비로소 우리들의 고향이 사라졌음을 알게 된다.

절이 산에 있지 않고 들에 있다는 것이 얼마나 다행인지 모르겠다. 실상사에 대한 고마움이다. 절을 지을 거면 중생들이 마음껏 놀 수 있는 그런 절이었으면 좋겠다. 산마다 절이 있지만 산 내음을 거스르는 절은 제다움에서 벗어난 절이다. 바다가 보이는 한 남쪽 지방에 자그마한 암자가 있어 자주 놀러 가곤 했었는데 어느 날 화려하게 변해버렸다. 나만 배신감을 느낀 게 아니었다. 암자 가는 길에 오래된 동백나무가 있었는데 얼마나 속이 상했으면 태풍에 몸을 던지고 말았다. 그 뒤부터 나는 거기에 가지 않는다.

드라마를 보면 극본이 아주 중요하다는 것을 알게 된다. 배우도 중요하지만 무엇보다도 훌륭한 극본이 받쳐줘야 성공할 수 있다. 하지만 극본에 분칠을 많이 하다 보면 드라마가 허해진다. 편곡이라는 것도 그렇다. 편곡이 화려하면 가수도 빛을 잃고 노래도 빛을 잃고 편곡도 빛을 잃는다. 절도

중생들을 위해서 지어야지 절을 위해서 지어서는 아니 된다. 진정으로 빛나는 것은 저절로 빛나는 것, 일부러 빛나게 하는 것은 빛나는 것이 아니다. 그래서 빛나려는 삶은 빛나지 않고 빛나는 게 뭔지도 모르는 삶은 빛나는 것이다. 온실 속의 꽃보다 들에 핀 꽃들이 아름다운 까닭이다.

누구나 꿈을 이루고 싶어 하겠지만 꿈은 평생 함께하는 벗일 뿐 자신을 빛나게 해주는 도구가 아니다. 나도 어렸을 적에는 꿈이 많았지. 섬마을 선생님도 되고 싶고 산골 의사도 되고 싶고 아이들을 지키는 동화 작가도 되고 싶고……. 하지만 그 새잎 같은 꿈들은 잡초에 묻혀 어디론가 흩어지고 말았다. 꿈을 키우려면 김매기를 게을리하지 말아야 하는데 나는 꿈을 장식장의 그릇처럼 생각했으니 꿈 없이 인생을 산 거나 마찬가지였다. 뒤늦게나마 비움과 가득함이 형제라는 것을 알았지만 그때는 이미 버릴 꿈도 없었고 채울 꿈도 없었다. 좀 더 일찍 깨달았더라면 좋았을 것을……. 꿈을 버리는 방법은 오늘 하루를 소중히 여기는 것이고, 꿈을 간직하는 방법은 하루에 한 번 별을 바라보는 것이다. 이 일을 게을리하면 그 인생은 그저 장식장 속의 그릇일 뿐이다.

살래골 고운 햇살 실바람 속에
빗방울 꽃 송송송 노래 부르네
저 멀리 들려오는 천왕봉 목소리
밤하늘도 빛나고 새녘도 빛나라
무거운 바람들이 휩쓸고 간
어린 별 놀던 곳 아름답던 저 들판
자 이제 가보세 제다움 나라로
꿈을 버리고 가세 꿈을 위하여

가뭄 진 마음속에 마른 나무들
언젠가는 새잎이 돋아나겠지
눈 덮인 텅 빈 절에 달빛이 가득
가득함도 빛나고 비움도 빛나라
무거운 바람들이 휩쓸고 간
어린 별 놀던 곳 아름답던 저 들판
자 이제 가보세 제다움 나라로
꿈을 버리고 가세 꿈을 위하여

– 〈실상사〉, 2009

늦지 않았어

고운동 달빛

길을 잃어버리는 것은
길을 믿었기 때문이다

　사람이 산을 수술합니다. 아픈 데도 없는데 말입니다. 산
이 아프면 오로지 하늘만이 수술을 할 수 있는데 아프지도
않은 산을 사람이 수술하고 있습니다. 사람들이 참 무섭습니
다. 멀쩡한 산과 강을 마구 파헤쳐서 자기네들이 원하는 것
을 만듭니다. 백성들은 선진국이 되기를 원하지도 않는데 이

나라는 왜 선진국이 되려고 애를 쓰는지 모르겠습니다. 먼 훗날 선진국이 된 나라들은 선진국이 되지 못한 후진국들을 부러워할 것입니다. 아니지요. 먼 훗날 선진국이 된 나라들은 후진국이 될 것이며 선진국을 포기한 후진국들은 저절로 선진국이 될 것입니다.

언젠가 창녕 사는 아우와 함께 지리산 종주를 마치고 고운동 마을을 찾은 적이 있었습니다. 고운 최치원 선생이 머물던 곳이라 하여 마을 이름을 그렇게 지었다고 하는데 지리산에 이런 곳이 있다는 게 반갑고 고마웠습니다. 하늘이 사람들에게 내린 선물이라고 생각했지요. 그날 밤 제가 본 달은 평소에 봤던 달과는 결이 달랐습니다. 밝기도 했거니와 너무 고와서 넋을 잃을 정도였으니까요. 달빛에 물든 고요한 산 풍경을 보며 어둠의 빛깔이 이토록 아름다운 것인가 놀라지 않을 수 없었습니다. 나무와 풀들 그리고 사람의 얼굴에서도 달빛 향이 은은하게 풍겨 나오는데 이걸 보고 어찌 눈물을 흘리지 않을 수 있겠습니까? 어릴 적에 햇살 소리를 들은 기억은 있지만 달빛 향을 마셔 본 건 그때가 처음이었습니다. 그 뒤부터 저는 지리산에 갈 때마다 본능처럼 고운동에 들렀습니다.

산이라는 게 갈 때마다 느낌이 다른데 고운동은 갈 때마나 거의 같은 느낌이 들었지요. 아마도 마을 전체가 달빛 향을 머금고 있기 때문이 아닌가 싶습니다. 달빛을 머금은 풀과 꽃들의 향은 아무리 마셔도 배부르지 않고 오히려 마음의 때가 씻기는 기분마저 들었습니다. 달은 고운동이 좋아서 달빛을 뿌리고 사람은 그 달빛으로 마음을 씻으니 세상에 이처럼 포근하고 평화로운 곳이 또 있을까 싶었습니다.

그런데 이 평화로운 곳이 사라진다는 소식이 들려왔습니다. 고운동에 살던 사람들은 어떤 마음이었는지 모르겠지만 고운동을 마음의 고향이라고 생각하던 사람들은 슬픔에 젖어서 난리가 났습니다. 지금껏 저는 어떤 목적을 지니고 노래를 만들어본 적이 없었습니다. 그러나 이번만큼은 노래를 만들어야겠다는 생각이 마음 한구석에서 꿈틀거렸지요. 분노가 세상을 바꿀 순 없지만 온 산의 들풀들이 함께 향기를 뿜어낼 수 있는 노래를 만들면 세상이 바뀔 수도 있을 거로 생각했습니다. 하지만 노래를 산신령에게 의존하고 있는 저로서는 그런 노래를 만들어낼 재간이 없었습니다. 고운동에 자주 가야 하는 까닭이 거기에 있었지요.

한번은 아우랑 함께 지리산에 올랐다가 삼신봉에서 고운동으로 간 적이 있었습니다. 대충 두어 시간이면 갈 것 같아서 물도 다 마셔 버렸는데 얼마 가지 않아서 산에 갇힌 신세

늦 었 지 만

가 되고 말았습니다. 산죽이 얼마나 자랐는지 제 등산화를 휘어잡고 놓아주지 않는 거예요. 나중에 알고 보니 그 길은 몇 년 동안 사람이 다니지 않는 길이었습니다. 덫에 걸려 죽은 멧돼지도 보았고 산죽에 점령당한 죽은 길도 보았습니다. 그때 알았지요. 길을 잃어버리는 것은 길을 믿었기 때문이라는 것을. 저희는 일곱 시간 정도 헤맨 끝에 고운동에 도착했습니다. 탈진 상태가 된 저는 그대로 쓰러지고 말았지요. 믿었던 사랑을 찾아왔는데 이별을 통보받는 기분이었습니다.

그날 밤 꿈속에서 하얀 옷을 입은 아이들이 나타나 지친 저에게 노래를 불러주었습니다. 그 아름다운 곡조는 아침에 눈을 뜨자마자 사라져 버렸지요. 너무나 아쉬워 머리를 쥐어짰지만 그 음은 끝내 떠오르지 않았습니다. 아쉬운 얼굴로 부스스 일어나는데 머리맡에 삐뚤빼뚤 그려진 악보가 있었습니다. 잠결에 긁적거려 놓은 거로 생각했지만 산신령이 간밤에 노래를 던져 놓고 간 거라고 믿었지요. 비록 네 마디만 던져주었지만 저는 그걸 귀한 보물이라 여겨 노래를 만들기 시작했습니다. 하지만 실력이 받쳐 주질 못해 2년을 보내고 나서야 노래를 완성할 수 있었습니다. 하지만 노래를 알릴 방법이 없었습니다. 방송이라도 타야 고운동 이야기를 할 수 있을 텐데 그게 뜻대로 되질 않았지요.

그러던 어느 날 고운동의 신음이 귓가에서 맴돌았습니다. 불현듯 불길한 생각이 들어 고운동으로 향했지요. 계곡을 거슬러 올라가는데 겨울의 찬바람이 가슴을 할퀴고 들풀의 울음소리가 가슴을 쥐어뜯었습니다. 그날따라 달이 어찌나 크고 밝은지 너무 황홀하여 눈물이 다 맺혔습니다. 왠지 마지막이라는 생각이 들었지요. 그날의 달빛은 그동안 제가 보았던 고운동 달빛 가운데 가장 슬픈 달빛이었습니다. 참고 참다가 터진 눈물처럼 달도 슬픔이 차올라서 눈물을 쏟는 거로 생각했지요. 달은 알고 있었습니다. 고운동 마을이 사라진다는 것을. 그래서 고운동의 운명을 지켜보며 날마다 눈물을 뿌리고 있었던 거지요.

여기저기에 빨간 깃발이 꽂혀 있고 산을 파헤친 흔적이 보였습니다. 수술이 많이 진행되었다는 것을 알 수 있었습니다. 쓰러진 나무들이 보이고 신음하는 계곡물 소리도 들렸습니다. 제 몸 한 부분이 잘려 나간 것처럼 괴로웠습니다. 아프지도 않은 곳을 파헤쳤으니 산은 얼마나 아팠겠습니까? 뒤늦게 노래를 완성하긴 했지만 저는 저의 느림을 원망했지요. 하지만 제가 조금 일찍 노래를 만들었다 한들 무슨 소용이 있었겠습니까. 이미 그전부터 수술하기로 결정이 났다는데 말입니다.

도대체 이렇게 아름다운 곳을 수술하겠다고 생각한 의사
는 누구입니까? 아프지도 않은 산을 그것도 보호자 동의 없
이 몰래 수술을 해야 하는 이유가 무엇입니까? 전기가 부족
하면 아껴 쓰면 될 것을 기껏 양수댐 하나 만들자고 고향 같
은 산을 파헤쳤단 말입니까? 후손들에게 양수댐을 물려주는
것이 옳은지, 마음의 고향을 물려주는 것이 옳은지 그런 것
도 모른단 말입니까? 어떤 나라는 가난하게 살면서도 자연
을 지키는데 우리나라는 못 사는 것도 아니면서 자연을 파괴
합니다.

달은 날마다 뜨고 지지만 달의 하루는 날마다 같지 않지
요. 어떤 날은 슬픈 얼굴로 어떤 날은 기쁜 얼굴로 또 어떤
날은 피곤하여 구름 속에 숨어지내기도 하지요. 그런데 아무
리 피곤한 달도 고운동 마을을 지날 때면 기다렸다는 듯이
달빛을 뿜어대고 심지어는 잠자는 들풀을 깨워 온 산을 들풀
의 향기로 물들게 했습니다. 고운동은 그런 곳이었습니다.
오늘도 달은 고운동을 지나가겠지만 예전처럼 웃는 일도 없
고 눈물 흘리는 일도 없습니다. 그저 무표정한 얼굴로 고운
동을 지나갑니다. 우리는 그렇게 고향 하나를 잃어버렸습니
다. 양수댐 만드는 데 오천억 들었다고요? 그 돈의 수백 배
를 쏟아부어도 사라진 우리들의 고향은 되살릴 수 없습니다.

언젠가 사람들은 자연 앞에 무릎을 꿇게 될 것입니다.

　백성이란 무엇입니까? 이 나라의 강도 백성이고 산도 백성이고 바람과 공기도 백성입니다. 그리고 이 나라에 내리는 비와 눈도 백성이고 나무와 물고기와 짐승도 백성입니다. 이 가운데 사람은 맨 마지막 백성이니 다른 백성들을 먼저 위하고 사람은 그다음이어야 합니다.

마음의 옷을 벗고 날빛으로 몸 씻으니

설익은 외로움이 예쁜 꽃이 되는구나

해맑은 꽃내음을 한 사발 마시고 나니

물 젖은 눈가에 달빛이 내려앉는구나

고운동 계곡이 잠긴다네

고운동 달빛이 사라진다네

꽃들의 희망도 잠기겠지

새들도 말없이 떠나가겠지

사랑이, 사랑이 아님을 알게 되리라

아프게 사라지지만 산은 울지 않는다

외로운 구름아 어디로 떠나려는가

꽃과 새들의 눈물 속에 산도 지쳐 돌아눕는구나

고운동 계곡이 잠긴다네

고운동 달빛이 사라진다네

꽃들의 희망도 잠기겠지

새들도 말없이 떠나가겠지

늦지 않았어

지리산 지리산아 사랑하는 지리산아

지리산 지리산아 나의 사랑 지리산아

－〈고운동 달빛〉, 1994

늦 었 지 만

용서의 기쁨

하늘은 우리를 사랑하는 것이 아니라
용서하는 것이다

나는 내가 그리워지면 산으로 간다. 산 아래서 빈껍데기로 살아가는 내 몸뚱이야 어지러운 세상에 물들어도 그만이지만 내 안에 나는 그렇게 내버려 두고 싶지 않았다. 하여 나는 궁리 끝에 산에다가 나를 숨겨 놓기로 했다. 산에는 흙도 있고 나무도 많고 꽃도 많으니 오염되거나 때 묻을 일은 없으리라 여겼다. 그런데 가끔 내가 나를 잊어버릴 때가 있다. 아마도 그것은 세상 풍파에 내가 많이 닳아서일 것이다. 내 신발 뒤축처럼 말이다.

가끔 내 모습이 낯설게 보일 때 나는 술을 마시곤 한다. 술을 마시면 쪼그라든 내 모습이 부풀어올라 언제 그랬냐는 듯이 멀쩡한 모습을 보여주기 때문이다. 하지만 술이 빠져나가면 또다시 쪼그라든 모습이 되고 만다. 원치도 않은 내 모습을 보노라면 속상할 때가 많다. 그럴 때 나는 충전소로 간다. 내가 즐겨 찾는 충전소는 산이다. 산에 가면 꽃과 나무에도 내가 있고 싱그러운 바람과 흙내 속에도 내가 있으니 산길을 걷는 것만으로도 내가 다시 채워지는 것을 느낄 수 있다.

낮은 산에 가서 충전하면 하루 이틀 정도 버틸 수 있고 높은 산에 가서 충전하면 한두 달 정도 버틸 수 있다. 그렇다고 높은 산이 낮은 산보다 좋다는 얘기는 아니다. 갈 수만 있다면 아무 산이라도 좋다. 나는 주로 우리 동네에 있는 낮은 산에 간다. 동네 산은 날마다 충전할 수 있고 날마다 나를 채울 수 있기 때문이다. 하지만 그 '나'라는 놈이 걱정이다. 세상과 잘 어울리지 못하니 거친 바람에 상처를 입을 게 뻔하다. 어떤 때는 그 '나'가 바람에 날려 가지나 않았으면 하는 생각을 한다. 설령 그 '나'가 세상 풍파에 물든다 해도 내가 데리고 있는 것이 낫지 바람에 날려 잃어버리기라도 한다면 나는 평생 빈껍데기로 살아야 한다. 하루는 산에 숨겨 놓았던 '나'가 산 아래 사는 나를 찾아왔다. 나는 깜짝 놀란 표정으로 말했다.

"아니, 여기가 어디라고 내려온 거야?"

나는 산에서 내려온 '나'를 반기기는커녕 빨리 돌아가라고 다그쳤다. '나'는 서운한 표정을 지으며 뒷걸음쳤다. 빈껍데 기로 살아가는 내가 불안해서 찾아온 건데 나는 오히려 산에 서 내려온 '나'가 세상 풍파에 오염이라도 될까 봐 걱정이 되 었던 것이다. 눈물을 글썽이며 돌아서는 '나'의 뒷모습을 바라보며 무사히 산으로 돌아가기를 바랐다. 그런데 왠지 마음 이 찝찝했다. 꼭 그렇게 보내야만 했던가? 정녕 '나'를 품고 이 세상을 살아갈 자신이 없는 것인가? 나약한 건 '나'가 아 니라 바로 나였는지도 모른다. 이 세상과 '나'를 격리하기 위 해서 산에 가두는 것은 어떻게 보면 '나'를 감옥에 가두는 것 과 같았다. 어찌 되었든 나는 '나'를 자유롭게 해주지 못한 죄 를 갖고 있다. 다음에 산에 가서 '나'를 만나면 오해를 풀고 나를 이해해달라고 해야겠다.

'나'가 걱정이 되기도 하고 충전할 때도 된 것 같아서 배낭 을 메고 집을 나섰다. 그렇지 않아도 창녕 사는 아우에게서 지리산 가자는 연락이 온 터였다. 그런데 왠지 이번에는 충전이 잘 될 것 같지 않았다. 나를 찾아온 '나'를 야단치듯 돌려보냈으니 말이다. 제발 삐치지 말고 오해하지 말았으면 좋겠다.

아우와 나는 어둠이 내려오고 나서야 피아골 산장에 도착했다. 배낭을 풀고 저녁을 준비하고 있는데 어디서 요란한 경상도 말투가 들려왔다. 이윽고 산악회로 보이는 사람들이 도착하여 판을 벌였다. 술병이 보이고 고기와 생선 굽는 냄새가 나기 시작했다. 산장 주인이 나와서 뭐라고 하는 것 같더니만 어느새 그들과 합세하여 술을 나누고 있었다. 미안했던지 조용히 쉬고 있는 우리에게도 고기와 생선구이가 날아왔다. 고요를 깨는 건 시끄러움뿐만이 아니었다. 생선 냄새, 고기 냄새도 고요를 망가트리고 있었다. 산장에서 잠을 자는 사람들은 분통이 터질 일이었다.

판이 끝나고 모두 잠자리에 들었지만 이상하게도 잠이 오지 않았다. 지금쯤 '나'가 내 속으로 들어와줘야 하는데 그러기는커녕 저만치에서 나를 쏘아보고 있었다. 예상한 대로 나를 원망하고 있는 것이 틀림없었다. 내가 내 몸을 학대하고 있는 모습을 고스란히 지켜보았을 테니까.

결국 밤새 한잠도 못 자고 산을 올랐다. 머리가 횡횡 돌고 속이 울렁거렸다. 이 상태로 산행하는 것은 무리라는 생각이

들었다. 아니나 다를까 능선에 올라서자마자 토하고 말았다. 배낭을 벗고 다시 토하자 아우가 등을 두드려주면서 투덜댔다. 밤새도록 술 마신 내가 원망스럽다는 표정이었다. 하늘이 무서운 얼굴을 하더니 후드득후드득 비를 뿌렸다. 태어나서 처음 보는 굵은 비였다. 새끼손가락만 한 빗줄기가 내 머리를 사정없이 갈겼다. 어느 정도 토하고 나니 몸속에 남아 있던 기운이 모두 다 빠져나간 것 같았다.

허청거리며 걸어가던 나는 얼마 가지 못해서 다시 토했다. 배낭을 내려놓으며 아우에게 먼저 가라고 했지만 투덜대던 아우는 내가 못 미더웠던지 내 등을 더 세게 두드렸다. 얼마나 세게 두드렸으면 그 손에서도 나를 원망하고 있다는 것이 느껴졌다. 비는 아까보다 더 세차게 내렸다. 아니, 내리는 것이 아니라 쏟아지고 있었다. 나는 비 맞을 힘도 없어서 잠시 주저앉았다가 아예 드러눕고 말았다. 빗줄기가 사정없이 내 얼굴을 때렸다. 하지만 그 비가 아니었다면 나는 죽었을지도 모른다.

사정없이 쏟아지는 빗줄기에 정신을 차리려고 애를 썼다. 아우가 껌벅이는 내 눈을 보고는 조심스레 나를 일으켰다. 조금 괜찮아지는 것 같았다. 다시 허청거리며 걸었지만 또 얼마 가지 못해서 토하고 말았다. 저절로 누워버린 나는 넋이 나간 사람처럼 눈이 풀어졌다. '나'가 나를 쏘아보며 눈물을 흘리고 있는 모습이 흐릿하게 보였다.

시간이 얼마나 지났는지는 모르겠지만 헛것이 보이기 시작했다. 어디선가 노인의 목소리가 들렸다. 길에서 자면 어떡하느냐는 걱정의 목소리였다. 노인이 배낭을 내려놓고 무언가를 꺼내 뚜껑에 따르더니 그것을 내 입술에 대고 마시게 했다. 뭔가 정겨운 것이 내 목을 지나가고 있었다. 코냑이었다. 그것 때문인지 몰라도 얼마 뒤 나는 다시 일어나 걸었다. 노인은 보이지 않았고 아우는 한숨을 푹푹 쉬며 내 뒤를 따라왔다. 비는 멎었지만 저체온증에 걸린 나는 이미 제정신이 아니었다. 해 질 무렵 연하천 산장이 눈에 들어왔다. 산장이 얼마나 반가웠으면 보자마자 쓰러지고 말았다. 아우가 산장 주인에게 무언가 얘기하자 산장 주인은 자기 방에 군불을 때기 시작했다. 산장 주인의 배려로 나는 따끈한 방에 누워 몸과 마음을 진정시킬 수 있었다.

한밤중에 눈을 떴다. 온종일 굶은 탓에 배가 고팠다. 하지만 고요를 깨트릴 수는 없었다. 아우는 잘 자고 있는지? 정신이 돌아온 나는 오늘 일에 대해서 생각해보았다. 나에게 코냑을 준 노인이 떠올랐다. 문득 그 노인이 하느님이라는 생각이 들었다. 갑자기 나타나서 코냑을 먹이고 사라졌으

늦 었 지 만

니······.

술! 그것이 문제로다. 아니다, 술이 문제가 아니라 술을 마신 사람이 문제로다. 아무리 좋은 술이라도 날마다 마시면 몸이 망가지는 법, 술을 제대로 마시려면 먼저 술을 존경하고 감사하는 마음으로 마셔야 하는데 나는 그 규칙을 어기고 내 몸을 학대하며 내버려 뒀다. 술을 먹여 사람을 죽게 만드는 영화의 한 장면이 떠올랐다. 나도 나에게 술을 먹여 서서히 죽게 하려고 했던 것은 아닌지. 캄캄한 어둠 속에서 노여움으로 가득 찬 산신령의 목소리가 들렸다.

"너 같은 놈은 산에 오를 자격도 없으니 앞으로 산에 오지 마라."

그 말을 듣고 나는 눈을 크게 떴다. 앞으로는 노래를 주지 않겠다는 말이 아닌가. 그동안 산신령이 던져주는 노래를 많이 받아왔는데 이 일을 어쩐담? 나는 산신령에게 잘못했다고 빌었다. 다시는 안 그럴 테니 한 번만 용서해달라고 빌었다. 산신령이 말했다.

"하늘이 주신 몸을 학대하고 망가트렸으니 하늘을 배신한 거지. 제 몸도 사랑하지 못하는 놈이 무슨 노래를 만들겠다는 게야?"

혼란스러웠던 어둠이 지나가고 새벽이 밝아 왔다. 조심스레 산장 문을 나서는데 눈앞에 초록이 펼쳐졌다. 어제 내린 비로 온 산이 초록이 되고 내 마음도 초록으로 물든 것 같았다. '아, 하늘은 이런 식으로 용서를 하는구나!'

얼마나 황홀한지 눈물이 절로 나왔다. 그때였다. 어디선가 노래 하나가 날아와 내 가슴을 파고들었다. 어느새 나는 충전이 되었고 불호령을 내렸던 산신령도 나를 용서한 것 같았다.

사랑이면 다 용서가 되는 줄 알았던 내 생각이 잘못되었음을 깨달았다. 내 몸 내가 다 망가트려 놓고 사랑한다는 말 한마디로 용서를 구한다는 것이 얼마나 웃기는 일인가. 어쩌면 우리 인생에서 사랑이라는 말은 필요 없을지도 모른다. 사랑이라는 말에 속아서 사랑받지 못하는 사람들이 얼마나 많은가. 하늘은 우리를 사랑하는 것이 아니라 용서하는 것이다. 용서를 받고 기쁨의 눈물을 흘리는 모습을 보라. 얼마나 예쁘고 아름다운가. 하지만 하늘은 용서하고도 아무런 표정을 짓지 않는다. 비에 씻긴 저 산의 초록을 보라. 누가 기뻐하는가. 하늘은 그저 푸를 뿐, 초록을 바라보는 사람들이 기뻐하고 있지 않은가!

비에 젖은 그대 뒷모습

아무 말 못 하고 떠나가네

나도 모르는 미움 속에서

그대 이름 불러보네

말없이 눈물을 글썽이며

가시밭길을 가는 사람아

내 어찌 그대의 추운 가슴을

안아주지 못했는가

우우, 소낙비야 날 용서해다오

내 마음속의 먼지를 모두 씻어다오

비에 씻긴 저 산의 초록을 보라

얼마나 예쁘고 아름다운가

— 〈용서의 기쁨〉, 1994

조율

젊은이들이여, 높은 곳에 가지 마라
바다에 가면 하늘이 있다

열네 명의 악사들이 자기 악기를 조율하고 있다. 여러 명
이 함께 조율하는 모습을 보니까 악사들이 아름답게 보이고
조율하는 소리도 아름답게 들린다. 이제껏 조율하는 소리를
신경 써서 들어본 적이 없었는데 오늘따라 그 소리가 유난히
아름답게 들린다. 각자 조율을 끝내고 소리를 맞추는 모습도

늦 었 지 만

보기 좋고 악보를 뒤적이는 소리도 듣기 좋다. 사람살이가 이런 모습이라면 좋겠다마는 막상 나는 내 인생을 조율 없이 산 것 같다. 뭔가를 시작하려고 준비하는 것이 조율이라면 나는 아무런 준비도 없이 인생을 살았다. 살다가 풀어진 인생은 다시 조율해줘야 한다고 누군가 말만 해줬어도 이렇게까지 쓸쓸한 인생은 살지 않았을 텐데……

⌒

내 마음에도 첼로처럼 네 줄이 있다고 생각해보았다. 꿈 줄, 사랑 줄, 믿음 줄, 소망 줄 그런데 나는 지금까지 단 한 번도 그것을 조율하지 않고 살았다. 어떻게 그런 상태로 지금까지 살 수 있었는지 기가 막힐 뿐이다. 아무리 좋은 악기도 사용하지 않으면 삭는다. 마찬가지로 내 마음에 꿈과 사랑과 믿음이 있다 하더라도 그것을 사용하지 않으면 삭아서 없어지는 것이다. 만약 어린 날의 순수가 조금이라도 남아 있었다면 내 마음의 첼로는 외롭지 않았을 것이다. 다시 옛날로 돌아갈 수 있다면 내 가족, 내 겨레, 내 나라를 위하여 아름다운 연주를 하고 싶다. 아, 불쌍한 나의 첼로! 줄이 다 삭아버렸구나.

마음을 비운다는 말은 마음을 조율하는 일이다. 새벽에 일어나 명상을 하는 것도, 땀 흘리며 산에 오르는 것도 다 그런 것이다. 아침 일찍 일어나 마음을 조율하면 하루가 평화로울 텐데 그 쉬운 것을 하지 않으니 즐거움이 오려다가 되돌아간다. 비 내리면 비 맞고 바람 불면 바람 맞는 나무들을 보라. 푸르던 잎 다 떨구고 앙상한 가지로 겨울을 살아도 봄이 되면 새잎이 돋는다. 사람들은 비 내리면 우산 쓰고 찬바람 불면 따뜻한 곳 찾으니 마음에 새잎이 돋아날 겨를이 없다.

～

　연주하기 전에 음을 맞추는 것이 조율이라면 풀어진 나사를 조이는 것도 조율이고, 아침에 일어나 세수하고 거울을 보는 것도 조율이고, 이 옷 입을까 저 옷 입을까 망설이는 것도 조율이다. 지금까지 내가 기억하는 최고의 조율은 군대 수송부에서 보았던 '닦고 조이고 기름 치고'라는 글귀다. 수송부 요원들은 날마다 닦고 조이고 기름을 쳤다. 덕분에 차들은 고장 나지 않고 늠름했다. 나도 그 시절에 마음을 닦고 조이

늦 었 지 만

고 기름을 쳤어야 했는데 그걸 하지 못한 것이 참으로 후회가 된다. 젊은이들이여, 떠나간 사랑에 슬퍼하지 말고 희망에 속았다고 세상을 원망하지 마라. 날마다 마음을 닦고 조이고 기름을 치면 가시덤불 같은 이 세상, 두려울 것이 없다.

∽

역도 선수가 역기를 들어올리기 전에 심호흡하는 모습은 역기를 들어올렸을 때보다 아름답다. 사랑하는 사람에게 사랑한다고 말하는 모습보다 사랑한다고 말할까 고민하는 모습이 더 아름다운 것처럼. 나도 어릴 때는 순수했지만 지금은 그렇지 못하다. 조율 없이 어른이 되었기 때문이다. 만약 조율하는 방법을 일찍 알았더라면 오랫동안 순수를 지니고 살았겠지. 생각해보면 조율이라는 게 그렇게 어려운 일은 아니다. 부모가 자식에게 날마다 한마디씩 해주는 것도 조율이고 선생님이 아이들을 잘 인도하는 것도 조율이다. 그런 일이 이루어지면 아이들 스스로 조율하는 법을 배우며 컸을 텐데 부모가 아이들을 조율하다 보니 아이들 스스로 조율할 기회가 없어진 것이다. 그러다 보니 아이들은 자신도 모르게 부모의 분신이 되고 심지어는 꿈을 찾는 더듬이마저 제 기능을 잃게 되는 것이다. 끊어진 기타 줄 정도라면 다시 새 줄로 갈아 끼우면 되지만 한 번 퇴화한 더듬이는 되살리기 어렵다.

～

꼬마 해바라기는 얼른 자라서 담장 너머 세상을 보고 싶어 했지. 담장 밑 세상보다 훨씬 아름다울 거로 생각하면서 말이야. 그래서 날마다 해님에게 빌었지. 빨리 어른이 되게 해 달라고. 어른이 되면 어두운 세상에 자기 꿈을 보탤 수 있을 거로 생각한 거지. 그런데 슬픔이 찾아왔지. 불쑥 커버린 꼬마 해바라기가 담장 너머 세상을 보게 되었는데 그날 뒤로 고개를 숙여 버린 거야. 품고 있던 꿈이 너무 무거워서 그런 건지, 세상이 너무 우중충해서 그런 건지 아니면 담장 밑에서 살던 어린 시절이 그리워서 그런 건지 아무튼 해바라기는 더는 고개를 들지 않았어. 꼬마 해바라기의 꿈은 풀어지고 말았지. 자기가 꿈꾸던 세상이 아니었던 거야. 어른이 된 해바라기는 풀어진 꿈 줄을 매만지면서 다시 감아보기로 했지. 자기가 뭘 잘못 봤다고 생각한 거지. 하지만 꿈 줄이 끊어질까 봐 쉽게 감지도 못했어. 해바라기는 하느님에게 그 옛날 하늘빛처럼 조율해달라고 기도를 했지. 그때 갑자기 하늘이

늦 었 지 만

어두워지더니 번갯불이 하늘을 가르고 우르르 쾅 하는 소리가 들렸어. 주르륵 쏟아지는 빗속에서 해바라기는 숙였던 고개를 더 숙이고 허둥지둥 담장 밑을 내려다보았지. 하지만 아무리 찾아봐도 어린 날의 그 세상은 보이지 않았어. 해바라기는 하늘에 하느님이 없다는 것을 알게 되었지. 비 그친 다음 날 해바라기는 젖은 가슴을 말리려고 가슴을 열었지. 그런데 아, 글쎄 거기에 하느님이 있는 거야.

〰

동물 가운데 가장 욕심이 많은 동물은 사람이다. 욕심이 많다는 건 그만큼 조율이 안 되어 있다는 것을 뜻한다. 사람이 자연을 해치는데도 자연은 오히려 사람을 보호하려고 애쓴다. 태풍 불고 홍수 나고 가뭄 들고 하는 것이 사람에게 복수하려는 것이 아니라 새로운 마음으로 살아보라고 조율을 해주는 것인데 사람들은 자기가 저지른 죄도 모르면서 조율을 해주는 자연을 원망하고 있으니 참으로 안타까운 일이다. 모든 동물 가운데 사람이 가장 뛰어난 동물이라고는 하나 결국 그들에 의해서 지구는 멸망될 것이며 자연은 그 뛰어난 동물을 안타까이 여겨 점점 더 큰 재앙을 몰고 올 것이다. 사

람들이여, 이제라도 반성하고 스스로 조율을 해보자. 그렇게
라도 하는 것이 지구의 멸망을 늦추는 일이다.

෴

사랑하는 사람에게 사랑한다고 말을 해도 거짓으로 들릴
수 있고 부모의 사랑 어린 얘기도 아이들에게는 잔소리가 될
수 있다. 말은 하지 않을수록 좋은 거지만 굳이 하겠다면 마
음속에서 우러나오는 말을 하는 것이 좋겠다. 말이 많은 사
람은 조율이 안 된 것이고 화를 내는 사람은 조율이 풀어진
것이다. 제 마음을 조율하지 못하는 천사는 제 마음을 조율
할 줄 아는 악마보다 못하다.

෴

신랑의 향이 많이 나서도 안 되고 신부의 향이 많이 나서
도 안 된다. 잘 어우러져 신랑의 향도 나고 신부의 향도 나야
한다. 신랑의 향이 신부의 향을 잡아먹고 신부의 향이 신랑
의 향을 잡아먹으면 그건 정말 안 되는 결혼이다. 좋은 음식
의 맛은 들어간 재료의 맛이 골고루 다 나는 것이다. 내가 토

마토를 좋아하는 까닭은 어떤 요리에 넣어도 맛을 해치지 않고 제 향을 지키기 때문이다.

~

아침마다 길을 쓰는 노인이 있었다. 내가 그 노인과 날마다 마주치는 것은 그 시간에 근처에 있는 산에 가기 때문이다. 집에서 산으로 가려면 건널목 하나를 건너야 하는데 노인은 건널목에 이르는 100여 미터 구간을 아침 일찍 일어나 빗질을 하는 것이었다. 처음엔 그 노인이 공공 근로자인 줄 알았는데 계속 마주치다 보니 예사롭지 않은 노인이라는 것이 느껴졌다. 하루는 궁금해 그 노인에게 물었다. 할아버지는 왜 이 길을 쓸고 계시나요? 그랬더니 그 노인은 눈을 찡그리며 미소를 보냈다. 가을에서 겨울로 넘어가는 계절이었다. 그 길에 낙엽이 쌓여 있었다. 그런데 며칠 전부터 노인이 보이지 않았다. 나는 노인이 일부러 낙엽을 쓸지 않는 거로 생각했다. 깨끗한 길보다 보스락거리는 낙엽 길이 더 아름다우니까. 눈이 쌓였을 때도 할아버지는 길을 쓸지 않았다. 혹시 아이들을 위해서 그대로 두었는지도 모르지. 봄이 되고 길가의 나무에도 새잎이 나왔다. 그런데도 노인은 나타나지 않았다. 길 위에는 담배꽁초도 피어나고 찌그러진 음료수 깡통도 피어났다. 지나가던 사람들이 말하는 소리가 들렸다.

"길이 왜 이렇게 지저분하지? 아침마다 길 쓸던 노인이 있었는데……."

할아버지가 이사를 갔거나 아프거나 아니면 돌아가셨을 거라는 생각이 들었다. 문득 눈을 찡그리며 미소를 짓던 할아버지의 모습이 떠올랐다. 스치는 바람처럼 할아버지의 마음이 보였다. 할아버지는 날마다 빗질을 하면서 마음을 조율했던 거야. 할아버지의 명상법은 빗질이었어. 다 닳은 마음은 구두 밑창처럼 갈아 끼울 수 없다는 것을 알고 있었던 거야. 그래서 날마다 빗질을 하면서 마음 갈이를 했던 거야.

≈

초등학교 시절 우리 학교에는 기계총에 걸린 아이들이 종종 있었다. 머리카락이 동그랗게 빠지고 허옇게 보이는 그런 병인데 그 병에 걸린 아이들은 무슨 죄를 지은 것처럼 자신을 창피하게 여겼다. 그런가 하면 서캐 때문에 고생하는 아이들도 많았다. 보건소에서는 위생 점검한답시고 아이들에게 디디티를 뿌려 주곤 했다. 세월이 한참 흐른 어느 날 나는 뜻하지 않게 기계총에 걸린 산을 보았다. 버스 타고 고속도로를 달리는데 멀리 허옇게 파헤쳐진 산이 눈에 들어온 것이다. 문득 어린 시절 기계총에 걸린 아이들이 떠올랐다. 산도 그 아이들처럼 기계총에 걸리는가 싶었다. 생각해보니 산행하면서 종종 본 것도 같았다. 산이 파헤쳐지는 이유를 알 수 없고 그 일에 관련된 사람이 누구인지도 알 길이 없지만 앞으로도 우리의 산은 야금야금 파헤쳐질 것이다. 보건소는 뭘 하는가, 이런 사람들을 찾아내어 디디티를 뿌려 주지 않고.

◈

차 타고 가면서 찻길에다 담배꽁초를 버리는 사람은 참 얄미운 사람이다. 남의 집 앞에다 쓰레기를 버리는 사람도 그렇고 밤중에 폐수를 몰래 버리는 공장도 그렇다. 맑은 시냇물이 시나브로 검게 물들어가면서 우리네 마음들도 그렇게 물든 것은 아닌지. 사랑이라는 말도 함부로 하지 말아야겠다. 내가 언제부터 진실을 외면했는지 몰라도 살면서 아무것도 사랑하지 않았음을 깨닫게 되었다. 강물이 제대로 흐르지 못하고 산이 몸부림칠 때 나는 무엇을 했는가. 사랑도 하기전에 이별을 준비해야 하는 그런 세상이 되고 말았네.

＊

참으로 어지러운 세상이다. 모두 혼탁한 물속에서 허우적
거리는 것 같다. 가만히 제자리를 지키면 더러운 것들이 가
라앉을 텐데 거짓을 숨기려고 발버둥 치니까 혼탁한 물이 더
혼탁해진다. 이 얼마나 슬픈 일인가. 제 악기만 조율했다고
끝난 것이 아니다. 어른들은 그렇다 치고 아이들마저 혼탁한
물속에서 허우적거리는 모습을 보니 마음이 아프다. 우리의
사랑도 그렇게 끝이 나는 건 아닌지. 지금 이 세상, 훌륭한
지휘자가 나타나 혼탁한 물을 정화하는 아름다운 연주를 해
주었으면 좋겠다.

＊

학생회장 한번 하고 감방 한번 갔다 온 이력을 밑천 삼아
정치판에 뛰어든 사람이 있는가 하면 돈을 밑천 삼아 뛰어든
재력가도 있고 얼굴을 밑천 삼아 뛰어든 연예인도 있다. 물
론 교수나 법조인도 있지만. 내 말은 그게 뭐 잘못됐다는 게
아니라 진정으로 나라를 위하고 백성을 먼저 생각하는 그런
사람들이 보이지 않는다는 것이다. 언제쯤 훌륭한 지도자가

나타나서 이 나라를 조율해줄 것인가. 산이 산 되고 강이 강
되고 사람이 사람 되는 그런 세상……

∾

가는 곳도 모르면서 그저 달리고 있는 아이들, 어둠 속에
서 서성대는 그림자, 미움과 분노로 엉겨 붙은 마음들…….
따뜻한 손길이여 어루만져 주소서! 바닷가 모래밭에 '잠자는
하늘님이여 이제 그만 일어나요'라고 써 놓고는 하늘을 바라
보고 누웠다. 하늘에다 전보를 쳤으니 곧 답이 올 거라고 믿
었다. 그런데 파도가 밀려와 써놓은 글을 지워버렸다. 나는
다시 일어나 큼지막하게 글을 쓰기 시작했다. 이번엔 글을
다 쓰기도 전에 파도가 밀려와 지워버렸다. 그때 나는 놀라
운 사실을 알게 되었다. 파도 속에 하느님이 있다는 생각이
들었던 것이다. 아, 하느님은 하늘에만 사는 것이 아니구나.
그렇다면 사람들 마음속에도 있고 부는 바람 속에도 있고 내
리는 빗속에도 있겠구나. 나는 비로소 하느님의 은신처를 알
게 되었다. '조율' 노래가 알려질 무렵 어느 목사에게서 전화
가 왔다. 다짜고짜 하느님이 잠자는 걸 보았느냐는 것이었
다. 나는 조용히 전화를 끊었다. 내가 말한 하느님은 하늘에

사는 하느님이 아니라 사람들 마음속에 사는 하느님이었다. 그래서 '잠자는 하늘님이여 이제 그만 일어나요'라고 한 것인데 그 목사는 '잠자는 하늘님'을 하늘에 계신 하느님이라고 생각했던 모양이다. 하긴 나도 하늘에다 전보를 쳤으니 그럴 수도 있겠다 싶었다. 하느님의 은신처를 알고 난 뒤부터 나는 날마다 하느님을 본다. 술도 하느님이고 길가의 가로수도 하느님이고 지나가는 개도 흘러가는 구름도 다 하느님이다. 그리고 저기 저 바쁘게 걸어가는 사람, 버스를 기다리는 사람, 길에서 싸우는 사람 모두 다 하느님이다.

　잠자는 하늘님이여 이제 그만 일어나요
　그 옛날 하늘빛처럼 조율 한번 해주세요

　　　　　　　　　　　✍

　성남에서 살다가 일산으로 이사 가려고 전셋집을 알아보았다. 집에 대해서 이렇다 할 정보가 없던 나는 복덕방 할아버지의 권유에 따라 정발산에서 가까운 연립주택을 소개받았다. 연립주택은 1단지에서 5단지까지 이어져 있었는데 우리 집은 5단지에 있는 3층이었다. 나는 동네에 산이 있다는 게 마음에 들어 덥석 계약을 했다. 처음엔 몰랐는데 살다 보니 서쪽으로 기운 해가 아이 방을 달구는 게 문제였다. 아이는 방이 덥다는 핑계로 해가 진 뒤에 들어오기 일쑤였다. 게다가 자동차 달리는 소리도 만만치 않았다. 그런데 몇 년 뒤 놀라운 마술이 일어났다. 은행나무 세 그루가 자라서 창을 가려준 것인데 뜨거운 햇볕도 막아주고 자동차 소리는 익숙해져서 그런지 잘 들리지도 않았다. 나는 은행나무가 그렇게 고마울 수가 없었다. 그러던 어느 날 설악산에서 한 달 정도 있다가 집으로 돌아왔는데 은행나무가 휑하니 잘려 있었다. 관리실에 가서 물어보았더니 단지 안에 있는 나무들 모두 가지치기를 했다는 것이었다. 그래서 우리 집 뒤뜰에 있는 은행나무는 해를 가려 주고 소음도 막아주니 다음에는 자르지 말아 달라고 부탁했다. 몇 년 뒤 은행나무는 다시 자라서 햇볕을 가려주었다. 나는 너무 반가워서 은행나무에 고맙다는 말을 전했다. 그러던 어느 날 내가 며칠 집에 없는 사이에 은행나무가 또 잘리고 말았다. 그렇게 부탁했는데 왜 잘랐냐고 관리실 직원에게 물었더니 은행나무가 건강하게 자랄 수 있도록 하기 위해서는 어쩔 수 없었다는 것이다. 가지 잘린 모습이 애처롭게 보이던 그때 은행나무가 나를 보고 미안하다고 말했다. 그 말을 듣는 순간 나의 위선이 보였다. 나는 은행나무를 애처롭게 생각한 것이 아니라 해를 가려줄 도구로 생각한 것이었다. 어쩌면 은행나무 자신도 가지치기를 해달라고 말하고 싶었는지 모른다. 건강하고 예쁘게 자라고 싶은 건 사람이나 나무나 마찬가지일 테니까. 마음속에 웃자란 가지들, 오늘 그것을 쳐야 겠다.

~

나는 내 마음이 메마르다는 걸 알고 있었다. 그래서 술을 자주 마셨다. 술도 물이니까 내 마음을 적셔 주리라 믿은 것이다. 실제로 술을 마시면 마음이 촉촉했다. 하지만 술이 깨면 술 마시기 전보다 더 황폐해졌다. 나중에 알게 된 거지만 내 마음에 있는 촉촉함을 가져간 범인은 뜻밖에도 술이었다. 그래서 그런가? 내 마음은 무엇을 심어도 싹이 돋지 않았다. 사랑하는 마음을 지니고 싶어서 사랑의 씨앗을 심어보았는데 아무런 소식이 없다. 내 마음이 정말 메말랐구나 싶었다. 그렇구나. 마음 갈이를 하고 나서 씨앗을 뿌려야지 그냥 씨앗을 뿌린다고 되는 것이 아니구나. 땅이 부실하면 싹 틔우기가 어려운 거지. 결국 내 마음에 농약이 너무 많이 뿌려졌다는 거구나. 그렇다면 이 농약을 어떻게 걷어내지?

새해가 되면 많은 사람이 산으로 바다로 해돋이를 보러 간다. 아름다운 풍경이기도 하고 답답한 풍경이기도 하다. 소원을 빌기 위해서 떠나는 모습은 아름답지만 왜 꼭 새해여야 하는지 생각하면 답답하기도 하다. 소원을 빌면 그 소원이 이루어질 때까지 마음속에 지니고 있어야 하는데 대부분 며칠도 못 가서 묻혀 버리는 경우가 많다. 기도하는 일도, 마음을 다잡는 일도 날마다 해야지 새해 한 번으로 끝났다고 생각하면 그건 잘못된 것이다. 해는 날마다 뜨고 날마다 새날이니 소원을 비는 거라면 일 년에 한 번 하는 '새해맞이'보다는 날마다 하는 '새날맞이'가 좋을 듯싶다. 어떤 사람은 예수님에게 빌고 어떤 사람은 부처님에게 빌고 어떤 사람은 산신령에게 빈다. 예수님이든 부처님이든 산신령이든 뭐가 그리 중요한가. 날마다 찬물 한 그릇 떠놓고 두 손을 비비며 소원을 비는 어머니를 생각해보라. 얼마나 순수하고 고귀한가. 나의 하루 중 가장 큰 일은 아침에 산에 가는 일이다. 마음을 조율하기 위해서 가는 것이 아니라 산에 오르고 나면 마음이 저절로 조율되는 것 같아서 가는 것이다. 옛날에는 산에 살고 싶어서 그렇게 애를 썼는데 이제는 그런 마음도 묻힌 것 같다. 산에 산다고 자연인이 되는 것도 아니고 도시에 산다고 도시인이 되는 것도 아니다. 텔레비전을 보니 요즘에는 산에 사는 도시인도 많고 도시에 사는 자연인도 많다.

∽

비는 제 갈 길로 간다. 들에 내리는 비는 들을 적시고 산에 내리는 비는 산을 적신다. 어떤 비는 하수도로 흐르고 어떤 비는 갈 길을 몰라 헤매기도 한다. 그래도 빗물은 계곡을 만나고 시냇물을 만나고 강을 만나서 바다로 간다. 물은 그냥 바다로 가는 것이 아니다. 낮은 마음으로 흐르기 때문에 바다로 갈 수 있다. 스스로 조율하면서 흐르는 물의 모습은 얼마나 아름다운가. 젊은이들이여, 높은 곳에 가지 마라. 바다에 가면 하늘이 있다.

담장 밑에 해바라기 고운 꿈을 꾸고 있네

담장 너머 세상을 본 뒤 고개를 숙여 버렸네

꿈 줄이 풀어졌네

끊어지면, 끊어지면 어떡하나

잠자는 하늘님이여 이제 그만 일어나요

그 옛날 하늘빛처럼 조율 한번 해주세요

정다웠던 시냇물이 검은 물로 흘러가네

어린 날의 옛 동산은 병들어 누워 있네

사랑 줄이 풀어졌네

끊어지면, 끊어지면 어떡하나

잠자는 하늘님이여 이제 그만 일어나요

그 옛날 하늘빛처럼 조율 한번 해주세요

메마른 마음속에 사랑의 씨앗을 심어본다

달이 가고 해가 가도 아무런 소식이 없네

믿음과 소망 줄이 풀어졌네

끊어지면, 끊어지면 어떡하나

잠자는 하늘님이여 이제 그만 일어나요

그 옛날 하늘빛처럼 조율 한번 해주세요

－〈조율〉, 1992

나 이제 새로운 길 가지 않으리
예전에 멋모르고 걸어온 길
다시 걸으며 고마웠다고 말하리라

나 이제 새로운 사람 만나지 않으리
외로운 돌 감싸주던 그때 그 사람
다시 만나면 고마웠다고 말하리라

나 이제 함부로 노래 만들지 않으리
예전에 멋모르고 만든 노래
다시 매만지며 고마웠다고 말하리라

늦지　않았어

늦었지만
늦지 않았어

초판 1쇄 발행 2020년 9월 30일

지은이 한돌
펴낸이 정중모
펴낸곳 도서출판 열림원

출판등록 1980년 5월 19일(제406-2000-000204호)
주소 경기도 파주시 회동길 152   전화 031-955-0700
홈페이지 www.yolimwon.com   팩스 031-955-0661
이메일 editor@yolimwon.com   페이스북 /yolimwon
트위터 @yolimwon   인스타그램 @yolimwon

편집 김종숙 황우정 최연서   디자인 강희철
홍보 마케팅 김선규 김승율   제작 관리 윤준수 이원희 고은정 원보람

ⓒ 한돌, 2020

ISBN 979-11-7040-030-1 03810